Joyas de la familia

Sergio E. Avilés

Joyas de la familia

El papel utilizado para la impresión de este libro ha sido fabricado a partir de madera
procedente de bosques y plantaciones gestionadas con los más altos estándares ambientales,
garantizando una explotación de los recursos sostenible con el medio ambiente y beneficiosa para las personas.

Joyas de la familia

Primera edición: noviembre, 2022

ISBN: 978-607-382-357-9

Impreso en México – *Printed in Mexico*

Índice

Las joyas de una familia no son las piedras, los metales preciosos.
Son las personas, sus lealtades, sus amores.

CARMEN SYLVA

A los médicos de mi familia. Son la raíz, la salud y la paz de todos.

1. Asesino

Donde nos enteramos de la existencia en Saltillo de una antigua joya a punto de causar su segundo asesinato en tiempos modernos.

¿Cuántas veces he visto gente morir con la cabeza dentro de una bolsa de plástico? Ninguna. Alguna vez vi a un borracho en su intento por cruzar la carretera. Lo logró al volar tras el impulso de una *pick-up* blanca que frenó cuando todo había terminado para él. Vino a caer casi a mis pies sin un zapato, al cual siguieron atropellando sin darle gran importancia los demás coches.

En películas he visto decenas de personas morir así. Más en la imaginación. Me sucede siempre al leer la advertencia impresa en las bolsas de las tiendas: *This bag is not a toy.* Hace tiempo pudiera haberles recitado las películas, actores, director y hasta guionista donde aparecen. Ya no. Mi memoria… Mi me muerta.

Nunca había visto la muerte desde adentro de la bolsa. Tan propia, tan cerquita como en estos momentos. El vaho se acumula y forma gotitas. Resbalan como lágrimas y pasan limpiando el plástico transparente de grosores disparejos, distorsionando luz y panorama. Mi estudio. La chimenea. La cocina y los platos sucios de anoche. No se ven tan sucios. El candil con su luz refractada y en los bordes rota en espectros de un espectro: verde, azul, amarillo, rojo. Son siete los colores del arcoíris, me enseñaron en la escuela. Y veo seis nada más. El rojo primero, y después el amarillo, con el naranja en el centro; los dos combinados. Del otro lado entra el azul para dar verde, y son cinco. Alcanzo luego a distinguir el morado. Violeta debería decir. Como la heroína de Puccini en *La Traviata*:

Le gioie, i dolori tra poco avran fine,
La tomba ai mortali di tutto è confine!
Non lagrima o fiore avrà la mia fossa,
Non croce col nome che copra quest'ossa!

"La tumba es el fin de todos los mortales" y estoy cerca de ella. Mi casa será mi tumba; mi mortaja, una bolsa de medias noches.

Puedo ver también el rojo, el amarillo, el azul y el blanco translúcidos de la impresión en el polietileno. Se lee la fecha de caducidad, grabada con una impresora de matriz: 31 de octubre de 1988. Los panes me hubieran sobrevivido por dos meses. Estas bolsas se imprimen mediante grandes cilindros de cobre a los cuales, con ácidos, les hacen celdas huecas de distintas profundidades que absorben la tinta por capilaridad. Luego la transfieren cuando el rollo de material vence la tensión superficial. Antes de secarse se desparrama y cierra el grano. Así se reproduce la revista *National Geographic*, al menos en la parte de las fotografías, por las que tiene fama de gran calidad. Es un proceso, hasta donde sé, no inventado por nadie llamado Gravure. Nada más así se llama y no voy a averiguarlo ahora, en virtud de estar atado de pies y manos a una silla. Muy, muy golpeado, con mondadientes clavados bajo ocho de mis uñas y esta bolsa anudada detrás de mi cuello. Sólo me deja respirar mi propio dióxido de carbono y ya comienzo a marearme. Algo debo hacer y rápido. Como dijo mi dentista, "ni la muerte es más permanente que lo provisional".

*

Tengo una mancha en mi traje de cuya causa no puedo acordarme. No me engaño. Aunque conozco a la perfección su origen: viene del cartucho de tinta cian —¡Verdi, no Puccini, compuso *La Traviata*!— de la impresora, que traté de rellenar con una jeringa para ahorrarme unos pesos. Siempre quise comenzar una historia con esas palabras, casi como las de Cervantes al inicio del *Quijote*. Tanto así, por lo menos, he leído de su libro. Me llamo Rubén Pablo Alcocer y a lo mejor debí haber sido cocinero... O lo fui, ¿quién sabe? Cada día me hundo más en las sombras, como arena movediza, en la confusión de la leche en el café y en la muerte en vida. Alzheimer, me dicen, y comienzo a creerlo.

Pude haber sido sastre, quizá lo fui. Pero además de la incongruencia ortográfica, la vida de sastre no se me antoja por ser eso: desastre. Lo hubiera sido de llamarme Jean Paul, por ver un letrero en la calle recordándome mi nombre al decir: "Jean Paul, Sastre". Sin embargo, entonces me hubiera gustado más la filosofía y de filósofo uno se muere de hambre... Cosa que no estoy haciendo del todo mal sin ser cocinero ni sastre ni filósofo, sino investigador privado. Privado de la facultad de respirar. Moriré asfixiado, parece.

Comencé a trabajar a los diecinueve años. Si salgo de ésta —si no, mis problemas acabaron y no habrá necesidad de mayores cálculos—, tendré unos sesenta años de vida productiva —me restarían veintiséis—. Ya pasé de la mitad. Suponiendo —y es tan sólo supositorio— un ingreso mensual de $1 000 US, ganaría un total de $312 000 US en lo que me queda de carrera. Escribir US al final de la cifra en vez de la palabra dólares no es pedantería, sino una asociación neurotextual para acercarme al dinero. No es lo mismo decir dólares que US. Si lo traduce uno, se sienten más nuestros.

Esa cantidad, por supuesto, nunca pude ni podré verla junta. Se me está yendo ahorita mismo de las manos al pagar la renta y al Telmex y al Texmex, un triste antro vaquero a donde voy a tratar de ligarme o comprarme alguna chavita, con mayor probabilidad esto que aquello; el paso de cada año me arranca más cabellos o les roba color a los aferrados todavía a esta maraña de incongruencias.

Dada mi condición económica, parece surrealista tener en mi poder, en estos momentos, diez veces aquella suma que no veré nunca… alrededor de $3.2 millones de dólares.

Una joya increíble; nunca sospecharía uno que algo así pudiera estar en Saltillo, Coahuila. En mi casa. Ha sido adorno en el cuello de princesas y monarcas, y fue también la amorosa vista de un dios —sus vengativos ojos de furia, viéndolo todo y perdonando nada, ante cuya presencia en pocos minutos he de comparecer.

Esta alhaja es poseedora de una peculiar estructura química: trozos isométricamente cortados de carbono casi puro, con moléculas bien peinadas tan transparentes como el agua quieta, combinados con orfebrería avanzada del siglo XV; vale unas trece opacas vidas como la mía, tan cerca hoy de su final. Y para el asesino, superó el valor de la vida de mi clienta.

Les ruego, les suplico, les pido, imploro, por favor y gracias, no me permitan desviarme de mi narración. No nos queda tiempo. Esta historia nos ha de llevar de Saltillo al norte de México, hasta San Buenaventura, todavía más al norte, también en el estado de Coahuila, pasando por la vieja hacienda de Nacapa y brincando el mar para terminar en Cluj Napoca, Transilvania, los dominios del auténtico y verdadero conde Drácula, tras una breve estancia en la Ciudad capital de México, justo en el Hotel Regis, antes de su destrucción total durante el sismo del 19 de septiembre de 1985.

Mi enfermedad hace de mi cerebro una olla de palomitas sin tapa y el resultado es una bien organizada dispersión caprina —se me van las cabras—, incontrolable hasta para el más astuto y entrenado Border Collie. Nacapa, Napoca, Nacapa, Napoca, Nacapa, Napoca, susurra la locomotora. Tal es el sendero neuronal, la ruta de sinapsis a recorrer con ustedes mis pastores, rieles de mi alocado tren en su avance hecho la mocha, mis fieles ovejeros responsables de encauzar, meter al cauce mi mente, compuertas de mi acequia.

El Border Collie es una raza de perros creada en las islas británicas desde el siglo IV a. C. Es famoso por su inteligencia y espíritu incansable, así como por sus habilidades para el pastoreo. Su nombre proviene de *collegue*, "colega o ayudante" y, tal vez por tergiversación, de *brother*, "hermano" o *border*, "frontera", la que divide Inglaterra y Escocia, región donde los desarrollaron. Collie, colega, colaborador de la frontera, de esta *borderline dementia* y de mi vida al filo del precipicio.

Aparte de mis digresiones y del abandono de la historia original, creo mi deber advertirles de mi propensión a inventar cosas. Mentiría al decir que nunca miento. No es a propósito; es mi espíritu mitómano, mitad bestia y mitad humano, como el minotauro. Mano, hermano del mito, la mentira y mitocondria, fuente de energía celular sintetizadora y transmisora del adenosín trifosfato (ATP), encargado de mantenernos vivos, pero que ahora me mata, al sacar de mis venas el dióxido de carbono sin poder intercambiarlo ya por oxígeno, por no tener acceso al aire fresco afuera de esta bolsa sobre mi cabeza.

Renuncié a casarme. Desde luego, después de intentarlo una vez, tras darme cuenta de que todos cometemos un grave error al no casarnos con nuestra primera novia y otros más al dejar ir a cada una de las posteriores. Pero el más grave de todos los errores lo comete uno al casarse con la última de sus novias, quien al final resultará, casi con seguridad, no ser la última.

Mi esposa se fue luego de unos años. Diría que me fui yo, pero aquí estoy, aunque no donde estábamos juntos, en familia, con mi hija. Quizá era mi nieta…

Vivo solo. En mi departamento hay huevos de cucaracha pegados a las patas de casi todos los muebles. Algunos frescos, otros ya nomás son cascarón. No hay ratones —ahorita—. El viernes pasado maté al único que había. Le puse una ratonera con un viejo chocolate Hershey's con almendras caduco, hecho bolita, olvidado en el desván. En la mañana encontré al ratón ahí pegado, sin sangre, con los dos ojos muy negros abiertos y mirándome, sin expresión.

Esas ratoneras marca Víctor no dan tiempo a pensar. El alambre resbala sin lógica cuando así lo decide y en un nanosegundo —segundo enano— se escucha el golpe del resorte con un cascabeleo de la plataforma de cobre donde engancha el cebo. El dedo reporta el dolor al cerebro unos instantes más tarde; las maldiciones no tardan casi nada en salir.

¿Por qué cuando se va la memoria no se olvida uno de lo que duele el dolor, en vez de olvidarse del recuerdo? Sería más agradable envejecer sin sufrir y no con la mente en blanco.

La plataforma donde se coloca el queso para sujetar la escuadra mortal es de llamar la atención, sigue siendo de cobre. Sería mucho más barato hacerla de aluminio o fierro. Quizá la compañía lo haga en señal de respeto a la vida del ratón, para nada culpable de cohabitar con nosotros. El pobre no sabe a dónde vino a caer. Anoche no oí nada. Al despertar ahí estaban ratonera y víctima abajo del monitor de la computadora sobre el escritorio. Había una caquita, parecida al granillo usado para confitar pastelillos de chocolate rellenos de mermelada de fresa, unos centímetros atrás del cadáver. Como si el último pensamiento del ratoncillo hubiera sido "la cagué", o un insulto para mí y para el chocolate. Ésa no la limpié. Lo demás lo puse —¡oh, ironía!— dentro de una bolsita de plástico y lo tiré a la basura. En la trampa donde ha caído un ratón no vuelve a caer otro, dicen… Los dedos son otra cosa. Antes de la visita de los ladrones asesinos y sus pinzas crecía bajo la uña de mi pulgar derecho una mancha púrpura de sangre molida como si ayer hubiese ido a votar.

La caquita negra sigue ahí, viéndome. He querido limpiarla con una bolita de algodón y un poco de alcohol, pero no tengo. Al rato voy a la farmacia, vengo diciendo desde hace días.

La gargantilla y sus diamantes están a salvo, ocultos. Resguardados por el diablo. Ya encontrarán de nuevo su lugar en el cuello de una dama. Un fresco y nuevo cuello reemplazo del de mi clienta. Eso me provoca gran emoción, a pesar de estar a cada segundo más lejos de la vida, gracias a estos cobardes.

Emoción, ansia, incertidumbre, arrebato, recuerdo y olvido. Olvido, impaciencia, ilusión, anticipo, historia, leyenda, lugares, personajes y dinero, mucho dinero.

No hablo de quilates, sino de historia. Viejas monarquías, una cadena de crímenes cuyo primer eslabón sería Vlad Tepes empalando a sus enemigos, y el último, mis enemigos empalagándome a mí.

No puedo abandonar esta chamba porque no tengo otra; no me queda mucho por vivir y mi clienta hizo un anticipo suficiente para que trabaje todo un año en este caso; un sobre blanco con $10 000 dólares dentro. ¡Alois Alzheimer! Ojalá me alcance el cerebro y la vida para acordarme de mi deber para con ellos y hacerle justicia a mi clienta. Ojalá canse al cansancio meditando sobre todo el camino a andar antes de poder ganármelos.

2. Nefritis

De cómo las joyas ocultas prolongaron la agonía de unas princesas y sobre el atentado a su padre cuando compraba un regalo que dio larga vida y protección a su amante.

Cansar al cansancio… Vaya una frase esnob… *sine nobilitate.* Me delata como todo un imitador de los manierismos de la clase superior. Cansar al cansancio ha sido la ocupación predilecta de reyes y príncipes sin mucha ocupación más que ésta, cansar al cansancio y emparentar otros verbos con sus sustantivos como emparentaban ellos con ellas, unas con otros por todo el mundo monárquico. Quizá debiera comenzar a buscar los orígenes de estos diamantes de mi clienta entre la realeza; tales personajes suelen ser los dueños de joyas así. Ya no hay reyes, y diamantes nunca ha habido en México. Aquí tenemos perlas, ópalos, amatistas, topacios, nefritas y obsidianas. La nefrita es el jade. Cuando llegó a Europa, le pusieron ese nombre: *Lapis nephriticus*, piedra del riñón. Al comerla, creían, desaparecerían las piedras del riñón. Se la dieron al zar Alejandro III, quien a los cuarenta y nueve años, grandulón, corpulento, de casi dos metros de estatura, murió de nefritis. Quizá por comer nefritas fritas.

Entre los dolores más horribles en el catálogo del sufrimiento, creía hasta hoy, se encuentra el desatado por una piedra en los riñones, cuando comienza a ser arrastrada por el flujo de orina.

Como las perlas en una ostra, estas eufemísticamente llamadas "arenillas" comienzan a gestarse con un minúsculo depósito sólido en los intrincados pasadizos de los riñones, en esencia, filtros vivos en forma de erizos marinos, llenos de sensores no muy sofisticados, parece, porque a la menor provocación encienden las señales de alarma máxima interpretadas por el cerebro como: ¡dolor, dolor! Incitan así una urgente necesidad de hacer algo al respecto de lo cual nada puede hacerse. Este pequeño punto de apoyo da inicio a una cadena de otros cristales y así a un crecimiento en apariencia desordenado y fractal de puntas muy agudas y, en ocasiones, tan filosas como navajas para rasurar cerdos salvajes, cementadas entre sí por una gelatina de calcio en su génesis muy maleable, destinada a endurecer y fraguar *irredelictamente*, una palabra que ni siquiera existe porque su dureza, crueldad, salvajismo, no tiene parangón en todo el universo, menos aún entre los académicos de la lengua.

El diamante, el mineral más duro sobre la tierra —y debajo, muy debajo de la tierra— recibe un diez en la escala de dureza de Carl Mohs. En comparación con una piedra en los riñones, resulta tan suave como el nombre de su creador, o como el hongo verde del pan viejo. La piedra sería catorce o trece y medio. El resultado es un perfecto instrumento de tortura medieval e inquisitorial lleno de picos, filos y aristas punzocortantes, suficiente para confesar los pecados aún no cometidos y arrepentirse hasta de haber ido a misa con calcetines disparejos. Cuando una de estas piedras toma su turno en el tobogán llamado uréter, lo rasga por dentro como un armero estriando el interior del cañón de un rifle y, si no se clava y se incrusta como garrapata, se debe al empuje posterior de todo el líquido atrapado en el riñón, inflamado al punto máximo para seguir gritándole al cerebro: ¡peligro, peligro!

El paciente se retuerce como si quisiera eliminar aquello, exprimiéndose cual trapo de cocina. ¡Tontos! ¡Querer curar las piedras del riñón con piedras! Es que tenían reinas y no gobernadora… Debían de ser homeópatas: apedrear a la piedra, casarse entre primos, sacar a otro clavo, cansar al cansancio. Semejantes curan semejantes.

¿Cómo pudo haber llegado la gargantilla de diamantes de mi clienta a México? Tal vez con Carlota, la emperatriz que vino con su marido Maximiliano a tratar de imponer una monarquía azteca. Ella fue prima hermana tanto de Alberto de Sajonia-Coburgo-Gotha, el príncipe consorte, como de su esposa, la reina Victoria de Inglaterra. Victoria, además de haber iniciado para todas las novias del mundo la costumbre de vestir de blanco el día de la boda y de haber creado un estilo de muebles, esparció su hemofilia hasta el último rincón del Viejo Continente.

La enfermedad llegó hasta Rusia. Alekséi Nikoláyevich Románov, bisnieto de Victoria, hijo de Nicolás y Alejandra y nieto del nefrítico Alejandro III, no alcanzó a ser zar no por causa de alguna de las tantas hemorragias sufridas desde su nacimiento, sino porque lo mataron un mes antes de cumplir los catorce años.

Conocen de sobra esa historia: la familia imperial encerrada en un pequeño cuarto. El joven con sus padres y sus cuatro hermanas. Llega la guardia bolchevique y les dice de manera escueta: "En nombre de la Revolución se ha determinado que el zar debe morir". Comienza un tiroteo. Los padres y el chaval mueren. Las hermanas permanecen de pie; llevan la ropa interior forrada con sus más preciadas joyas —pues en cualquier momento pensaban salir huyendo— y éstas desvían las balas. Había una gargantilla de diamantes embebida —les había dicho su abuela— en una magia protectora, especie de amuleto invencible.

Esta vez no lucía en el albo cuello de ninguna de las princesas. Iba escondida en un corsé y tal acción la tornaba en vengadora cruel de la maldición negra: muerte trágica. Lo que no lograron las balas lo concluyeron los verdugos con sus bayonetas. Carne blanda y dolorosa, soldados embrutecidos por el olor a pólvora quemada, humo, miedo, sangre y muerte. Tal vez alcohol o polvos de coca. La gloria del naciente régimen comunista. Nadie salió vivo de ahí. Las crónicas mienten. Anastasia tampoco. Tenía diecisiete años.

Ese día, los enardecidos verdugos concluyeron su festín de sangre asesinando también con malas armas y gran salvajismo al elefante de Nicolás, muy querido por la familia real.

¿Les fue difícil? ¿Quién dispara contra una reina? ¿Cómo se mata a un niño? ¿Qué clase de basura humana asesina a sangre fría a cuatro princesas, con o sin título? María, diecinueve años; Tatiana, veintiuno; Olga, veintidós. Olga fue la única a quien le alcanzó la vida para rechazar una proposición de matrimonio. Vino del príncipe Carol de la Corona rumana, sobrino nieto del rey Carol I. Bueno, no es cierto. También María, pues al tímido Carol le gustó más la chiquilla de apenas catorce años cuando la conoció y sin dudar pidió su mano al zar Nicolás, desternillándolo de risa. No imagino por qué, pues el zar, cuando tenía dieciséis, sintió exactamente lo mismo por una Alejandra de doce.

Fue en 1884, en los días de la boda de su tío Sergio con la princesa alemana Ella, hija de Luis XIV —yerno de Victoria— y hermana de Alejandra. Esta última, la pequeña, alegre, risueña soñadora y bella Sunny. Spitzbube, le decían por traviesa. Por aquellos días, entre risas, Nicolás y Alejandra encontraron la manera de estar a solas un rato y se juraron amor eterno, grabando en el cristal de una puerta sus nombres con un diamante que Nicolás pidió prestado a Tatiana para regalárselo a su nueva novia. La chiquilla, prudente, lo regresó después de jugar toda la tarde con él. Sabía cómo hubiera reaccionado su madre si llegaba a casa llevando semejante regalo de un hombre. Ya lo recuperaría después, cuando la cosa entre ellos se pusiera seria. Sí, pasaron algunos años. Intercambiaron cartas. Alejandra le escribía hasta tres en un día, todas perfumadas. Él le contaba de sus ejercicios militares, de los juegos de naipes con otros oficiales y de lo mucho que la extrañaba. No le hablaba por supuesto de Matilde Kschessinska, la estrella del ballet imperial con quien tuvo un romance. Para sofocarlo, su padre tuvo a bien organizarle una gira por todo el mundo. No sirvió de nada y al volver, volvieron.

Igual pasa con los antibióticos: el enfermo se siente bien, cree haber vencido a la enfermedad y suspende el tratamiento mucho antes de lo recomendado por el médico. Recae.

No fue tanto culpa suya. Estando en Japón el 11 de mayo de 1891, Nicolás entró a una joyería, donde vio una hermosísima gargantilla de diamantes. Las piedras parecían engarzadas entre sí sin ningún otro sostén. Tres lazos en forma de flores rompían la caída de la cadena en una armonía casi musical y al final pendía de ellas el más grande de los diamantes jamás visto por Nicolás. Casi tan brillante como los ojos de Alejandra. Le recordó al cetro imperial de Catalina la Grande y pensó llevarlo como regalo para Matilde a su regreso.

Cuando salía con la joya en el bolsillo, lejos de la luz del sol, bajo la que un diamante así —le había advertido el vendedor— nunca debe estar, un policía llamado Tsuda Sanzo se abalanzó sobre él desde el otro lado de la calle, sin darle oportunidad de subir a su carruaje. Con su filosa katana en mano casi le parte el cráneo en dos. El atacante lanzó un segundo golpe para decapitarlo, pero el príncipe Jorge, su primo hermano...

Jorge era un hombretón inmenso y tan fornido como un minotauro, muy querido por su pueblo cuando fue alto comisionado de la Creta posminotáurica, segundo hijo de Olga Romanov y del rey Jorge I de Grecia. A pesar de sentir un gran y duradero amor por Valdemar de Dinamarca, hermano de su madre, en 1907 se casó con una sobrina bisnieta de Napoleón Bonaparte llamada María. Mujer de arrojo intelectual e inigualable poder económico, fue ella quien, a la llegada del nazismo y la persecución de los judíos, interpuso toda clase de influencias para salvar a Sigmund Freud y llevarlo a Londres.

Jorge atravesó su bastón entre la espada y la cabeza de Nicolás e impidió mayores daños. El zar ordenó al momento el retorno a Rusia de su heredero, interrumpiendo su viaje y el tratamiento mata-Matilde. Nicolás alcanzó a hacer dos compras: el diamante para su amante y un elefante casi tan grande.

Al llegar a San Petersburgo, Nicolás corrió a buscar a Matilde. Matilde adoraba las joyas y acostumbraba pisar los escenarios con piedras preciosas incrustadas en su vestuario —trama central de la película *Gaslight* (1944), con una espectacular Ingrid Bergman, y origen del término para definir el abuso psicológico conyugal—. Nicolás le dio su regalo con una nota que decía: "Te lo mereces por amarme". Y Matilde lo amó tanto como al baile, aun sabiendo que él amaba a Alejandra y que algún día acabaría casándose con aquélla. Estaba escrito. El papel no decía "te amo," sino "me amas".

El papá de Matilde se oponía al romance con tanta intensidad como los padres de Nicolás. No perdía ocasión para recordarle a su hija que el zarévich nunca podría casarse con ella y ella hacía un mal chiste respondiéndole: "¿Por qué no, si su tío Sergio sí se casó con Ella?". Todo lo que quería era vivir el momento y lo vivió.

Matilde no era por mucho la favorita del *premier maître* del ballet imperial, Marius Ivanovich Petipa, pero aun así, aseguró con su influencia imperial el título de *prima ballerina* y grandes papeles estelares. Petipa se los concedía con tanta admiración técnica como desprecio personal.

Al llegar el fatídico día del adiós, Nicolás y Matilde se despidieron mirándose de frente con dignidad y con ternura. Ella lloró mucho. Nunca lo olvidó. Tuvo otros amantes, ambos primos del zar. Incluso se casó con uno de ellos: el gran duque Andrei Vladimirovich, padre de su hijo.

Estando embarazada, debía encontrar a una bailarina que, siendo buena, no fuera a superarla ni en calidad escénica ni en el favor del público. Escogió y entrenó ella misma a una chiquilla etérea de largas piernas y flexibilidad sin límites. Incluso, en inusitado gesto acorde con el inmenso deseo de estar ella misma sobre las tablas, le permitió salir a escena con su amada gargantilla de diamantes, como protección y amuleto de la suerte, para interpretar a la princesa Aspicia en *La hija del faraón*, un ballet basado en la novela *El romance de la momia* de Gautier. Algún día, si me lo recuerdan, les cuento esa historia.

La chiquilla elegida, nueve años menor que Matilde, sin proponérselo, le robó su fama y su público: se llamaba Ana Pavlova. Para Matilde, la nueva estrella debía su éxito a los diamantes de su propiedad.

En 1917, terminando la Revolución rusa, Matilde se desilusionó del nuevo régimen comunista y huyó a París, luego de escuchar un discurso pronunciado por Stalin desde el balcón de su propia casa en San Petersburgo.

Matilde vivió hasta casi cumplir cien años de edad. Siempre lucía en su cuello el regalo de Nicolás, negándose a quitárselo incluso durante el baño. Tenía una toalla especial para secarlo después. Pudo haber salido de todas sus penurias económicas de haberlo vendido, pero no quiso hacerlo. A su muerte, fue su única herencia.

3. ¿Para qué nace uno?

En el cual doña Evita se pasea por su pueblo sin quitarse nunca su gargantilla de diamantes.

¿Para qué nace uno? Esa pregunta del *Hombre de la Mancha*, una versión del *Quijote* más cercana a quienes nunca vamos a leer el original, se me grabó después de oírla como doscientas veces cuando era estudiante. Aquel musical era mi único disco y, mientras sus diminutos surcos se desgastaban con el paso de la aguja, en mi memoria se iban incrustando cada nota y cada frase de sus letras. Cervantes decía haber tenido, en sus días de soldado, compañeros de guerra moribundos en los brazos, con los ojos muy abiertos y la mirada perdida y preguntando con voz muy débil: ¿por qué? Cervantes dudaba que se estuvieran preguntando "por qué" les tocaba morir, sino "por qué" habían nacido. De no nacer les sería imposible morir, seguro… Casi.

Cuando mueren las cucarachas, su cuerpo emite una feromona específica, una señal química para comunicar al huevo la necesidad de eclosionar. Salen de él decenas de pequeñas herederas y van entonces en tropel a comerse los restos de quien fuera su madre. Ojalá vinieran ustedes así a devorar estos recuerdos aquí escritos antes de ver cómo la aguja comienza a saltarse los surcos de mi mente rayada y torcida por el sol…

No digo nada cuando alguien define la vida como un instante nada más, según pensaban los aztecas. Para mí, se ha prolongado ya cincuenta y cuatro años y, créanme, me acuerdo de cada uno de ellos porque han sido una joda. Es el tormento de Caupolicán: 24/7/365/54+.

El otro día andaba siguiendo a una señora por encargo del marido y fui a parar a un congreso para mujeres. Era el único hombre ahí. Ninguna volteó a verme. Me sentí a gusto entre ellas, invisible. Pensé en Norma, la estrella de la ópera de Bellini, quien se desvestía sin recato en presencia de sus esclavos porque los consideraba mascotas y no seres humanos.

Alguna vez escuché el aria "Casta Divina", con la soprano rumana Elena Cernei, nacida en Constanza. Maravillosa mujer. Inolvidable cantando esa pieza en donde... Perdón. Me desvío.

No fue humillación. El sentimiento me recordó que la mayoría de los humanos nos vemos mejor vestidos. Y lo digno de enseñarse, los pedacitos buenos, los enseñamos.

Más estas damas con sus hombros, escotes, espaldas, pantorrillas, rodillas y muslos helados por el aire acondicionado de la Villa Ferré, cubiertos con suéteres, *pashminas*, cardigans, pañuelos, *foulards* y nosequés de telas suaves y perfumadas más para seducir, no tanto por abrigar.

Pashmina viene del persa y quiere decir "lanudo" y sí, les queda el término a estas señoras con lana. Aunque a la esposa de mi cliente le quedaría mejor usar una *dourukha*, también término persa que significa "dos caras". No la juzgo. Como dijo la famosa escritora rumana Carmen Sylva: "La coquetería no siempre es carnada. A veces, es un escudo". Sólo uno sabe lo que trae dentro de la camisa, y si no, necesita una talla más grande.

La conferencia se llamaba "¿Es posible la felicidad?". Con el puro nombre supe que mi blanco se vería con su amante al final, o mejor, a media conferencia, para evitar al máximo las miradas indiscretas. Nope. Los vio una señora —aunque fingió no verlos— cuando salió un minutito al coche porque el aire estaba demasiado frío y regresó con el chal para todas.

Podían verme; no tenía importancia. Mi clase social no alcanzaba a las ahí reunidas y había en la sala únicamente dos antiguas clientas. Cruzaron miradas entre sí, preguntándose, más a sí mismas y no a la otra, a quién seguía yo esta vez, con la esperanza de no ser alguna de ellas.

No es posible hacerse una pregunta como la del título de aquella charla y saber la respuesta. Quizá, una genérica, algo como: "Uno es feliz al estar consciente de su ser y, cuando no le gusta su ser, es feliz porque tiene aspiraciones".

Yo, cuando menos, tengo aspiradora. No jalaba y la compuse. Se le pegaron los carbones porque la señora de la limpieza en casa la sobrecalentó. Al arreglarla me ahorré unos pesos, como si me los hubiera ganado con una chamba. Es medio día de trabajo. Me tardé dos porque no soy electricista, al fin, no tenía clientes. Ahora sí. E incluso es guapa. Y curiosa...

La mayoría de las mujeres, cuando vienen a verme, quieren saber dónde anda el marido o quién es la otra. Ésta me contrató para investigar quién era su abuela. Aunque todavía no *era*, pues no se ha muerto. Tiene un Alzheimer de película, eso sí, pero con su andadera camina por el asilo y los alrededores más que yo, ni siquiera cuando tenía la banda sinfín, ahora descompuesta. Entonces no era sinfín.

La viejita está tan chispa como un durazno. Los objetos por ella más queridos en el mundo son esta gargantilla de diamantes y una botella de licor de almendra nada rara, excepto porque tiene la forma del papa Juan Pablo II. Se le quita la mitra y se sirve uno.

No me siento más santo luego de beber de ella. Él tampoco lo fue, el cabrón. Aproveché una de las distracciones de la dueña, por cierto, constantes. Cuando la veo me dice: "Mucho gusto", incluso durante la misma entrevista. Al despedirme por la tarde me saluda: "¡Hola!". Toco el timbre de su cuarto y responde: "¿Bueno?". Viéndola a ella no me parece tan malo este mal suyo y mío; se le ve feliz y despreocupada. Es una persona chiquita. De esas viejitas menuditas, livianitas, delgaditas, vestidas con pants y sudadera color pastel, que aprenden a pesar hasta que se rompen la cadera y se necesita moverlas de la cama a la silla y de la silla al baño. Tiene el cabello muy fino, suave y blanco y parece más corto debido a sus rizos. 3.14159265359. ¿Cómo me acuerdo de diez dígitos del número Pi y no de lo que les estaba contando? Doña Evita tiene dientes también muy blancos y los muestra con facilidad cuando uno le habla, como si con ellos escuchara. Son falsos, por supuesto, y tampoco oye bien con las orejas.

No se le ha dañado la parte de su cerebro donde guarda la receta para hacer quesadillas. Les pone rebanaditas de tomate cortadas en cuartos, transparentes de tan delgaditas, y tiritas de chile serrano con cebolla. El queso derramado sobre el comal les hace un borde irregular y tostado, delicioso. Algún día le preguntaré por qué no prescinde de una buena vez de la tortilla. Recuerda cuántas y cuáles pastillas indica su receta y son más cada día que las que yo he tomado desde que me dio hepatitis a los veintiún años. No sabe que su licor es de almendra ni sabe que yo sé a qué sabe. No sabe ya nada de la joya.

—Buenos días, doña Eva. Mi nombre es Rubén Pablo Alcocer y quisiera platicar con usted.

—Buenos días, joven. Yo soy Eva Oranday. ¿Y usted?

—Señora, ¿recuerda haberle regalado una hermosa joya a su nieta Rosa?

—¿Rosa?

—Rosa, su nieta. Rosa Oranday Fernández.

—¡Ay! Se apellida igual que yo. De seguro somos parientes.

—Sí. Es su nieta. Y le regaló usted una joya…

—No joven, no tengo ya ninguna joya —se lleva sin pensar la mano al cuello al decírmelo—. Tenía una. Me la trajo Miguelito, pero se la pasé hace mucho a mi nieta.

¿Cuál Miguelito, si su esposo se llamaba Pepe? ¿Tenía doña Evita un amante? ¿Sería él quien le dio el diamante? ¿Cuántos diodos nos dio Dios? ¿Nos dio Dios dos diodos?

La electrónica teológica siempre se hace presente en mi cabeza cuando me hago demasiadas preguntas. Estas preguntas no tienen respuesta ni tampoco salen de ahí porque los diodos poseen la característica especial de permitir el flujo de la electricidad en un solo sentido. Rebotará en las paredes de mi cerebro hasta perder inercia y cansada vendrá a depositarse en la base del cerebelo. Como si le hubiera entrado una bala de calibre pequeño: no sale de la cabeza y rebota de un lado a otro con efecto demoledor.

Aunque la viejita me respondiera todo, ¿cómo podría tener yo la certeza en el pastel, la seguridad de estar escuchando la verdad? Ni siquiera me ha hecho caso sobre las tortillas. O a lo mejor lo hizo; no me acuerdo. O no le he dicho todavía.

—Doña Evita, esa joya ¿fue un regalo de Miguelito?, ¿de dónde la sacó?

—No, yo se la regalé a mi nieta. Era mía. Me la trajo Miguelito y no me la había quitado desde que él me la puso.

Era cierto, me dijeron en su pueblo. Rosa Oranday, mi clienta, no sabe nada de su abuela, la madre de su mamá biológica. Sus papás la adoptaron cuando tenía tres días de nacida y, aunque siempre le dijeron la verdad y hasta le dejaron los apellidos como venían en los papeles de la clínica donde nació, nunca investigó nada de su sangre. Ni siquiera sabía de la existencia de doña Evita hasta que la encontraron unos cazadores en el campo, perdida, y se la trajeron.

No tiene acta de nacimiento ni carta de identidad. No había en su casa otros documentos que ayudaran a saber de ella. Vivía en una casita verde, hecha de adobe y adornada con helechos verdes en macetas verdes en el porche, con unas cuantas mecedoras pintadas de verde en San Buenaventura, una ciudad también verde a pesar de estar en el desierto. La primera vez que estuve ahí creí estar entrando con Dorothy en la ciudad de esmeraldas del *Mago de Oz*, la película que hizo la mamá de Liza Minelli en 1939. ¿Cómo se llamaba? Aunque en la novela original de Lyman Frank Baum, publicada en 1900, no era una ciudad de esmeraldas; sus ciudadanos usaban lentes pintados de verde y vivían engañados. Todo es según el color del cristal con que se mira.

Las esmeraldas no están compuestas por hidrógeno ni helio ni litio, sino por berilio, el cuarto elemento de la tabla periódica. El color verde lo adquieren de las impurezas —inclusiones, las llaman los incluyentes minerólogos— de cromo. Por mucho, el principal productor de esmeraldas en el mundo es Colombia. Aunque se les comenzó a usar en Egipto hace 3 500 años, la más famosa es de 1831, y la incluye Victor Hugo en su novela *Nuestra Señora de París*. Catalina la Grande tuvo una muy grande en un broche, que luego dio a su nuera el día de su boda.

Hasta hace tres o cuatro años doña Eva llevaba una vida independiente, como yo ahorita. O más. Yo nunca he tenido coche y ella era dueña de un Taunus modelo sesenta, dos puertas, del color azul del cielo de Coahuila, con techo blanco. Modelo Ford de origen alemán, el Taunus toma su nombre de una cordillera de Alemania, donde nació la Alejandra de Nicolás. La producción tuvo una pausa durante la Segunda Guerra Mundial, pero continuó después hasta 1994; uno de los modelos de automóviles más longevos.

*

Evita ya no manejaba, es verdad. El coche tenía un lugar bajo el fresno de un vecino, pintor jubilado. Él lo mantenía reluciente y a la orden con la esperanza de poder comprárselo pronto a su dueña, o a sus herederos. En su casa, ella limpiaba lo suficiente para sentirla habitada. Trapeaba y barría, pero había dejado de sacudir. Todos los adornos, sus posesiones: lladrós, cristales de plomo y soplados, figurines chinos de marfil anterior a la prohibición y metal fundido, acumulados por generaciones en su familia, tenían una huella de antipolvo silueteada en su lugar, como las que dejaron las herramientas de su vecino en el tablero perforado de la pared de su cochera donde no cabía el Taunus porque estaba invadido por su obra vitalicia. El señor era un buen artista. Su obra tenía fuerza, estilo, brillo, carácter y se vendía bien. Dejó de pintar un día que se metieron a su casa y se llevaron hasta la última pinza, llave, martillo, cruceta, perica, Steelson, desarmador, serrucho, taladro y navaja de la tabla perforada, dejando atrás cada perfil delineado en tinta blanca. Pero no robaron ninguno de sus cuadros.

Mismas huellas de ausencia ha dejado el mal en la memoria de doña Evita. Espacios vacíos donde hubo algo quizá muy valioso quizá muy bonito quizá muy querido quizá muy quizá nada. Pincelazos de recuerdos remotos y aislados. Una *unDead*, inMuerta como las de Bram Stoker en su novela *Drácula*. Uno de sus personajes a la miss Lucy Westenra o miss Mina Harker, con su cicatriz en la frente después del embate del hijo del dragón; éste le ha chupado no la sangre sino los recuerdos, dejándola viva con la mirada perdida en una nube ausente de cenizas ahora frías. Fuego sin rescoldos, inerte y gris, sin materia. Cerebro inútil, desconectado. Así quedaría yo tal vez en unos años. *Early Onset alzheimer, sagten die Ärzte* (Alzheimer a temprana edad, dijeron los doctores, dice el traductor).

Doña Evita casi no salía. Iba a la tienda dos veces por semana y compraba en la panadería unos polvorones verdes. Al verlos por primera vez me hicieron pensar en aquella película,

Cuando el destino nos alcance, de 1973. En ella, la gente come *Soylent Green*, galletitas verdes racionadas por el gobierno para todos los habitantes de un mundo futuro, sobrepoblado y ambientalmente agotado, como el de ahora. Eran los únicos nutrientes disponibles y se fabricaban en un complejo secreto. Cuando Charlton Heston, uno de los más famosos actores de aquella generación, lo penetra en busca de su amigo, se entera de la ecológica verdad: el *Soylent Green* se hacía procesando los cuerpos humanos con sesenta años o más; demasiado viejos para seguir manteniéndolos con vida de manera rentable.

El papel del amigo, por cierto, y como nota al margen, lo hizo Edward Robinson, nacido en Rumania. Fue su última película a los setenta y nueve años. Murió poco después de terminado el rodaje. Ese año, la Academia le concedió un Óscar honorario por su trabajo en más de cien filmes.

En La Espiga de San Buenaventura venden estos polvorones, menos nutritivos que un humano, seguro. Son azúcar con manteca, harina y colorante verde. Hojarascas les llaman, aunque no lo son. Hay rosas y azules también, pero los verdes son los favoritos de doña Eva. Nazario, el panadero, se los preparaba más grandes cada vez y se confesaba arrepentido al no poder igualar con azúcar —otra forma del carbono— el brillo de los diamantes que Evita no se quitaba ni para dormir, me dijo.

Paseaba toda ella por el pueblo con ellos camino a la iglesia y la gente se los chuleaba. Aunque todos los sabían de fantasía —les había dicho don Prudencio— era su fantasía y no harían nada por desmentirla. La querían bien.

4. *Danaus plexippus*

Aquí, doña Evita sale de San Buena rumbo a Saltillo a conseguir sus polvorones porque el panadero tiene una semana sin venir a trabajar...

Un día, dicen los vecinos, se acabaron las hojarascas. Había lo necesario para prepararlas, pero el panadero no fue en toda la semana después de la boda de uno de sus primos en Abasolo, a veinte kilómetros de distancia. Se le pasaron las copas y armó un escándalo morado...

Me asusté, tratando de determinar qué había perdido ya de mi memoria para no saber cómo algo tan ruidoso e intangible pudiera tener un color cualquiera. Verán: la plaza del pueblo de Abasolo está sombreada por árboles de moras (*Morus bombycis*), cuyos frutos atraen a cientos de pajarillos llamados chinitos (*Bombycilla cedrorum*) al empezar la primavera. La tarde de la boda de Dianita, la hija de don José Pardo, miles de avecillas se disponían a dormir recogidas en sus ramas somnolientas.

Abajo, en las bancas, capaces de acomodar al total de los habitantes del pueblo con todo y perros, no cabía un alma. Vestidos con sus mejores galas, invitados al asado y pastel esperaban el fin de la misa, un poquito larga, pues era cantada por una rondalla de niñas de Saltillo.

Nazario, primo del novio, tuvo la idea de poner unos cohetones en el techo del quiosco y detonarlos cuando la comitiva saliera de la iglesia de San Vicente Ferrer, mientras él y sus cuates gritaban vivas a la pareja. Efecto inesperado fue la evacuación sincronizada de los pajaritos, en su afán por aligerar la marcha, levantar el vuelo y escapar asustados por los tronidos, pintando abajo al pueblo con un atractivo —si bien apestoso— color jacaranda con crema.

El jefe de la policía, igualmente uniformado con su traje de gala, ordenó a los oficiales de camisas relucientes, y unos segundos atrás blancas, detener a los jóvenes más como medida de protección y no castigo, pues si bien los señores estaban disgustados, las damas no abandonaban los pasillos de cemento para meterse a los jardines en busca de piedras con las cuales descalabrarlos nada más por el temor a terminar con sus altos y delgados tacones clavados en el lodo. Y la novia... ¡Oh! La novia cogió un machete recién mandado a afilar por el jardinero y con paso de fuego persiguió a los muchachos hasta los separos, bartolinas o echaderos del municipio, dentro de la presidencia, en la otra esquina de la misma plaza.

Casi al oscurecer, la mamá de la novia, dama devota y ejercitada en el arte del perdón, llevó a los muchachos una olla, cierto, con más arroz que asado, y un kilo de tortillas que a pesar de ser delgaditas no duraron mucho, pero igual les indujeron en conjunto al sueño.

Cuando despertó, Nazario se vio solo en su encierro, porque no conocía la ley del pueblo y sus compañeros de parranda tuvieron a bien aplicarla durante su siesta, dejándolo en la ignorancia: la cárcel tenía techo de paja y en él, un agujero. De esas celdas los borrachos podían salir cuando pudieran; es decir, cuando estuvieran en condiciones de trepar por los adobes, alcanzar las vigas del techo, columpiarse hasta el hoyo y de ahí bajar a la banqueta, descolgándose por la cuerda del campanario de la presidencia municipal.

Aunque ignoraran por quién, en Abasolo sabían por qué doblaba la campana de la presidencia cuando no era 16 de septiembre y nadie lloraba, pues había salido otro preso. Se persignaban y rezaban un Ave María para dar gracias y pedirle al Santo Niño de Peyotes que al día siguiente el muchacho fuera a la labor a sembrar alpiste.

Una semana tardó Nazario en darse cuenta: nadie lo iba a sacar de ahí. Hasta el otro sábado, cuando le cayó de nuevo compañía: un muchacho Williamson, no, hijo de don Carlos, igual de peleonero, le había roto una botella retornable de Coca-Cola en la cabeza a un tipo, por preguntarle la hora en la cantina. Mal cerraron la reja los oficiales cuando el chavo le preguntó a Nazario: "¿Por qué no te pelas, güey?", procediendo a arañar las paredes en vano intento, antes de quedarse dormido en pose de Supermán —con un brazo alzado bajo su cabeza y sobre una nalga el dorso de la otra mano—, después de haberle dado pauta al panadero. Nazario trepó y bajó y regresó a su pueblo y a su trabajo en el camión de las doce, no en los campos de alpiste, sino cubriendo polvorones con ajonjolí, después de bañarse y merendar con su mamá. Sólo la merienda con su mamá.

Para entonces, doña Eva ya se había subido al Taunus. Antes se puso su mejor vestido, se peinó y se perfumó. No traía su coche cinturones de seguridad todavía; para tal efecto llevaba al cuello la gargantilla de Miguelito, porque él le había prometido al dársela que nada podría pasarle mientras la llevara. Eso le había dicho el amigo a quien se la ganó jugando al póker. Evita iría a Monclova en busca de polvorones verdes, se dijo. Tomó por una carretera desconocida porque cuando antes manejaba por ahí ni siquiera tenía pavimento y ahora es de cuatro carriles. Con hartos topes, muy ancha. Supuso que por ahí llegaría a Monclova, porque saludó al del vivero de palmas a la entrada del pueblo. No sabía tampoco de la existencia de un periférico en Monclova y por él tomó, creyendo seguir derecho rumbo a la ciudad de su infancia, dejándola atrás.

Pasó Castaños, donde un par de mordelones consideraron detenerla. Pero no iba a exceso de velocidad y no creyeron poder sacarle más de $40 pesos. Llegaron doña Eva y el Taunus hasta las curvas de la Muralla, ciento veinte kilómetros al sur. Se le habían olvidado ya los polvorones verdes y viajaba encantada, no atenta tanto al camino como a las paredes de la sierra: azules, llenas de lechuguilla, sotol y palmito. Avanzaba despacio y sin siquiera llevar derecho el espejo para ver hacia atrás; sus recuerdos iban ya años ha, días cuando había recorrido esos caminos sin la responsabilidad del volante —tampoco al parecer ahora del todo— sumida en sus pensamientos.

Finalizaba octubre y por el cañón pasaban las mariposas monarca (*Danaus plexippus*) en su migración anual. Doña Eva se convirtió en una más. Viajaba a su mismo ritmo en el reluciente Taunus comprado por su viejo. Tomaba las curvas como las mariposas las corrientes de aire. Parecía flotar en una barca de blancas velas desplegadas, mecida sobre las curvas por olas a sotavento y barlovento. Se balanceaba cogida del timón, como si la radio silenciosa tocara un vals de Chopin, ágil y delicado. El retumbar del aire sobre las ventanillas abiertas de su coche la aislaba del grito de casi todos los demás carros y camiones cuando pasaban a su alcance, de ida o vuelta... "¡Vieja loca!"

5. Orloff

Donde roban los tres grandes ojos de Shiva; llega uno de ellos hasta Catalina la Grande, pero Napoleón, creemos, no pudo robárselo a su nieto.

Los templos son oscuros y fríos y húmedos lugares solitarios, pardos cuando solos de noche o en días nublados, pero no son ocasión para el miedo. Es alegre pensar en su población promedio de un ratón por cada 9.3 metros cuadrados. No importa la frecuencia de fumigaciones o el número de trampas armadas por el sacristán, tal radio permanece tan constante como el peso de la semilla de la anacahuita (*Cordia boissieri*). Siempre hay agua —y bendita— para tomar y comida en abundancia. Parecida a la hostia, nada menos... La piel del cuerpo humano se renueva por completo cada mes, desechando la epidermis muerta bajo bancas y reclinatorios, sobre todo en las zonas de playa, calientes, cercanas al agua, donde la gente se baña de sol con salir a la calle.

Capa tras capa de nutritivas escamas queraticinadas, cuya única desventaja es la producción de tantos gases como el mejor plato de lentejas —de ahí, el clásico aroma a iglesia. Además, los misales son celulosa pura—. Ellos y los... los bíceps... los conejos —no quise decir anacahuita sino algarrobo: tan constante como el peso de la semilla de algarrobo, de donde viene la noción del quilate— pueden desdoblar en azúcares elementales, aun bajo el penoso proceso de coprofagia —comer sus propias heces— sin efecto adverso alguno sobre su autoestima en general.

Nigel nunca hubiera pensado en meterse a un templo de denominación cualquiera para encontrar sentido a su vida —siendo ateo, la tendencia era buscarlo bajo el corcho de una botella— si no le hubieran platicado tanto cómo el señor Shiva impartía desde este altar bendiciones sobre sus visitantes, mirándolos con grandes y multifacéticos ojos plenos de bondad. Además, iba huyendo de la policía militar y de su eventual castigo como desertor: la cabeza viendo a la boca de su esófago entre el mimbre tejido de una canasta. Lo corrió de mala manera un sadhu. "Aquí sólo pueden entrar creyentes", le dijo, pero no antes de haber visto a Shiva y exclamado un séntido "¡dios mío!" al ver sus ojos, sus tres ojos brillando con toda la luz del mundo, capturada en las profundidades de las cercanas minas de Golconda: tres enormes diamantes tan grandes como huevos de codorniz.

Su propósito en la vida fue en adelante poseer esos ojos, dejarse poseer por ellos. Aprendió de memoria la "Che gelida manina" de Puccini y repetía a su conveniencia la frase: "I gioiell tre ladri, gli occhi belli".

"Tres ladrones de joyas, hermosos ojos." Vio en ellos la salvación quizá no de su alma, pero sí de su cuerpo y el fin a sus penurias pecuniarias. Un año entero planeó el cómo. Quizás algunos más, la historia es oscura. Nigel se convirtió o dijo estarse convirtiendo al hinduismo. Estudió los códigos, costumbres, historia y oraciones indispensables para lograr la cercanía y camaradería con los tres furiosos dóberman encargados de cuidar a Shiva. Cuando estuvo listo, una noche tormentosa, escaló la pared del templo para adueñarse de los ojos de la efigie azul. La barda mojada y la paridad ineludible de haber lubricado con alcohol el gañate para darse valor, inhibiendo de paso su equilibrio, le llevaron a perder el cuchillo y romperse la mano al caer.

Tras varias horas a solas con los ratones del templo, pudo desprender el ojo izquierdo nada más. Se acercaba el alba y debía retirarse. Debía también mucho dinero, pero le fue forzoso conformarse.

Si tuviera otros dos socios en la presente empresa... se consoló pensando, de cualquier modo llevaba ya su parte del botín y, de permanecer ahí media hora más, lo atraparían y se lo darían de merendar, no a los perros, sus amigos, sino a los cocodrilos del río más cercano de cuyo nombre, como Alonso Quijano, no puedo acordarme.

El gaznate, no el gañate, lubrica uno con licor. La palabra *gañate* no existe, o más bien, existe pero carece aún de significado. El río era el Kaveri. En su huida Nigel olvidó —otro olvido— uno de sus dos zapatos y para colmo, tampoco recordaba haber tocado la campana antes de entrar en el templo, como corresponde a todo ser cuando entra a la casa de dios.

En suma, su noche tuvo un sabor amargo. No lo abandonaría hasta el final de sus días... Los tres restantes, pues a luego le atraparon en Madrás e hicieron realidad sus pesadillas: sendos cocodrilos le arrancaron sus brazos y, como a diferencia de Shiva él no tenía cuatro ni seis, otro se tragó su pie descalzo. Ya lo demás fue lo de menos, menos y menos a cada mordisco de indistintas bocas turbias, en la mezcla de cieno y sangre donde se debatía la suerte de sus despojos.

Todo esto luego de deshacerse de su botín, a cambio de 2 000 mentirosos francos. El ojo de Shiva estaba ahora en mano de un capitán inglés, con rumbo a Ámsterdam a toda vela. El capitán, se sabe, bajó de Chennai —el nuevo nombre de Madrás— hacia el sur, para bordear la puntita del continente asiático. Luego subió al noreste a través del mar Rojo y pasó Suez hacia el Mediterráneo. Salió por Gibraltar, bordeó Portugal rumbo el Canal de la Mancha y un poco más al norte, hasta Ámsterdam, sin soltar ni un instante el diamante, llevándolo dentro de un guante atado al muñón de su mano faltante... Toda la cacofonía necesaria para dedicarle un épico poema épico a —quizá— su última hazaña.

Buscó en Holanda a un conocido corredor de gemas llamado Saffrás, quien accedió pagarle 9 000 francos por el brillante brillante. No los tenía de momento. Le pidió esperar unos días, irritándose mucho tras la negativa tenaz del vendedor. Saffrás acudió entonces a sus dos hermanos como socios en la empresa, pues ya tenía a la clienta ideal a quien planeó ofrecerle la pieza en 400 000 florines, de los que un tercio habría de reportar a sus financieros, conservando para sí las dos terceras partes de éste. Al fin, no se trataba de arriesgar ahorros, sino de propinar buenos golpes con daga y espada, dados en oscura callejuela a la salida de una taberna sobre la persona tambaleante del capitán. El primer brutal lance de espada le cercenó al pobre la otra mano, liberándole de la custodia de la gema; una daga le arrancó entonces la lengua antes de permitirle protestar, maldecir o pedir auxilio y tras la lengua se fue la cabeza completa, eliminando de cuajo la capacidad para denunciar a los nuevos dueños del diamante, ya de suyo difícil sin manos para escribir ni lengua con la cual hablar.

Cuando los hermanos de Saffrás vieron la hermosa joya, justificaron el crimen y cualquier otro cometido en su nombre. Justificaron y al tiempo igualaron la avaricia de Saffrás, y aunque intentaron con vehemencia defenderse, cayeron víctimas de su espada. Saffrás quedó como hijo único de su madre.

Se recompuso de tan inmenso dolor y preparó de inmediato lo necesario para recorrer los 2 436 kilómetros entre él y Moscú, para hablar con quien tenía poder y manera de comprarle aquella maravilla: la hermosa Sophie Frederick Augusta, nombre original otorgado en la pila del bautizo a Catalina la Grande. Ahora con más seguridad luego del éxito del reciente golpe de estado que orquestó contra su marido.

La emperatriz enloqueció de deseo a la vista del diamante; Saffrás era un gran vendedor. Sin embargo, Catalina era también prudente y sabía que no sería bien visto el enorme gasto del estado en una joya y con el alma en pedazos se negó a adquirirla. Al salir también muy triste de aquella entrevista, Saffrás se topó en la antesala de la reina con el conde Grigori Grigórievich Orloff y notó sus ojos hinchados por el llanto: estaba ahí —le informó a Saffrás una dama del servicio, tras generosa como discreta retribución— con la esperanza de hacer a Catalina reconsiderar su reciente rompimiento amoroso, algo a lo cual podría ayudarle una piedra mágica como aquella tan singular en poder de Saffrás.

Los ojos llorosos del conde brillaron casi como el diamante ante la idea excelsamente expuesta. Orloff mostraba real arrepentimiento por haber cometido una sola infidelidad, más del límite superior fijado por Catalina al perdón para su amante favorito, con quien alguna vez considerara casarse. Cada uno de los nueve pagos mensuales signados por él por adquirir el diamante servirían como penitencia y recordatorio a su pecado y tal vez —tal vez— le ganarían algún día estar nuevamente en brazos de su amada. Hicieron el trato.

Orloff tuvo el regalo para Catalina, pero no el premio. Ya ella tenía otro amante, quizás en recompensa por la misteriosa muerte de su marido en cautiverio. O tal vez porque le pareció más guapo, o más accesible. O nomás, más nuevo.

En defensa de la señora hemos de decir: llegado el vencimiento del pago de la segunda mensualidad a Saffrás, Orloff encontró su deuda saldada y cubierta. Encima de todo, se supo propietario y señor de un hermoso castillo hasta entonces perteneciente a la reina. A ella, pasado el deslumbramiento inicial, le pareció demasiado ostentoso el diamante y ordenó la confección de un cetro, usándolo como pieza central. La leyenda oficial dice que esta bella joya aún se exhibe en el Museo del

Kremlin, habiendo sobrevivido a la Revolución y varias guerras. El mismo Napoleón, se narra, quiso quedárselo:

*

1812, cerca de la frontera entre Polonia y Rusia; el ejército de Napoleón comienza su infructuosa marcha hacia Moscú... Sí llegó, aunque con la mitad de sus soldados y sin fuerzas, ateridos por el frío y con mucha hambre. Casi de inmediato se dio la media vuelta, en una muy penosa retirada a costa de la mitad de la mitad restante, con temperaturas de hasta cuarenta grados bajo cero, Celsius o Fahrenheit da igual, pues en ese punto ambas escalas coinciden. Mas en ese tiempo no se usaba ni una ni otra, sino los ochenta grados de Réaumur, René Antoine Ferchault de Réaumur, entomólogo francés, experto en insectos con fiebre atípica.

La historia de esta infeliz aventura de Napoleón la cuenta de manera magistral Peter Ilych Tchaikovsky en su *Obertura 1812,* en la cual se escucha *La Marsellesa* en retirada y se celebra con estallidos de cañón y campanas al vuelo, como las del 6 de agosto en la Capilla del Santo Cristo de Saltillo, a unas cuadras de mi casa, la prevalencia de la soberanía rusa.

Aparte de no haber considerado el invierno, pues la invasión comenzó en junio con uniformes poco apropiados para la nieve, la humedad y el frío, Napoleón pensó que podría abastecerse por la retaguardia y conforme fuera ganando posiciones en las ciudades conquistadas. Encontró malos caminos, difíciles para sus trenes de víveres, y ciudades, pueblos y granjas vacías y quemadas, sin alimento ni ganado mayor o menor y mucho menos minúsculo como las gallinas. Incluyendo Moscú, a donde llegó el 14 de septiembre. Durante los siguientes cuatro días la ciudad ardió y casi quedó tan destruida como la Roma de Nerón. Ni los más severos castigos lograron detener el saqueo de los soldados franceses. La leyenda si no la historia, cuenta cómo Napoleón buscó incejante el cetro imperial confeccionado por la abuela de Alejandro I, soberano en turno. Luego de cinco semanas de interrogatorios y sobornos, casi siempre terminados en tortura, se determinó con gran probabilidad dónde estaba el cetro: habría sido sepultado en la tumba de uno de los más connotados patriarcas de la Iglesia ortodoxa —a quien el zar le tenía enorme aprecio— en el viejo cementerio de Vagánkovo.

El 17 de octubre, el mismo Napoleón se apersonó ante el sepulcro con una pequeña cuadrilla de oficiales y tres recios soldados para levantar la loza y escarbar, hasta dar con el féretro.

Era una noche helada y húmeda. Soplaba un viento endemoniado y cambiante, de esos que chicotean el alma y con él, el polvo de cada palazo llegaba hasta la cara y los ojos de la breve comitiva, incomodándola hasta las lágrimas. El sonido rítmico de las palas hundiéndose en la tierra y lanzando cucharadas de ella fuera del hoyo, no cesó. En poco tiempo —eran, como se dijo, soldados robustos y acostumbrados al trabajo arduo— escucharon al metal de las hojas golpear contra la madera. Fueron limpiando la tapa y al final dejaron a un lado las palas y continuaron con las manos y a gatas.

En algún momento el ruido del viento aumentó de intensidad hasta convertirse en pasos, en una marcha, en un ejército cada vez más cercano con aterradora, absoluta decisión. El estruendo de su marcha superó los aullidos intermitentes del viento y los confundió… No sabían si era el viento o una manada de lobos rondando. De pronto no había viento ya, sólo quedaba el frío. E intempestivamente, silencio.

Todos se miraban, inquietos. Nadie osaba hablar. Del extremo del féretro en donde se suponía estaba la cabeza surgió un breve y sutil remolino. Creció hasta tomar unos dos metros de altura y se incendió. Una llama verde esmeralda, brillante y poderosa pareció hablar con voz entre trueno y cimbra. En francés claro y perfecto se dejó escuchar: "Sería una vergüenza para mí ver al emperador profanar mi tumba". En un instante quedaban ahí las herramientas, las barras y las palas envueltas en una ligera nube de polvo levantada por la comitiva en retirada, con el acompañamiento de una leve danza lúdica de violines en la pieza conmemorativa de Tchaikovsky. *Le Grande Armée* abandonó las ruinas de Moscú esa misma noche y emprendió el camino de regreso para llevar a Napoleón hasta Elba y el exilio definitivo. El diamante Orloff, el ojo izquierdo de Shiva, sabía cuidarse solo.

De todos modos, cuentan las inquietas lenguas que el monarca sí llevaba un buen tesoro consigo bajo la mano metida en su casaca. Y, señalan, una de estas joyas acabó como regalo para Fanny Beauharnais, madrina de su hija Hortensia, quien se casó con su hermano Luis y fue madrina de Estefanía, nieta de su madrina. Ella la obsequió años después a la hermosa novia de su nieto Carol I de Rumania, Isabel, al igual que Fanny ferviente y aguda escritora feminista.

6. La curvatura de la Tierra

Donde unos cazadores encuentran a doña Evita perdida en el desierto, hambrienta y sin gasolina ni batería en el Taunus, y la llevan hasta mi clienta.

Lalo se acordó del consejo de Humberto Uquillas, "La falacia de la alta velocidad", y apretó la escopeta con fuerza. Estaba entumido, oculto entre unas piedras frías en una mañana de viento aunque suave, helado y con neblina. El rocío dominaba ya su pasamontañas que nunca había estado en una y le humedecía los bigotes. Tal vez era el flujo nasal producido por la temperatura o falta de ella. Dio una mordida a su gordita de frijoles con Spam frito, caliente porque la mantenía en el bolsillo interior de su chamarra, a un costado de su panza de estar gordo, y protegida por su brazo encima del codo.

Humberto Uquillas Sota es un ingeniero químico de Cuernavaca, Morelos. Antes vivió en Ahuatepec, muy cerca de donde se instaló la fábrica de Cartuchos Deportivos de México, la marca Águila. Al menor de sus hijos, Alejandro, muy hábil con la resortera desde niño y con compañeros hijos de los empleados de la planta, le gustó el tiro con escopeta. Acompañándolo a las prácticas y competencias, el papá desarrolló una serie de teorías y experimentos de balística para explicar el gran éxito de su chavo. Luego publicó un libro llamado *Pólvora y perdigones*.

En él, Uquillas describe dos técnicas para acertar a un blanco en movimiento: la primera es seguirlo por unos instantes y en el momento de disparar, adelantar la mira y oprimir el gatillo. La otra es seguir la línea del objetivo desde atrás con mayor velocidad y apretar el gatillo cuando se pasa sobre él. En ambos casos lo importante es no detener el giro del cañón.

Durante la presente temporada de patos, Lalo había puesto ya a prueba ambas y ninguna superaba el resultado del instinto. Sin embargo, Uquillas no lo había engañado, pues advierte en el prólogo no pretender hacer del lector un mejor cazador, sino darle algunas buenas excusas técnicas para explicar el haber errado. Lalo prefería entonces sus propias reglas. "Antes de tratar de cazar un pato, procura tenerlo a la vista." No dispararía antes de verle los ojos, detectar la cubierta vítrea, su iris y pupila detrás; no como un puntito negro en la cara.

Y ahí venía. Uno solitario, grande. Si mantenía la trayectoria le pasaría por arriba y a buena altura. ¿Sería un pato golondrino (*Anas acuta*)? Tenía el pico muy grueso. No alcanzaba a ver los colores porque el día era gris, pero según el método de identificación McCormick… No, ésa es mayonesa. Bueno, alguien de nombre parecido recomienda conocer a un pato por cómo vuela; la altura y el ritmo de las alas. Si era un cucharón (*Spatula clypeata*) no le iba a tirar. Esos saben a lodo porque comen en aguas de baja profundidad y filtrando el cieno entre los finos dientes de su pico, como las ballenas vegetarianas. Podía ser un pato pinto (*Mareca strepera*). Se preparó por si las moscas… Por si los patos. Levantó la escopeta Winchester Over&Under calibre 12 y le fue siguiendo en la mira. Quitó el seguro con el pulgar. Se apalancó la culata sobre la axila para amortiguar un poco la patada y porque recordó otro dicho de Uquillas: "La culata es la que mata". Ya en esos momentos sentía el pato en sus manos y odiaba tener tanta ventaja. De haber conocido yo su sentimiento, le habría recomendado bajar al calibre 20.

De una libra de plomo se hacen diez, doce, dieciséis o veinte postas. El diámetro de cada una de ellas se convierte en el grosor del cañón y el calibre de la escopeta. Esos números son los más populares; entre más chico, más gruesa el arma. La única excepción a esta regla es el calibre 410. Éste sí es una fracción de pulgada, porque apareció primero en Europa alrededor de 1910.

Cuando fui escopetero mi papá quiso hacerme entrar en razón y cambiar a una escopeta calibre 12, más grande y potente. Para él, mi apego a la 20 era medio infantil —por no decir gay, su verdadero temor—. Yo me negaba, en no poca parte porque siendo el único con una escopeta calibre 20 mis amigos cazadores nunca me robaban cartuchos. Adicionalmente, me obligaba a planear mejor mis tiros.

Lalo puso los dedos índice y medio de la mano sobre cada uno de los gatillos, último paso antes de disparar.

Ya sentía yo el zumbido alojarse dentro de sus oídos toda esa tarde y todos los días de su vida en adelante: los constantes disparos durante mi juventud me produjeron *tinnitus* desde la adolescencia o más bien, como parte de ella. Llamamos adolescencia al periodo de nuestras vidas en que físicamente nada nos duele. Deberíamos reservar el nombre para después de los cincuenta. Preferiría no tener dolor en absoluto y olvidarme de él cuando ocurriera. Quizás en mi caso fue la moto, el viento sobre mis orejas a gran velocidad… No quise pensarlo más. Me asfixiaba el recuerdo, o el presente. O la bolsa.

Una línea recta de un punto al inicio del cañón al otro en el final y el pato volando arriba. Lalo comenzó a adelantar y a exprimir los gatillos. Escuchó un disparo, no el suyo. Apenas pudo contenerlo entonces. El pato cayó haciendo una parábola. Rebotó sobre la pared de la presa y fue a dar al otro lado. Escucharon el sonido de una lámina al caerle algo encima.

—¿Qué pasó— preguntó a Alfredo, su compañero de cacería, sin verlo.

—No sé.

Un cuerpo cae atraído por la fuerza de gravedad, acelerando a razón de 9.8 m/s^2. Si además lleva una velocidad horizontal constante, al menos en la práctica, descontando la curvatura de la Tierra y la resistencia del viento, la línea trazada será una parábola. Eso sería verdad si los tontos simples tuvieran razón y el planeta fuera como piensan plano y la gravedad vertical, no centrípeta. Siendo la Tierra redonda, la trayectoria de un cuerpo al caer no es una parábola, sino una elipse, como la órbita de cualquier objeto en el espacio. Todo esto pudo pensar Lalo, pero sólo dijo:

—Me lo ganaste.

—Perdón —le respondió Alfredo con falso arrepentimiento en la voz.

Lalo aprovechó para levantarse. No pudo ver nada. Subió al bordo de la presa por entre las piedras areniscas, siempre buscando tarántulas entre los huecos, y caminó hacia la cortina de concreto. Alfredo lo encontró en unos metros. Rodearon el muro y del otro lado estaba el pato, muerto sobre el techo del Taunus de doña Evita.

Un pequeño hilo de sangre salía de su pico. Era un pato pinto (*Anas fulvigula*), macho.

A pesar del aroma persistente en mis manos durante semanas, en mis días de cazador odiaba más desplumar que destripar patos, porque sus plumas tan compactas y perfectas se multiplican y hacen el proceso interminable. Me dolía un poco anticipar el gusto por el guisado de mi abuela con salsa de naranja. Cuando uno come un pato está comiendo toda su migración y su crecimiento. La tibieza del huevo arrullado y removido por su madre para darle calor en todo el cuerpo. La luz al otro lado del cascarón, cada día más atractiva hasta hacerse obligatorio salir a buscarla. El aroma del lago, la hilera de hermanitos difíciles de diferenciar hasta de sí mismo, siguiendo a su mamá. La sensación de flotar y caminar de panza. El reflejo del cielo en el espejo del agua y el deseo dedálico de alcanzar las nubes. Volar. Frenar con las alas, jugar con el viento. El llamado del sur con la llegada del invierno. Todo eso le roba el cazador a un pato. Procuro no pensarlo demasiado para no volverme vegetariano.

Había llegado doña Eva hasta el fin del camino de la presa las Esperanzas. Tenía el auto frente a la cortina, sin gasolina y con las luces encendidas a las 7:00 de la mañana, ya sin batería.

—Se me olvidó cómo se pone la reversa —les dijo entumida y tiritando.

Lalo se quitó su chamarra de pluma de ganso y con ella envolvió a la señora. Dieron con la nieta gracias a una tarjeta de Navidad que doña Eva había olvidado mandar… siete años antes, guardada en la guantera del auto. Rosa ya no vivía donde mismo; una vecina sabía a dónde se había cambiado; un departamento sobre una tienda en el centro de Saltillo. Ahí la recibió y desde entonces doña Eva vivía con la familia de Rosa. A su marido no le importó mucho. Ya ni iba a su casa, entusiasmado como andaba con una novia. Pronto le descubrirían.

Por la tarde de ese mismo día mandaron a recoger el auto y ya no estaba. Los ladrones sí le habían sabido a la reversa.

7. Falsedad

Cómo Rosa y yo llegamos a saber la verdad acerca de aquella joya y nos despedimos para nunca volver a vernos.

No fue una decisión difícil para Rosa: su abuela debía vivir con ella. Le necesitaba. La llevó a su casa en San Buena a recoger su ropa y a cerrarla, pues la había dejado abierta. No importaba. En San Buena en esos años nadie se robaba nada fuera de los duraznos de las ramas colgantes sobre la banqueta, cuando iban pasando y había. De todas maneras, cerraron con llave. Llevaron los muebles al bazar de don Prudencio Garza para que los vendiera y la casa está vacía desde entonces. Los helechos del porche siguen igual de verdes. Antes de venirse, fueron a La Espiga y compraron trece polvorones verdes. No había más.

Rosa se maravilló de la gargantilla de doña Eva y la regañó porque cualquiera hubiera podido decapitarla por quitársela. Es una joya espectacular. Pienso en Saltillo y encuentro un sitio apenas a donde una dama podría llevar puesto algo así: al Casino y el día del baile del Blanco y Negro, la tercera semana de agosto. En tal entorno nadie va a pensar, al verla, en diamantes reales. Lo son, Rosa está segura. Tienen calidad, tienen peso. La joya es fina y lleva una firma atrás de una de las monturas: Troitnoki. Le falta un pequeño diamante, aunque no le hace menos. El deseo de Rosa y lo práctico es venderla. La historia de su abuela y cómo se hizo de esa joya le interesa para saber de dónde viene y conseguir mejor precio.

—Rosa, ¿será de verdad?

—¡Claro! Nomás véala. ¿Cuándo ha visto una joya así que no sea de verdad?

—Pues por eso. ¿Ya la hizo valuar?

—El cabrón de la joyería me cambió el diamante de mi anillo de compromiso cuando se lo llevé a limpiar.

Al decirme eso quería darme a entender su desconfianza en todo experto. Había hecho la lucha con el joyero de una de sus amigas más ricas, pero no encontró en él experiencia, interés, profesionalismo. En eso había quedado.

—Tengo un amigo en Monterrey, quien me vendió mi anillo de compromiso —le dije—: es incapaz de engañarme. Si quiere vamos a verlo.

"Incapaz de engañarme." ¿Me estaría engañando yo mismo? Fernando y yo tenemos una conexión muy especial: primero porque como alumno fue mi mejor maestro y se convirtió en amigo. Joyero por tradición familiar. Cuando me atolondré y quise casarme, uno de sus compañeros, habiendo ya pasado por ahí, me sugirió buscar con él mi anillo, bajo el argumento, en apariencia razonable, del valor de comprárselo a un conocido, sobre ir con un conocedor que te desconozca.

Yo no creía necesario un anillo de compromiso y tenía, tuve, tengo y tendré la convicción de que si fuera necesario, sería un excelente motivo para cancelar una boda. De todos modos y con la misma renuencia clavada ante todo lo necesario para casarme, puse en el tocacintas del coche la canción "Anillo de compromiso" de Cuco Sánchez y fui a verlo.

Su joyería está por la calle de Juárez en Monterrey. Es un establecimiento pequeño como los de gran categoría en el centro de Manhattan. Aquí, aún entre el humo de los camiones, tiene una distinguida serenidad. Fernando me recibió con amable respeto. Me hizo pasar a su sótano, donde tiene una bóveda de seguridad como la de un banco. Le manifesté mi asunto:

—Me voy a casar —le dije. Ni novia tenía, pero como vivía al otro lado de las montañas, quería brincarme algunos pasos, por economía. Iría a visitarla llevando ya un anillo. Saqué una cajita de terciopelo negro y se la extendí. Me dieron ganas de hincar una rodilla al suelo para ir practicando; me contuve.

—Heredé este diamante de mi abuela. ¿Podrías ayudarme a valuarlo y montarlo?

Fernando se caló el ocular. Por su expresión, debió más bien calarle a él. Se trataba de una piedra limpia y bien cortada, le aseguré, sin duda muy valiosa, adquirida por mi abuelo en Boston en 1897. Fernando sacó otros aparatos. Lo sometió a pruebas de conductividad eléctrica y térmica; luego lo pesó en una pequeña balanza de precisión. Lo hizo dos, tres veces. Murmuraba mientras yo observaba... Entre dientes, me parecía decir: "A veces los cortan un poco más chaparros..." "Hace tiempo que no le cambio las baterías a esta cosa..." Pese al aire acondicionado de su oficina, colgado de un agujero en la pared y punto débil muy atractivo para un ladrón, consideré, dos gruesas gotas le resbalaban por la articulación de la quijada. "El aire no está enfriando, ¿verdad?", dijo.

"Fernando...", siguió maniobrando con la piedra. "Fernando", insistí. "¡Fernando!", como si estuviera tratando de despertarlo de una pesadilla. Por fin reaccionó y levantó la mirada. "Es falso", le dije. "Es un circonio comprado por correo a un anuncio de las últimas páginas de la revista *Discover*. Me costó $17 dólares, medio quilate. 'Diamante ruso', decía."

Fernando suspiró hondo. Por un momento lo creí dispuesto a darme un golpe. Luego se recompuso y me hizo ver todas las diferencias entre un diamante y esta cosa. El diamante es un perfecto aislante eléctrico y también perfecto conductor de la temperatura. Mi piedra no tenía imperfecciones y eso la hacía sospechosa. Como cuando mamá nos hacía la tarea. Me mostró un diamante del mismo tamaño; su peso duplicaba al del mío. Puso un diamante real junto a mi piedra en un vaso con agua y sólo mi piedra se veía. El diamante desapareció por completo —bien pudo no haber echado nada en ese vaso, pensé luego—. En fin, me convenció de sus conocimientos y de las diferencias entre mi piedra y un diamante. Saqué mi chequera. Cheques sí tenía muchos. Fernando se limpió el sudor con la manga de su camisa y luego se dio media vuelta, pegándole a su aparato de aire acondicionado la fuerte bofetada que tendría ganas de espatularme a mí.

Las luces sufrieron un visible bajón. Se escuchó una baja vibración, el aparato se apagó y chisporroteó desde adentro, lanzando su rejilla con fuerza hacia adelante y un fuerte tronido. Todos los músculos de Fernando se tensaron. Su cara, sus brazos, su cuello. Comenzó a salir humo del suelo, de sus zapatos y sus jeans se incendiaron. Estaba pegado al aparato con la palma de su mano. Los ojos desorbitados y temblando todo. Yo no acertaba a hacer algo. No era una gasolinera en donde hubiera visible un botón de paro de emergencia rojo grandote en la pared. En las joyerías las emergencias son por robo o infartos del marido cuando ve cuánto le va a costar su señora esa tarde… ¿Tendría un desfibrilador? No era el mejor momento para buscarlo.

También a mí se me estaba acabando el tiempo dentro de mi bolsa de medias noches atada atrás del cuello. Segundos, medidos en decilitros de aire al que mis pulmones le estaban chupando las últimas gotas de oxígeno. Algo debía hacer ya. Por fuera me vería como uno de esos lechoncitos empacados al vacío en venta para la Navidad. La boca muy abierta lista para recibir la tradicional manzana antes de entrar al horno, adobado con achiote y mantequilla, los ojos pelones, negros, sin vida ya. No pude comprobarlo porque no tenía un espejo a la vista. Nunca me peino al salir.

Salté los setenta centímetros del mostrador entre Fernando y yo. Eran setenta y tres. Me fui de bruces contra él. Para suerte de ambos, el golpe lo desterró y los dos rodamos al suelo. Yo con quemaduras leves en los brazos y un fuerte golpe en la rodilla debido al salto insuficiente. Fernando desmayado, pero respirando. No le tomé el pulso porque no me atreví a tocarlo. Llamé a una ambulancia.

Tenía las dos piernas y un brazo chamuscados por la corriente y las llamas de la mezclilla. Los doctores opinaban sobre la necesidad de amputárselas. Su esposa no lo permitió, poniéndolos tan pintos como se pone desde entonces a los de la Comisión Federal de Electricidad cuando le llega un recibo. Fernando no podría caminar ya, vaticinaron, y se vería obligado a usar una silla de ruedas el resto de sus días. Eléctrica, me supongo.

Mentiras. Fernando resultó ser un Iron Man —baquelita, cerámica man— no sólo por su definitiva alta resistencia: sobrevivió aquel trance treinta veces mayor al que a mí casi me mata treinta veces y ni siquiera se le notan secuelas.

A mí me dieron de alta a los siete días; él estuvo internado tres meses. Cuando por fin lo visité, seguía vendado hasta de la cabeza y no con cinta de aislar. Según me explicaron, tenía algunas viejas amalgamas de metal que se fundieron y le quemaron la lengua al derretirse. Al salir, agarró un nuevo aire y consiguió una nueva esposa, también guapísima. Tuvieron dos nuevos hijos.

En cuanto regresó a trabajar, volví a la joyería y compré un diamante real. Pagué por él siete meses de sueldo, aunque por no darles demasiada información sobre mis finanzas declaré un par. Menos de cien días después de la boda, mi esposa lo había perdido. El circonio aún lo tengo en el cajón del centro de mi escritorio. Me duró más que ella y durará más que mis recuerdos. Que mi vida.

Sin contarle toda esta historia a Rosa, acordamos pedirle a Fernando su opinión sobre la joya. Rosa quiso confiar en mí y mandarme con el encargo. "No te separes de ella", le dijo el marido.

Pasó por mí a las diez de la mañana. Fernando nos vio entrar. Antes de llegar al mostrador se había formado la idea: iba a casarme de nuevo, con ella. Rosa tiene la edad más recomendada para una pareja ideal: la mitad de los años cumplidos, más siete. Yo tengo cincuenta y cuatro. La mitad son veintisiete y siete serían treinta y cinco. Su licencia de conducir decía veintisiete. Los faltantes serían nuestros años de felicidad. Yo cumpliría entonces sesenta y uno y ella treinta y cuatro. Se iría acercando como las escalas Celsius y Fahrenheit y se empatarían en mi cumpleaños sesenta y ocho, de llegar a él respirando.

Rosa, pequeño detalle, no era mi novia sino mi clienta. Sí, me gustaba y me agradaba estar con ella, pero tenía marido y yo soy muy respetuoso de las formas, por mucho que me agradaran las de ella.

Sin hablar, Fernando nos hizo señas y lo seguimos. Escuchamos el chirrido de la chapa eléctrica para bajar a su bóveda. Le presenté a la señora Oranday como mi cliente y manifesté nuestro deseo de obtener un avalúo profesional para aquella gargantilla, aquellos diamantes. No tardó mucho y ahora no sudó. Apretó un poco la quijada y dijo sin pensarlo, con gran seguridad: "Buena copia. Quizás unos $10 000 pesos".

Ni durante la comida ni en todo el camino de regreso dijo Rosa una palabra sobre la joya. Yo iba pensando en tomarme unos dos días de vacaciones antes de ocuparme de otra cosa. ¿Me iría a pagar o pediría el reintegro íntegro de su anticipo?

Bajé en la esquina junto a la estatua *El indio y el español* del escultor Erasmo Fuentes en la plaza de la Nueva Tlaxcala. Rosa dobló por la calle de Victoria y se perdió entre el tráfico. Ya no volvería a verla jamás.

Sí la vi y antes de lo que imaginaba, nada raro si se piensa que pensaba no verla ya nunca. Fue al día siguiente, en el periódico y con un balazo en la cabeza. "Diferencias conyugales", decía la nota. El marido estaba preso.

8. Parábola

Donde decido seguir con la investigación por si aparece un heredero de mi clienta.

Mi primer impulso fue salir de inmediato al penal a ver al viudo de Rosa. Me contuve ante la posibilidad de ser yo para él una de las diferencias aludidas en el periódico. Sentí una pena enorme por mi clienta. Cierto, la conocía poco, pero a mi edad poco es todo lo necesario para conocer a las personas buenas. Rosa sin duda lo era. El marido me dolió también, su situación. Improbable para él ser el asesino, aunque en la nota parecía no negar nada, acusar a nadie o demandar justicia. ¿Se solidarizaba con el asesino por haberle librado de su matrimonio?

Me preparé un huevo con papas, o papas con huevo, porque primero se tienen que cocer las papas en la sartén tapada, me enseñó la tía Feliza, y luego agregar el huevo para comérmelo con sopa de gato, cat-sup, un chiste impasable de mi papá. Mientras la buscaba en el ropero seguí pensando. Rosa sólo había hablado bien de su esposo. Se quejaba como todas del esquema responsable de su unión y del lento fulminante de prometerse uno al otro "hasta que la muerte nos separe". No preguntó como todas cuánto le cobraría por investigar un poco al esposo, cuando menos por quitarse la curiosidad. Aunque no quiso comprometer la gargantilla, aceptó de buena gana apostar $100 dólares: no encontraría yo en posesión de su marido, si la buscara, una libretita negra con teléfonos de auxilio: mujeres, novias ni amigas. Ni finanzas ocultas con provisión de fondos para otras aventuras, ya no decir una segunda familia con coche, casa, niños, ropa, escuela y vacaciones.

Rosa marcó desde el principio nuestra relación como algo profesional y cuando tenía oportunidad lo reforzaba. Después del encuentro con Fernando me pidió ir a comer a la Fonda de Andrés, un hermoso lugar bohemio donde era conocida, pues a menudo iba ahí con su esposo. Cuando terminamos pidió la cuenta, señalándome como receptor, al tiempo me alargó su tarjeta de crédito. Se aseguró de dar al mesero mis datos fiscales para una factura. Un matrimonio así no termina así, pensé viendo el periódico creo que por demasiado tiempo, pues una gota de salsa de tomate de mi bocado cayó sobre la foto de Rosa, dando un color trágico a mi sentimiento de dolor, al modo en que Eisenstein pintó de rojo la bandera del Potemkin en su película.

Salí a la calle como Augusto Pérez en *Niebla*, la novela de Miguel de Unamuno. Seguí a la primera morena que pasó caminando; se metió en el café de al lado. Entonces continué sin rumbo. Tomé por Allende al norte para evitar el sol de frente y caminé sin esfuerzo porque iba de bajada. Traté de hacer a un lado la incómoda opresión de mi pecho por la muerte de Rosa. Traté de olvidarme de la foto del periódico. Los cabellos medio rojos, tiesos con su rímel de sangre seca, el hilillo descendiendo según el hueso de aquella quijada perfecta, cuna de dientes tan blancos, alrededor de su cuello también blanco, largo, exquisito y extenderse en un charco estanque lago mar, océano planeta coágulo de sangre abajo de la cabeza. Alguien con quien acababa de hablar, pelear, reír, comer.

Sin brillo, la córnea con pequeñísimas y delgadas arrugas tras la muerte. La mirada sin foco, inexpresiva, de sus ojos más grises que verdes ya. La boca sin fuerza, los labios cenizos... Traté de olvidarla. Quería concentrarme en un aspecto práctico. ¿Y su encargo? ¿A quién pertenecía el anticipo?

Pocos clientes querían dejar constancia de su relación conmigo y nunca me pedían recibos, mucho menos un contrato. Con Rosa lo hicimos. Muy rústico. En él se especificaba el trabajo a desarrollar y el *Per Diem*, un término para mí desconocido, en apariencia serio y profesional.

Sin contar gastos extraordinarios, compras o viajes, era un compromiso para casi todo el año. Ante la desaparición de mi cliente, ¿de quién era el derecho? Yo había cobrado y no se contemplaba devolución, arrepentimiento, incumplimiento o inacción, sólo buena fe.

¿Quién era su heredero? ¿El marido? ¿Tenía hijos? ¿Sobrinos? ¿Alguien iba a aparecer para reclamarme? Si tan sólo era el marido, como sospechaba porque no hablamos de nadie más en su vida, ni vi señales en ella de ellos, ¿cuánto estaría encerrado por el crimen? En el código penal, según las causales y agravantes o atenuantes incluidas por sus abogados como motivo, la pena podía ser de dos a sesenta años… O sea, mínimo el doble contemplado por el anticipo. Así es que pareciera quedar yo bien cubierto en cualquier caso.

De imponerle una pena mínima de dos años, ¿tendría esa cárcel un techo de paja? ¿Valdría el tres por uno o dos por uno de una buena conducta, o servicios prestados al interior del penal? A veces, cuando un reo trabaja en la cocina o la lavandería le reducen la condena. Más me valdría protegerme. Citarme a recuperar el anticipo de un trabajo no concluido cabía como posibilidad si dentro de la prisión el marido necesitara dinero. *Cuando* el marido necesitara dinero, que probablemente era ya.

Por ende, entonces, tendría más prisa por resolver el caso, antes de dar cabida a un reclamo del condenado autoviudo. Escribiría un informe sobre mis resultados y lo registraría ese mismo día ante Indautor o Profeco, o alguna instancia parecida. Me lo mandaría a mí mismo por correo certificado con acuse de recibo y guardaría el paquete sin abrir para demostrar mi cumplimiento con la fecha del matasellos, esperando recordar, llegado el momento, qué hice, dónde, cómo, cuándo lo hice y por qué lo hice.

Casi sin darme cuenta llegué hasta la colonia Jardín. Crucé aquellos inacabables lotes baldíos por una calle donde hay un enorme nogal criollo en medio; se llama Fresno. Llegué hasta el videoclub del Profe, el último en pie de la ciudad. El Profe compró una de las primeras antenas parabólicas de todo Saltillo, carisísima. Estos discos de tres metros de diámetro tenían una cavidad parabólica, cuya característica matemática es reflejar todos los rayos incidentes de manera paralela hacia el mismo punto en el centro. Así, actúan como amplificadores de señal. El haz de estas antenas se apunta perpendicularmente a la estrella polar, girando de oriente a poniente. A veintitrés mil kilómetros de altura, sobre el ecuador, están los satélites de comunicación contratados por las compañías televisoras. Ahí y a esa altura, se les imprime suficiente velocidad para girar en una órbita geoestacionaria; es decir, su posición no varía respecto a la Tierra abajo, porque coincide con el movimiento de rotación. Están siempre sobre el mismo punto y con una fuerza centrípeta casi capaz de anular la atracción de la gravedad. Casi. Algún día caerán, como un pato derribado por la escopeta. Pero no pronto.

En este momento, ya finales de los años setenta, hay veinticuatro canales en cada uno de aquellos satélites y puede cualquiera, con un buen decodificador, bajar aquellas señales. Pronto todo será digital y cabrán cientos de canales en un mismo satélite de la décima parte del tamaño de los de ahora. Sus ondas podrán ser captadas en la Tierra por antenas del tamaño de una olla de cocina y serán mucho más difíciles de descifrar. También habrá más potentes herramientas para seguir haciéndolo.

Con el Profe encuentra uno todo tipo de películas, clasificaciones para todo público y público de todo. El Profe se la pasa grabando todo el día y abrió un videoclub donde rentar cassettes Beta y los nuevos VHS. Le pedí la película *Dr. Crippen*, seguro no la tendría y debería ordenarla. Ya lo había hecho antes. Todos los martes estaba ahí un señor de ochenta años con un muy simpático y esponjadito perrito pekinés. Una tarde el tío confesó estar enamorado de Joan Fontaine —se parecía a su finada esposa, dijo— y le pidió la película *Rebecca* de Hitchcock, donde ella hace el papel estelar. No la tenía, pero el Profe escribió una carta al canal *Turner Classical Movies* pidiendo que se la programaran. Le respondieron con una fecha tres meses alejada.

Ted Turner —por diez años esposo de Jane Fonda hasta 2001, cuando ella dijo que el magnate había dejado de engañarla, porque ella ya se daba cuenta de todo y prefirió el divorcio— tiene una cadena de canales y compró además las cinetecas de Warner Bros, Metro Goldwyn Mayer y las películas de RKO (*Ciudadano Kane* entre otras). Una maravilla para los amantes del cine clásico. Llegada la fecha, el Profe grabó *Rebecca* con siete videograbadoras para evitar la posibilidad de una falla, todo para rentársela al cliente en $25 pesos.

¡Sorpresa! Ahí estaba *Dr. Crippen*, una película de 1963 estelarizada por Donald Pleasence en el papel del buen doctor... Bueno, ni tan bueno. Hay cientos de libros, documentales y películas sobre cada uno de los posibles ángulos del caso del Dr. Hawley Harvey Crippen. El mismo Conan Doyle se interesó en él y existe incluso un relato moderno de Donald MacLachlan:

Sherlock Holmes y el Dr. Crippen: El asesinato del sótano al norte de Londres (el 'crimen del siglo'), según lo registró el Dr. John H. Watson.

Mi película nada más estaba en un cassette *Beta*, la tecnología propietaria de Sony para los videocassettes, que a pesar de tener una mejor imagen perdió ante el embate tecnológico del formato VHS. De todos modos, el Profe me rentó la película y me prestó su videocassetterra... Demasiadas letras repetidas. La Real Academia de la Lengua acepta el término *videocasetera*. El original por supuesto viene del francés. Regresé a casa en taxi para proteger el aparato, por si acaso llovía y por respeto al Profe y a los dieciocho kilos que pesaba el aparatito. Conecté todo, me preparé unas palomitas y un hot dog y me senté a ver la película, mientras pensaba cómo resolver el caso y escribir mi reporte antes de que quedara mi mente en blanco. En blanco la puse para concentrarme en la historia cuando comenzó a centellear ante mis ojos.

9. El crimen del siglo

Donde vemos a la amante de un asesino londinense "heredar" las joyas de la víctima y cómo la pareja trató de usar una de ellas para evadirse de la cárcel en Canadá, pero vieron sus intenciones frustradas por Klondike Boyle.

Cora Henrietta Turner nació en Brooklyn hace cien años, con el nombre de Kunigunde Mackamotzki. Sus padres tomaron el nombre de una reina santa del siglo décimo quien, acusada de adulterio, demostró su inocencia y virginidad caminando sobre unos fierros al rojo vivo sin quemarse. Yo digo que así más bien demostraba un grueso callo... Voltaire la convirtió en personaje de su novela *Cándido, o el optimismo* y luego Bernstein la hizo ópera. Hubo una Kunigunde de Habsburgo, cuya mano de apenas cinco añitos pidió Matías Corvino, rey de Hungría, pero fue rechazado por su padre, e imagino que también por ella, de haber sospechado sus intenciones.

Para su carrera artística, tal vez debido a ese raro nombre, la chica se decidió no por uno ni otro nombre, sino por el de Belle Elmore. Decidida a triunfar cantando o actuando, no dejaba de tomar clases ni tampoco descuidaba el arte de coquetear con cuanto productor y director cruzaba por su camino, porque no era muy buena.

Quien sería su marido, Hawley Harvey Crippen, nació con ese nombre y nunca lo cambió, excepto cuando hubo de huir y compró su pasaje para el vapor bajo un alias. Crippen se graduó de la escuela de medicina homeopática de la Universidad de Michigan en 1884. Se casó y tuvo un hijo con una joven enfermera, quien pocos años después murió repentina e inesperadamente. Apoplejía, dijeron.

Pos sabe… Yo investigaría esa muerte luego de los sucesos enseguida enunciados. Para el doctor Crippen fue mucho y le pareció un malabarismo imposible, atender al mismo tiempo trabajo y bebé, como tantas mujeres hacen regularmente. Llevó a su hijo a California y convenció a sus papás de asumir la educación y manutención del pequeño, convirtiéndolos en abuelos de tiempo completo.

Poco después se casó con Cora: un matrimonio desequilibrado… Morganático, podríamos decir. Como cuando los reyes se casan con una plebeya, algo no visto con mucho agrado en las casas reales, pues se supone una predisposición natural de la familia del cónyuge a llenarse de privilegios indebidos. Nos ha pasado aún en la democracia.

No es, como el nombre pudiera sugerir, un madruguete. La palabra viene del *morgan*, mañana y *gebe*, regalo. En esos casos se daba a la novia un regalo en la mañana de la boda, como único derecho y herencia. Ahora se firma un *prenup*.

Era el de Crippen, pues un matrimonio en el cual ella sobresalía del carácter tranquilo y profesional de su marido, quien calladamente fue avanzando en su empresa, pagando sin chistar las clases de su flamante esposa y soportando sus devaneos, sus ansias escénicas y devenires extramaritales.

En unos años ofrecieron al doctor la gerencia de una empresa en Philadelphia y luego fue a abrir la oficina transatlántica en Londres. Mientras el doctor labraba paso a paso su nombre profesional, Belle estudiaba… Y se divertía. Pero su carrera no avanzaba.

Su marido al fin aceptó ser su agente. Descuidó así su trabajo hasta quedar sin empleo. En el camino y desilusionado por los amoríos de su esposa, se había liado con una secretaria de dieciocho años, llamada Ethel Le Neve, y cada vez se les veía más entretejidos.

Pasó lo que tenía que pasar. No tenía que, pero igual pasó. Un buen día —bueno, ni tan bueno— desapareció la esposa. Crippen explicó que Cora había regresado a Estados Unidos para cuidar a un pariente enfermo.

Como ella no dijo nada, ni se despidió de ninguno de sus amigos, cuando Le Neve se mudó a vivir con el doctor, contratada como ama de llaves y se dejó ver luciendo la gargantilla de diamantes, antes siempre en el cuello de Cora, y el marido fue a empeñar otras de sus joyas... Dieron lugar a sospechas. Una pareja muy cercana a la cantante pidió la intervención de Scotland Yard y se ordenó investigar.

Hubieran concluido sin encontrar pruebas, pero el doctor no soportó la presión y se hizo de delito al embarcarse con su novia rumbo a América en el SS Montrose —velocidad, 12 nudos— bajo un nombre falso y disfrazando a Le Neve como chiquillo —en el papel de su hijo—, aunque sus caderas probablemente la delataran.

Al ver a Le Neve vistiendo orgullosa la joya de Cora Turner, concluí que tal vez mi trabajo había concluido; la hermosa gargantilla de doña Eva venía de la herencia de la mujer del asesino. Era una explicación plausible, romántica y con posibilidades de aumentar el valor de la joya. Además, nadie me la iba a refutar porque para hacerlo requerirían otra investigación y la clienta ya no está en este mundo. Aguanta tus caballos, *hold your horses, don't break the brake*, Rubén Pablo. Pronto haremos la conexión, quizás un poquito más tenue.

Los periódicos se enamoraron de este caso, pues fue la primera intervención del telégrafo inalámbrico inventado por Marconi en la captura de un asesino. El capitán del barco reconoció a los fugitivos y envió un telegrama a Scotland Yard. El inspector Dew —cuyo nombre sería de mujer si estuviera en español— tomó un barco más rápido, el SS Kroonland, de 17 nudos.

El nudo es una medida de velocidad equivalente a una milla náutica por hora, mil ochoscientos cincuenta y dos metros por hora, a su vez igual a un minuto (1/60 grado) de avance sobre el planeta en el ecuador. Entre América e Inglaterra había entonces —igual que ahora, supongo— una distancia de dos mil seiscientos noventa y dos millas náuticas, lo que significa que el inspector podía salir hasta casi tres días después y llegar al mismo tiempo. Rebasó a los tórtolos en fuga y los esperaba en Quebec, aún provincia bajo el control de la Corona, a su llegada. Sólo con presentarse ante Crippen, el doctor le ofreció las manos para recibir las esposas, expresando gran alivio por haber llegado al final de su aventura.

La gargantilla de Le Neve se quedó en América, ofrecida como garantía para un trato preferencial en la cárcel canadiense donde ella y Crippen estuvieron quince días esperando su barco de regreso a Inglaterra. Fue tal vez usada a manera de soborno para escapar, pero el celoso celador de la prisión, un enorme joven, casi del tamaño de un calentador de agua, llamado Joe Boyle, frustró sus planes.

La gargantilla no aparece en el inventario hecho por las autoridades con las posesiones de los detenidos y lo más parecido a esta joya dentro de la película fue el collar que lució Crippen el 23 de noviembre de 1910, cuando murió ahorcado por un grueso dogal de cuerda de ixtle, conocida en Londres como Tampico Fiber, importada desde Saltillo, Coahuila, México, por el industrioso joven Oswaldo Elizondo Zambrano.

No tenía suficientes pruebas; mi poder de persuasión y los documentos que pudiera fabricar harían la magia.

La película acabó cuando todavía me sobraban palomitas, así es que permanecí sentado en silencio, mientras rebobinaba la cinta, reflexionando con cierto disgusto... El siglo XX llevaba apenas nueve años. Acá con nosotros, tres días antes había iniciado la Revolución mexicana de Francisco Y. Madero. Pero en Londres, Europa y el mundo, los medios se daban gusto ya, haciendo crónicas sobre el supuesto "crimen del siglo". No esperaron a ver al hijo de su puta madre Hitler con su holocausto, ni a la bomba atómica lanzada por Estados Unidos desde el Enola Gay sobre Hiroshima en 1945. No calificaron así el asesinato de Emiliano Zapata o el fusilamiento del general Felipe Ángeles durante la presidencia de Venustiano Carranza, ni su propio acribillamiento en Tlaxcalantongo en 1920. Ya había pasado el asesinato del presidente McKinley en Estados Unidos, el 6 de septiembre de 1901 y estaba a unos años el crimen del archiduque de Habsburgo, Francisco Fernando, por error de su chofer: dar una vuelta equivocada en Sarajevo y lugar al inicio de la Primera Guerra Mundial. El ataque a Pearl Harbor contra la flota estadunidense por aviones japoneses y tantos más crímenes del siglo, quizás el siglo más criminal en la historia de la humanidad sin contar los que le sigan.

El "crimen del siglo" debe a mi poco y ahorita monocarbonatado juicio decidirse al final y no al inicio del periodo. Sería como escoger al MVP luego del primer juego de la temporada. Esos primeros años del siglo XX se hubieran visto mejor servidos calificando el "crimen del siglo" XIX.

Bien pudo ser alguno de los de Jack, el famoso destripador de prostitutas en Londres, máxime cuando tantos señalaban hacia el príncipe Alberto Víctor, duque de Clarence y Avondale como el posible asesino. Él era el segundo en línea para la Corona de Inglaterra y estaba así mismo ligado con el penoso caso de la calle Cleveland, donde la policía clausuró un burdel de homosexuales. Había sido uno de los detenidos por el entonces delito, se aseguraba, junto a su asistente, Arthur Somerset.

Me inclino a pensar que no había gran falsedad en aquellos rumores, ya que nunca se persiguió a ninguno de los implicados. Quien ideó involucrar al príncipe sabiendo que la policía iría así contra otros y dejaría en paz a su cliente, se supo casi sin duda, fue el abogado de Somerset, un tipejo llamado Arthur Newton.

El crimen del siglo pudo haberlo ejecutado este mismo Arthur Newton, quien apareció de nuevo en el equipo de la defensa de Crippen: a cambio de 500 guineas, autorizó al *London Evening News* a publicar una falsa confesión del doctor. Ese día, el periódico vendió un millón de copias por encima de sus habituales cien mil.

Con el argumento de tener dinero para los gastos del juicio, Newton convenció a la señora Le Neve de salir en el *Lloyd's Weekly News* con una foto en donde luce la gargantilla de diamantes de Cora y otra más con el disfraz de niño que usó en su huida.

Para colmo, Newton aconsejó al capitán del barco fugitivo que cobrara las 250 libras de recompensa por la pareja y remató pidiéndole una factura a nombre de Scotland Yard, por cada uno de los telegramas enviados desde el barco durante el caso. El tipo se hizo rico hundiendo a su representado, aunque perdió su licencia para ejercer la ley.

Fue el sin exagerar exagerado nombre mediático del caso y el pésimo desempeño de sus abogados lo que llevó a Crippen a la muerte. Hay duda incluso sobre si los huesos fueron alguna vez de la señora. Para los medios, inventores de nacimiento de las *ahora* tan de moda *fake news*, fue el doctor Crippen quien cometió durante la primera década el "crimen del siglo", con un poco de hidrobromuro de hioscina.

Este veneno se conoce también con el nombre de escopolamina y aparece en algunos fármacos como la Buscapina, claro ejemplo del dicho: “Poco veneno no mata”.

Yo agregaría: “De inmediato”.

Nada de eso sería demasiado relevante para mi reporte final, excepto la fecha en que murió el príncipe de la Corona Alberto Víctor: el 14 de enero de 1892.

10. 14 de enero de 1892

Donde narramos los malabares de la monarquía británica y descendientes de la reina Victoria para acomodar en el tiempo y el espacio un matrimonio entre Fernando de Rumania y María de Edimburgo.

Me senté ante la máquina de escribir Royal de mi abuelo, inserté dos hojas tamaño carta de papel Bond —¡por supuesto, el papel de los detectives!— con una de carbón entre ellas para quedarme con copia. Ajusté los márgenes y escribí con dedos fuertes, aunque dos o tres:

"Reporte final: doña Eva se conecta con esta gargantilla según una relación de eventos ocurridos a partir del 14 de enero de 1892, a la muerte de Alberto Víctor, duque de Clarence y Avondale", diría mi informe final para Rosa. "Podría irme mucho más hacia el pasado, porque en realidad nadie es capaz de precisar dónde comienza o termina una historia, dada la imposibilidad de hablar de prehistoria sin traerla al presente. Podría por ejemplo comenzar hablándoles de la bella y joven secretaria Ethel Le Neve y de cómo el Dr. Hawley Crippen sintió por ella arrebato suficiente para envenenar a su esposa y enterrarla en el sótano de su casa..."

¿Iba a resolver este caso como un astrólogo, sin consideración alguna por la verdad? Estando mi clienta en su última morada y su marido quizás en la penúltima, necesitaba un reporte escueto por si la comisión de honor del colegio de investigadores privados llegase a fundarse en Saltillo, o en su defecto la Profeco investigara. No puedo. La primera a convencer es mi conciencia y nunca le he fallado, aunque titubee y me vea tentado o con posibilidades de hacerlo. Haré un esfuerzo serio y comenzaré por la fecha ya mencionada, por las razones expresadas y, espero, claras.

Contaría cómo el príncipe Alberto Víctor fue bautizado con ese nombre por entrometimiento de su abuela, la reina Victoria, en cuyo honor también habían bautizado una versión menos modernista de la silla donde en estos momentos obligado estoy, y la noa de la maceta de barro en mi patio, un *Agave victoriae reginae* al que nunca más podré regar.

Alberto Víctor sería rey después de su padre, el príncipe Alberto Eduardo. Victoria fue coronada reina al morir su tío, Guillermo IV, quien recibió el trono de su hermano, Jorge IV, ambos hijos de Jorge III, el último y quizás único rey que no tuvo ni amoríos ni hijos ilegítimos, a pesar de haber conocido a su esposa y luego reina Charlotte el 8 de septiembre de 1761, mismo día de su boda. Después la mantuvo ocupada, eso sí, pues tuvieron quince hijos. Todavía soltero, con veintiún años, Jorge III se había enamorado de una hermosa chica con nombre de vajilla, Sarah Lennox. El parlamento no vio esa unión con buenos ojos y él abandonó la idea declarando: "Nací para felicidad o miseria de una gran nación. Consecuentemente, con frecuencia debo actuar en contra de mis pasiones".

Muy fiel Jorge, pero se volvió loco. ¿La fidelidad induce a la locura? Su enfermedad, parece, fue porfiria, mal en cuyo honor el chiapaneco Alberto Domínguez Borrás hizo una hermosa canción...

Mujer... Si puedes tú con Dios hablar
pregúntale si yo alguna vez
te he dejado de adorar.

¿Inducirá también la fidelidad al Alzheimer? Todo el esfuerzo por ocultar información al cónyuge, esa deslealtad, la traición y perfidia... ¡"Perfidia" es la canción! ¿No hará que acabe uno borrando sus propios recuerdos?

En serio, ésta no es una de mis mentiras. Jorge III se volvió loco. Hasta se hizo una película donde Helen Mirren —¿quién más?— hace el papel de la reina Charlotte: *La locura del rey Jorge*, con sir Nigel Hawthorne en el papel titular.

Jorge IV en cambio tuvo sólo una hija en su desastroso matrimonio con la princesa Carolina de Brunswick, con quien accedió a casarse porque su padre se lo impuso como condición para ayudarle a saldar sus deudas. Tuvo muchos hijos ilegítimos con una variedad de amantes. Le quedan demasiados a pesar de los cinco adjudicados con falsedad, probó la Real Sociedad de Genealogía. Por su lado, Guillermo IV tuvo un amorío de veinte años y diez hijos ilegítimos con una actriz llamada Dorothea Bland.

A insistencia del rey, deseoso por asegurar la sucesión al trono, Guillermo IV se casó con una amorosa princesa, Adelaide —cuyo nombre tomó una bella ciudad australiana—, dispuesta a acoger a toda esta prole y al papá, con cariño. A pesar de sus muchos esfuerzos, no pudieron encargar al príncipe heredero. Entonces trataron de acercarse a la siguiente en línea, su sobrina Victoria, a pesar de sus muchas diferencias con la mamá. Un día en público, Guillermo expresó su deseo de ver a Victoria alcanzar los dieciocho años para evitar una regencia de la duquesa madre.

Su deseo le fue concedido por algo menos de un mes. Quizás el rey, de setenta y un años, tampoco era muy fan de la madre de Victoria y haya esperado a su mayoría de edad para morir en paz. La nueva reina tenía dieciocho años y estaba soltera; según las costumbres de la época, lo correcto era vivir con su madre. Eso hizo Victoria, pero al parecer tampoco ella quería mucho a su mamá, porque sí, la llevó al Palacio de Buckingham, pero alojándola en un remoto apartamento donde rara vez podía verla.

Victoria conoció un poco mejor a Alberto, su primo hermano, gracias a los arreglos de su tío Leopoldo de Bélgica. A Victoria le agradó el joven y ordenó educarlo como un posible novio en todas las funciones propias del cónyuge real, sin preocuparse mucho de momento por la boda.

Por fin, en 1939, ella le propuso matrimonio a Alberto. Se casaron al año siguiente. Tuvieron nueve hijos. El más grande, Eduardo VII, se casó y tuvo seis hijos con Alejandra de Dinamarca, lo cual no le impidió relacionarse con múltiples amantes, entre ellas, se dice, la mamá de sir Winston Churchill y la actriz Lillie Langtry, objeto de un profundo amor en el famoso juez Roy Bean de Langtry, Texas. Otra conexión de la familia real británica con América, por donde tal vez hubiese podido la joya de doña Evita establecerse en el Nuevo Mundo.

Victoria vistió de negro y evitó casi todo evento social desde la muerte de su marido. Continuó como monarca, logrando el reinado más longevo hasta entonces: sesenta y tres años y siete meses, toda una época y un estilo de muebles. La reina Isabel II llegará en el futuro a cumplir cuando menos sesenta y cinco años en el trono, por lo que el récord le pertenecerá a ella.

Eduardo VII era un hijo obediente de su madre. Fue muy popular desde joven. El primer rey en tomar el trono con una economía personal en buen estado, gracias en parte a sus amigos financieros, muchos de ellos de origen judío. En 1860 vino a América. Visitó por supuesto los dominios de la Corona, su Corona; es decir, Canadá. También estuvo donde ya no eran sus dominios: Estados Unidos. Primera visita desde el pequeño desencuentro de las colonias de Paul Revere con la Corona de su bisabuelo: la Guerra de Independencia consumada en 1776.

Eduardo visitó al presidente James Buchanan en la Casa Blanca —no sé con qué brindarían— y la tumba de George Washington. Él mismo podría haber traído la joya de doña Evita como regalo de estado… O romántico.

Fue un buen rey, Eduardo VII. Dos días antes de su coronación enfermó de apendicitis y ejercieron con él un novel tratamiento, nada común entonces. Primero le hicieron una punción a través de cuatro pulgadas de grasa —era gordito— y luego, la extracción. Se recuperó en poco tiempo y ascendió al trono. Los hijos que tuvo con Alejandra de Dinamarca al parecer fueron todos prematuros, aunque algunos bolígrafos piensan que Alejandra mentía acerca de las fechas para evitar la incómoda presencia de su suegra al momento del parto.

Eduardo IV fue mejor padre que marido. Bajo el ojo vigilante de su madre preparó a su hijo mayor para el futuro reinado, a pesar de tener dudas sobre su sentido común, su intelecto y sus valores morales. Ya hablamos antes del escándalo de la calle Cleveland, después del cual mandaron a Alberto Víctor de viaje a la India, donde lo trataron, como príncipe. Allá conoció a una señora, Margery Haddon, quien después de su divorcio y otros casamientos, a poco de la muerte del príncipe, se presentó alcoholizada en Londres con un bebé supuestamente suyo. Buckingham investigó: los abogados del heredero fallecido admitieron la relación, pero no encontraron prueba alguna de la paternidad. No se conocía aún la molécula helicoidal del ADN, descubierta hasta 1952 por Crick y Watson, otro, no el amigo de Sherlock.

Años después, en Estados Unidos, el supuesto hijo, de nombre Clarence —sí, como el principado— publicó un libro: *Mi tío George V*. Cuando se demostró que había nacido antes de la visita de Alberto Víctor a la India, se derrumbaron sus pretensiones de filicidad —¿antónimo de paternidad?—. También salieron a la luz sus intentos por extorsionar al rey con supuestos secretos revelados en algunas cartas.

Alberto Víctor tuvo otras novias. Quizá la más famosa, la bella princesa Alejandra, de quien ya dijimos era también nieta de la reina Victoria, hija de su hija Alicia. Pero la joven ya había escrito con diamante su amor por otro príncipe, el zarévich Nicolás Aleksándrovich, aun contra los deseos de su abuela, en el cristal de una puerta.

Victoria quería mucho a su nieta y le permitió rechazar a Alberto Víctor. También presumía a su nieta como la única persona capaz de enfrentársele… y ganar.

Aunque ya había conocido y estaba enamorado de Alejandra, al ver que su padre, Alejandro III, se oponía a su enlace por ser ella una princesa alemana y luterana, además de que la misma Alejandra se mostraba renuente a dejar su religión y adoptar la ortodoxa rusa, el zarévich hizo un último intento: se acercó a Elena de Orleans, hija del Conde de París. Elena lo rechazó de plano: no abandonaría el catolicismo. Alberto Víctor corrió con la misma suerte cuando trató de casarse con ella. Aunque… Él llegó más lejos, pues la chica hizo a la reina Victoria la oferta de… Abandonar el catolicismo y abrazar la Iglesia de Inglaterra. Por su parte, Alberto Víctor prometió, con tal de casarse con ella, renunciar al trono. Ambas condiciones del agrado de la reina.

Fue entonces el padre de la novia quien fijó su oposición y no dio brazo a torcer, ni siquiera cuando Elena pidió al papa León III interceder. Por supuesto, él ratificó la negativa del duque.

Alberto Víctor encontró al amor de su vida al final de su vida. Se trataba de María de Teck, una joven bonita, bien educada y tierna; su tía en tercer grado. Se fijó la boda para el 27 de febrero… Seis semanas después del 14 de enero de 1892.

11. Olor a muerte

Donde aparece un soldado con un balazo igual al de Rosa Oranday y yo visito su tumba en el cementerio.

Vaya joyitas, las de la monarquía británica. Me puse a leer su historia sabiendo que poseen en la Torre de Londres una de las colecciones más grandes de joyas en el mundo, las más bellas y antiguas, con un valor estimado en $5 000 millones de libras. La gargantilla de doña Evita pudiera venir de allá, obra de alguno de los diseñadores al servicio de los reyes.

Me sorprendió ver tanta intriga y traición… Tanta maldad en la familia, generación tras generación degeneración… Digo, Claudio vierte veneno en el oído de su hermano el rey para quedarse con el trono y con la reina y su hijo Hamlet jura vengarse, pero mata por error al padre de su novia y su cuñado ahora viene a cobrársela… Shakespeare no era un dramaturgo, ¡era historiador!

Todos esos abortos de las princesas, los accidentes, las muertes prematuras, la epidemia de hemofilia entre los descendientes de Victoria —la que padeció el pequeño heredero de Nicolás y Alejandra, base de la gran influencia de Rasputín sobre la zarina Alejandra—. Guerras, desengaños, aversión, envenenamiento, enfermedades raras que pintan la orina de morado, locura, caídas de caballo, esquizofrenia, golpes de estado, bombas, suicidios, amantes, asesinatos, balazos, choques… ¡Cuiden mucho a Meghan y a Harry, por favor! Podríamos investigar la muerte de Alberto Víctor, uno del millón muerto en todo el mundo a causa del virus H3N8. Dicen. Ésa, todos sabemos, es una gripe equina… ¿a quién pretenden engañar? ¿Mutan los genes o matan agentes?

La pregunta es, ¿se trata sólo de las familias reales, o esto ocurre entre todos nosotros? ¿Navegamos los comunes en un océano, galaxia, universo de inquina, pero sabemos más de aquellos porque su historia se documenta con mayor precisión y cautela? ¿Somos todos igual de asesinos, desalmados, criaturas de un averno autoconstruido sobre la faz de nuestro insignificante planeta? ¿Serán ellos la realeza, pero nosotros lo real?

Un escalofrío recorrió mi columna vertebral e hizo que se me enchuecara como la de Ricardo III, descrito por Shakespeare como "un sapo repugnante, deforme, inacabado. Un jorobado tan feo que los perros ladraban a su paso". Descontando la hipérbole shakespeariana, pues los perros, ya nos lo dijo Cervantes, ladran a cualquier desconocido en movimiento, aunque esté guapo, y bajo la sospecha de que la descripción poética obedece más bien al alma negra del rey que a su físico, en términos médicos, el pobre Ricardo III sufría de escoliosis idiopática. Ricardo III, chueco de la espalda y chueco del corazón; un alma retorcida, monarca desde 1483.

Siendo guardián de la Corona de su sobrino Eduardo, quien al morir su padre el IV iba a ser el V con apenas doce años, Ricardo se encontró de pronto en el trono, pues de manera "inesperada y abrupta" la Iglesia —de la cual él sería el líder al adquirir la Corona— invalidó el matrimonio de su hermano, por bigamia: antes de casarse con Elizabeth Woodville, había sido prometido a Lady Eleanor Butler.

Los dos sobrinos de Ricardo fueron declarados entonces hijos ilegítimos no aptos para la sucesión. Los encerraron en la Torre de Londres —en otro cuarto donde no había joyas, imagino—. Y un buen día, desaparecieron. Por órdenes del rey su tío, dicen.

No me cabía en la cabeza la muerte de Rosa Oranday. ¿Qué sería de doña Evita, ya sin su nieta?

Salí de casa sin saber qué hacer o qué estaba pensando. Decidí ir a comprar el periódico. Era un domingo por la mañana. Volví a pasar frente a la estatua de la conquista de la Nueva Tlaxcala. No había ruido en la calle y escuché el rumor de un hilo de agua corriendo. Busqué de dónde venía, pues creí haber descubierto una fuga, pero, la escultura es una fuente, resultó. Tiene un chorrito de agua junto al cual se inclina el monje. Nunca lo había visto. Era el saltillo de agua símbolo de la fundación de Saltillo. Las lágrimas de Rosa Oranday pidiéndome ayuda desde la tumba.

Me senté a desayunar. Hice un par de huevos estrellados que rompo antes en un plato hondo para asegurarme de no tener una yema rota. Un par de rebanadas fritas de jamón y frijoles negros, refritos. Nunca sé cuánto aceite ponerle a los frijoles para que sean refritos. Les pongo más y más y parecen tragárselo —aunque el que se lo traga soy yo a fin de cuentas—. No importa. ¿Para qué habría de cuidarme ya? Mejor disfrutarlos. El colesterol es un estado mental, además. Y ni me reviso. Hacerse un chequeo médico a mi edad es como revisar el celular de la novia... Algo vas a encontrar y no será de tu agrado. Hago una salsa muy sencilla mezclando tomate, cebolla, ajo y chile en la licuadora, con un poco de caldo de pollo. Luego la pongo sobre la llama hasta lograr un cambio de color y mayor espesor. Con ella baño los huevos. Pan un poco tostado. Dos rebanadas. Una Coca-Cola bien fría y el periódico nuevo es mi desayuno preferido en estos días. Llegué hasta la sección policiaca.

Una nota llamó mi atención:

Dos soldados y una mujer viajaban en un Dodge Dart verde por la carretera a Zacatecas. Vieron un retén de la policía estatal y dieron media vuelta. La patrulla se vino tras ellos y en el camino se le unió un Super Bee de la policía federal. Más adelante, el Dodge se detuvo y los tripulantes abrieron fuego. Los policías se amarraron también. Los federales corrieron a parapetarse tras de la camioneta de la estatal, tal vez para no ver baleada su patrulla. Minutos de intercambio de plomazos en La Angostura, cuyas entrañas se agitaron un poco con la nostalgia de la batalla que casi no libró Santa Anna ahí mismo en 1847, contra los invasores americanos. Terminarían quedándose con la mitad de México.

La mujer corrió cubierta por sus acompañantes y llegó hasta el Super Bee. Se le unió otro de sus compañeros. Echaron a andar el coche y huyeron. El tercer tipo desapareció por el monte.

La camioneta de los estatales ya no arrancó porque tenía roto el monoblock de aluminio. Tampoco el Dodge. Nunca —relativamente hablando— se encontró el Super Bee. El soldado de a pie llegó más tarde a un retén militar. Los estatales ya habían pasado su reporte por la radio. Lo recibieron a balazos y murió ahí tendido en medio de la carretera.

¿Esa clase de instituciones nos protegen? ¿Recibir los militares a balazos a un compañero desarmado? ¿No son los mismos? ¿No les enseñaron a los federales a quitar las llaves cuando bajan de su patrulla? ¿Cómo se fugó un muchacho a cuatro policías corriendo por el campo llano y pelón, un lugar elegido estratégicamente por Zacharias Taylor al mando del ejército invasor gringo, porque al oeste cierra el paso un profundo arroyo de arcilla y al este la sierra de Zapalinamé? Luego sentí comezón en las manos. Con ese tipo de cuerpos de vigilancia, se auguraba un mejor futuro para los investigadores privados. Quienes vinieran después de mí. Mi nieta Roxana Alejandra.

Terminé de desayunar en paz. Por la tarde salí a pasear y volví a ver el ojo de agua en la estatua de Erasmo. Luego, en el puesto de La Bola, vi la primera plana del *Extra*, con una foto del estatal balaceado. No había llegado a las gorditas de La Campana cuando me detuve congelado como Fernando, cuando le dije que el diamante era un circonio: el soldado tenía un balazo igual al de Rosa Oranday. En la sien. Le chorreaba un hilito de sangre hasta la oreja. ¿No iba corriendo? ¿Desde dónde le dieron? ¿Cómo en un lado y no en la frente?

Mis preguntas eran otras. ¿De veras mató el marido a Rosa? ¿Era capaz de una pasión tan certera? ¿La había matado él? ¿Por celos o por quedarse con la gargantilla de doña Evita?

Comí como todos los domingos en la calle. Me encontré llegando a la Alameda a un señor con un coche desde donde vendía trozos de pollo y camarón ensartados en un palito y asados. Yakitori, decía. Sobre la banqueta de enfrente, donde me senté a comer a la sombra, encontré una paloma huilota, muerta. ¿Había chocado contra el vidrio de un aparador o había sido envenenada con algún fumigante de jardín? ¿Descubrió su pareja huevos de otra paloma en su nidito de amor?

A veces pasa. Como treinta especies de aves depositan sus huevos en los nidos de otros pájaros, donde se los crían sin trabajar ellos en su alimentación. Escogen nidos de especies más pequeñas. Su polluelo entonces resulta gigantesco en comparación con los naturales. Los patea hasta hacerlos caer del nido. A veces de tan grandes ni los padres adoptivos alcanzan a alimentarse por darle de comer al bebé. Todos conocemos familias así.

¿Por qué se llama alameda si casi no hay álamos? ¿Quién sembró los únicos dos algarrobos ahí? El cuerpo estaba todavía caliente. La recogí, pensando en llevarla al Museo de las Aves. La metí dentro del cucurucho de periódico donde me habían dado mis yakitoris. Crucé el parque. Caminé por la avenida Madero hacia el cerro del pueblo, pasé el arroyo de la tórtola. La tórtola, una palomita muy pequeñita (*Columbina inca*). Los aztecas le llamaban *Urpitai* (*Urpitai tlaoli,* supongo, lo que come uno en el cine). Había en la ciudad otras dos especies de palomas: la *Zenaida peruana* o paloma de ala blanca, de tamaño mediano, ya más doméstica y menos silvestre. En las casas nos roba las croquetas de los perros y pronto será un problema ecológico, pues desplaza a otras aves, quitándoles el alimento y sitios probables de anidación. Y ésta, *Zenaida macroura*, la de mi cucurucho. Casi siempre la encuentra uno en las afueras, donde todavía siembran maíz (*tlaoli*, en náhuatl). Cuando vuela hace un ruido parecido al llanto del Chavo de la tele. Parecen rechinar sus alas —quizá su carne tiene muy poquita grasa—. Ahora hay otra, la *Streptopelia decaocto*, sin siquiera nombre de paloma ¿O sí? Más grande y más ruidosa de canto y vuelo. Igual un problema creciente, como el agua negra. Ésta y basura, casi toda la carga del arroyo de la tórtola: drenaje.

Apresuré el paso para dejar de oler eso y alcanzar los aromas de la panadería de Mena. Pan de pulque, herencia tlaxcalteca en Saltillo. Piloncillo, pulque, nuez. La harina fermenta con la miel del maguey. El horno caliente… Olor a muerte, olor a vida.

Llegué al panteón de Santiago. Pregunté por la tumba a un paletero, después de comprarle una de coco más que por sed, solidaridad, ya que los habitantes de aquella colonia de acostados no estaban comprándole mucho.

Rosa Oranday no tenía lápida todavía. Estaba bajo un montón de arcilla y almendrilla. Lucía un poco más gorda.

12. Shish kebab

Aquí vemos el surgimiento de Vlad Tepes y el origen de la misteriosa bolsa de cuero negro donde se guarda la joya.

En el primer tercio del siglo quince, Vlad Dracul, hijo de Mircea el Viejo, tuvo tres hijos: Mircea, Vlad y Radu. A los tres se les conocía como hijos de Dracul, Dracul-a. El rey Segismundo de Hungría le otorgó el grado de Caballero de la Orden del Dragón, bravo guerrero cristiano combatiente en las Cruzadas contra los infieles del Imperio otomano. Era príncipe de Valaquia, al norte del Danubio, en la Rumania de hoy.

Estando en los límites del mundo cristiano, cualquiera diría que sus vecinos a la izquierda —los de derecha— le ayudarían a defenderse y mantener firme la división, prestándole toda su fuerza y el apoyo de la fe. No. A veces eran los turcos quienes defendían a los príncipes de Valaquia contra las ambiciones de otros cristianos, pues preferían tenerla como un estado cliente, cobrando tributo a cambio de paz, en vez de extender sus fronteras y verse obligados a defenderlas. Los habitantes de Valaquia eran pues los supremos diplomáticos, siempre evaluando conveniencias y ejerciendo un delicado equilibrio entre los dos mundos, con alianzas seguido cambiantes.

Cuando Vlad padre tomó el poder por primera vez como príncipe de Valaquia, había muerto su antecesor —su medio hermano— y recibió todo el apoyo del rey Segismundo. Poco después murió Segismundo y John Hunyadi, príncipe de Transilvania, se le vino encima. Vlad se acercó entonces al Sultán

Murad II, quien lo apoyó en 1443, exigiendo a cambio a dos de sus hijos, Vlad y Radu, como garantía de respeto a su alianza y al pago de tributo.

La madre de los Draculitas, podríamos deducir de este acuerdo, no era la entonces esposa de Vlad Dracul, sino una anterior de quien nada se sabe, sólo que no pudo protestar por no ser ya parte de esta vida o por lo menos de la de su marido. El mismo Vlad estuvo durante toda su adolescencia viviendo en la corte del rey Segismundo, enviado por su padre. Sabía cómo era eso.

El sultán minimizó la pérdida de sus hijos diciéndole: "Eres fértil, puedes tener más si quieres". Vlad, parece, le hizo caso y tuvo unos cuantos hijos ilegítimos: por lo menos otro Vlad el Monje; una hija, Alexandra, y parece que incluso otro Mircea. Tres años más tarde, Hunyadi regresó a Valaquia y volvió a destronar a Vlad. Esta vez, matándolo definitivamente.

Parecerá un oxímoron, pero hay que decirlo: "Matarlo definitivamente". Hablamos del padre del príncipe de los inMuertos.

Mircea, su hijo mayor, cayó prisionero cerca de Târgovişte, donde lo asesinaron enterrándolo vivo.

No terminaba de imaginar a Rosa Oranday bajo ese montón de tierra. Sepultada. Ahogada. Igual me estaba ahogando yo sin aire con la bolsa sobre la cabeza. Mi vida desfilando completa ante mis ojos, pero laaaarga ya. ¿Por qué comencé con el siglo XV y no cuando nací? ¿Me moriría al terminar o antes, mucho antes del final?

Quise escarbar un poco en la tumba de Rosa con mis manos, tocar la suya quizá, sentir la gargantilla en su cuello. ¿La enterrarían con ella? Supuse que no.

Vlad tenía unos diecisiete años cuando murió su padre. El sultán se quedó entonces con dos rehenes sin dueño. Posibles herederos reconocidos al trono de Valaquia a quienes podría usar como gobernantes pantalla. Los había entrenado, a los dos, para luchar. No al frente en las guerras para no arriesgarlos, pero se hacían presentes, practicando con la tropa, encargándose de abastecer a los ejércitos con ganado capturado o piezas de caza: ciervos, jabalíes, conejos, patos, faisanes, palomas.

Un día perseguían a un jabalí. Vlad tomó un atajo pensando salir adelante de él y atraparlo entre dos partidas. Lo logró, pero sin campo para maniobrar su lanza cuando lo tuvo frente a sí. Presionado por los demás cazadores detrás y sin otra salida, el jabalí, un macho con tres veces su peso, arremetió en su contra. Vlad sacó una daga siempre oculta en su cabellera y saltándole encima, la clavó detrás de la oreja como puntilla. El animal se desplomó, muerto, de inmediato. Sus compañeros de caza lo cargaron en hombros todo el camino de regreso al campamento. Vlad mismo lo desolló y aprovechó su piel al máximo, curtiéndola con la grasa del cerebro. Con el escroto se hizo una bolsa muy curiosa, sin costuras, y el sultán se la llenó con monedas de oro.

Las palomas también eran un platillo muy apreciado. En primer lugar, porque eran locales y abundantes. Una de ellas, la paloma de collar, descrita por el naturalista húngaro doctor Emerich Frivaldszky von Frivald, recibió su nombre de Zeus, según la leyenda, en respuesta a la oración de una doncella. La joven deseaba avergonzar a sus patrones, enterando a todo el mundo de su miserable sueldo: dieciocho piezas. Zeus creó entonces esta paloma y la bautizó. *Strepto* del griego cuello o collar, *paelia*, paloma y *decaocto*, dieciocho (fue Zeus y no Linneo quien desarrolló entonces el sistema binomial para nombrar a las especies.) Cazarlas, por su tamaño y vuelo rápido y errático, significaba practicar la indispensable habilidad con el arco. Además, equivalía a intervenir las comunicaciones del enemigo. *Hackear* su correo, dirían ahora. De vez en cuando caía en sus manos una con un mensaje atado a la pata. No podían darse el lujo de desperdiciar flechas y sus plumas eran indispensables en la fabricación de otras; resultaban fáciles de limpiar en el campo y formaban raciones individuales que podían preparar los mismos soldados, ensartándolas en sus espadas y asándolas sobre la fogata. Intercalaban cualquier cosa entre las pechugas: trozos de pimientos o cebolla, cuando encontraban, hojas de laurel quizá, como complemento al sabor. Al clavarlas así no necesitaban platos y aligeraban el peso del rancho para movilizar a los ejércitos. Les llamaron *şiş kebap* en turco y muy pronto se extendieron a otras culturas; la guerra es un gran ecualizador. *Yakitori, өepmen, chuàn shāo, speiß, frigare, brochettes, espetadas, lahm mishwy... Alambres.* El símbolo chino para representarlos es lo más lindo que puedan imaginar...

串

Recordé otra vez al Chavo del Ocho, cuando le preguntan cómo se dice azul fuerte en inglés y de inmediato responde Blue Demon. Me reí. Escuché un eco de mi risa. No era un eco, sino una imitación. Casi en la punta de un ciprés estaba una pareja de cuervos (*Corvus corax*). Además de graznar, los cuervos a veces hacen un canto muy dulce parecido al ruido de un arroyito de agua cristalina. Lo acompañan con un rápido y suave abrir y cerrar de sus picos, con sonido a castañuelas... Un buen rato me hicieron compañía ahí, balanceados por el viento.

Quisiera desviarme un poco para contarles algo sin mucha relación con nuestra historia, pero es por demás interesante: el enorme poder adquirido por Janos Hunyadi sobre Hungría, sin ser rey, se debió a que a la muerte de Segismundo, el heredero de la Corona fue su yerno Albrecht II, esposo de su hija Elizabeth. La pareja tuvo dos hijas y después, estando la reina encinta, Albrecht murió. Era 1439. Yo soy ya doce años mayor que él. La sucesión para su hijo estaba a punto de escapársele a Elizabeth y pidió ayuda.

De acuerdo a las antiguas tradiciones, para ser reconocido, el rey de Hungría debía recibir la Corona de San Esteban, fabricada en tiempos del papa Silvestre II, por lo menos, cuando Hungría se cristianizó. Es un símbolo, pero tiene en las leyes del país rango jurídico. Se le incluye en el escudo del Estado, aunque ya es una democracia. "En la fuerza de la oración está la salud del reino", rezaba San Esteban, primer rey de Hungría. Su familia a cada rato lo encontraba levitando. Quizá por eso le hicieron una corona pesada: más de dos kilos. Es de oro y plata y tiene una banda circular, coronada por otras dos bandas verticales cruzadas. En todas ellas hay ilustraciones de apóstoles y santos hechas con pintura cerámica. Contiene algunas, no muchas, piedras preciosas. La corona está coronada por una cruz de oro. Postes redondos del grosor de un lápiz, unos seis, siete centímetros de alto. Esta cruz está un tanto torcida desde hace mucho y les diré la causa.

Una de las damas de la corte de la reina Elizabeth, Helena Kottanner, se apareció, embarazada, en el palacio de Visegrado. Llevaba una canasta de pequeñitas frutas: higos, peras, duraznos, ciruelos, tomates, mangos, uvas, ajos… Todo de tamaño *petite* y con un encantador aroma. Eran réplicas hechas con pasta de almendras, azúcar y yemas. A los cuatro guardias de la pequeña celda donde se guardaba la Corona de San Esteban, suplicó permiso para rezarle por la salud de su ya próximo a nacer hijo. De él, de San Esteban, le habían dicho, dependía la vida del pequeño. Dejó su canasto con ellos mientras cumplía su manda en privado dentro de la capilla. Los soldados no pudieron resistirse y robaron de aquellos dulces. Exquisitos, aromáticos, adictivos… Adicionados con un poderoso somnífero.

Dos escoltas acompañaban a Helena y esperaron sin ser vistos, listos para entrar en acción si era necesario. Al poco rato Helena salió y regresó con ellos, dejando a la guardia de la corona gozando de un sueño profundo. En su vientre, falso embarazo, llevaba la corona envuelta y muy apretada, en un cojín hueco. Viajaron de inmediato hasta Komárom, a donde llegó sola Helena, pues sus dos custodios murieron en el intento por cruzar el Danubio congelado. La reina hizo a sus médicos inducir el parto esa misma noche, 22 de febrero de 1440, y el arzobispo de Esztergom, Dionisio Szécsi, bautizó y coronó al bebé, apenas coronaba él mismo, imponiéndole el nombre de Ladislao. La historia lo recuerda como Ladislao el Póstumo.

Janos Hunyadi fue regente del rey bebé hasta cuando al cumplir los doce años, Ladislao, apoyándose en los consejos de su tío Ulrico II, lo relevó del cargo. Hunyadi siguió fiel a la Corona, pero murió después de una gran victoria en la batalla de Belgrado, cuatro años más tarde, al verse incapaz de vencer a una pulga enferma que le transmitió la peste. Su hijo, Ladislao Hunyadi, heredó su poder absoluto. Incapaz de olvidar la afrenta hecha a su padre al arrebatarle la regencia, al poco tiempo asesinó al tío Ulrico II y fue por ello ejecutado. Ladislao el Póstumo murió envenenado en 1457 y entonces tomó el trono Matías Corvino, hijo de Juan Hunyadi, nacido en Cluj Napoca.

¿Por qué en vez de Hunyadi, Corvino? Bueno, el escudo del rey tiene un cuervo con un anillo de diamante en el pico. Cuando Matías se disponía a pedir la mano de Isabel, cuenta la leyenda, un cuervo, quizás enviado por Ulrico II para dilatar la boda —la novia tenía apenas catorce años y era su hija—, robó el anillo destinado a su dedo. Isabel murió pocos meses después de anunciarse el compromiso y nunca se consumó su unión. Matías Corvino adoptó la leyenda en su escudo y en su nombre. Más tarde recuperaría el anillo y tendría otras prometidas: se casó dos veces más, pero sólo tuvo un hijo y fuera del matrimonio.

Fue un rey renacentista, gran patrono de las artes y de la cultura. Su biblioteca es hoy Patrimonio de la Humanidad, un poco regadita como mis cabras alrededor del continente y del mundo.

Aunque aumentó muchísimo la carga impositiva, sobre todo de los campesinos, hizo crecer el imperio bajo su dominio. Cuando falleció, se hizo popular el dicho: "Muerto Matías, muerta la justicia".

La corona de Ladislao robada por Helena. El anillo robado por el cuervo a Matías. Los ojos de Shiva robados por Niguel. ¿Qué vendrían los cuervos a robarse aquí, al panteón de San Esteban en Saltillo? Ahí, con Rosa Oranday, pasé el resto de la tarde. Ahí dejé la paloma huilota muerta. A la paloma huilota le dicen en inglés *mourning dove*, pues por su triste canto parece llorar un profundo dolor. Ojalá me hubiera encontrado otra, la *Streptopelia senegalensis,* a la que llaman *laughing dove*.

13. Papas fritas

Donde doña Evita me entrega la gargantilla, confesando la existencia de otra y de otra sobrina: Además de Rosa, Azucena.

Al otro día seguía igual de confundido. Decidí subir por Hidalgo unas cuadras, hasta el asilo de ancianos. Ahí habría ido a parar Evita. "Idiota, se te olvidó la paloma en el congelador", pensé cuando pasaba frente al Museo de las Aves. Quizá yo también estaba comenzando a desarrollar mi Alzheimer.

—Buenos días, Evita. Me llamo Rubén Pablo Alcocer y quiero platicar con usted un poco.

—Buenos días, joven. Yo soy Eva Oranday. ¿Y usted?

Platicamos mucho. Me habló de su Pepe y de su Taunus y de cómo regaba sus helechos todos los días en San Buena. Me preguntó si sabía tocar el piano y cantó una canción…

No me beses, pecadora,
que tus labios me dan frío…

La había escuchado en la pianola de la casa de las señoritas Purcell, cuando el periódico local la compró para convertirla en un recinto cultural, pero no recordaba el autor. Una de sus nietas estaba en Saltillo, me dijo, otra en el DF. Las dos eran flores: Rosa y Azucena.

—¿Usted las conoce?

—Conocí a Rosa, doña Evita. Muy guapa.

—Sí, las dos. ¿La ve a menudo? ¿Cómo está?

—Ayer la visité. Está tranquila.

—No sea malo —me dijo—; llévele esto de mi parte—.

Me dio una curiosa bolsita de cuero negro. Dentro estaba la gargantilla. Y doña Evita bajó la voz y se cubrió el bigote con el dorso interior de la mano para bajar todavía más el sonido.

—Ésta es la buena, pero Azucena no debe enterarse, pues sería capaz de matarla. Dígaselo.

Me acordé de Fernando. Una descarga de 440 voltios recorrió desde la punta de mi cabeza hasta mis pies. No supe contestar y me despedí prometiendo visitarla pronto y llevarle unos polvorones verdes…

Si había dos joyas iguales, entonces la otra era la buena y no ésta, o quizá la otra fuera peor o ésta mejor. ¿Le llevamos una u otra a Fernando? ¿Dónde estaba Azucena? ¿Sería de veras capaz de matar a Rosa? ¿Me atrevería a ir a ver al marido a la cárcel? ¿Qué debía hacer con la gargantilla? Y, lo más importante, ¿de dónde iba a sacar el *Soylent Green* que le prometí a doña Evita? No lo he visto en ninguna panadería de Saltillo.

Una pregunta cuando menos me respondí al otro día por la mañana: no me atreví a ir al penal. No mientras todavía quedaran pistas por seguir. Y cuando así fuera habría de inventar alguna. ¿Quiénes encontraron a doña Eva? Leí en *El Diario* algo que me llevaría a la respuesta: dos cazadores locales fueron sorprendidos en un predio privado, sin permisos, con un venado de ocho puntas. Uno de ellos, cirujano dentista de profesión, pero convertido en taquero, alegó haberlo matado en defensa propia con su navaja Parker de una sola punta. El doctor tiene un changarrito en la calle de Aldama, esquina con Xicoténcatl. Decidí ir a verlo. Al fin, en algún lado habría de comer. Encontré el menú en la pared: tacos, hamburguesas, papas a la francesa.

—¿Qué le sirvo, mi amigo?— el doctor es buena gente. Me dio una palmada en la espalda cuando entré y me gritó—: Bienvenido.

Si no es así de amable siempre, entonces fui el primer cliente de la semana y ya era jueves. Su esposa estaba tras la parrilla. Su hija, de apenas dieciocho años, comía unos tacos de antojo.

—Tus papas, ¿son caseras o congeladas?

—Todas las mañanas pelo doce kilos de papas y las rebano a mano —me dijo, clavando en mis ojos sus pupilas verdes…

En realidad las pupilas son negras, o huecas. El iris es el que tiene color en los ojos, pero desde aquella rima de Gustavo Adolfo Claudio Domínguez Bastida —más conocido como Bécquer— nos podemos todos tomar esa licencia poética.

"¿Qué es poesía?", escribió Bécquer en su "Rima XXI"…

¿Qué es poesía?
Dices mientras clavas
en mi pupila tu pupila azul.
¿Qué es poesía?
… ¿Y tú me lo preguntas?
Poesía… Eres tú.

Bécquer era el segundo apellido de su padre. Gustavo se casó en 1861 con una muchacha de nombre Casta, que no lo era tanto. Tuvieron tres hijos, de los cuales tal vez los dos primeros llevaban sangre —es un decir— de su marido. En su defensa, Gustavo Adolfo no perdía tampoco oportunidad para viajar con su hermano, el pintor Valeriano.

Valeriano era tan romántico con los pinceles como Gustavo con la pluma. Los museos de Europa tienen en sus colecciones muchísimos de sus cuadros. Entre ellos destaca para mí el *Retrato de niña sobre el pasto*, que está en el Museo del Prado.

Gustavo dedicó innumerables poemas a otras chicas. Tampoco era muy casto, de casta, cuando menos con su inspiración.

Desvié la mirada tratando de no descubrir mi duda y me topé con los ojos también verdes de la señora. Ella bajó la vista de inmediato. La joven, de ojos más verdes todavía que los dos, o los cuatro, se solidarizó con ellos concentrándose en sus tacos sin voltear a verme. El doctor mentía, supe, y ellas estaban acostumbradas.

—Dame una orden, entonces —le dije. Luego dirigí mi mirada hacia la chica y agregué—: y unos ojos como esos, también, por favor.

Quizá no dije ojos, sino tacos. Pero eso pensé. Unos minutos después se acercó el doctor con mi plato. Probé una papa. Ninguno de los tres me quitaba la mirada de encima. Ni siquiera respiraban, diría, pero eso me volvería a la realidad, a mi bolsa de medias noches atada sobre mi cabeza, tan bruscamente como el centavo de 1979 que vio Christopher Reeve en *Pide al tiempo que vuelva*, aquella película de 1980. Aún no encuentro la manera de no morir.

—Congeladas —dije mirando a mi plato, sin dirigirme a nadie en especial.

—¿Qué pasó? —reclamó el doctor—. ¿Por qué la desconfianza?

—Vamos a hacer una apuesta, doctor. Si voy a tu congelador, encontraré una bolsa de papas a la francesa congeladas, de supermercado.

Rio y sacudió la cabeza. "Con un experto no se puede." Procedió a contarme lo duro de la situación y su necesidad obligada de recurrir a las papas congeladas. "La bolsa de papas me cuesta $5.50 en Soriana", me dijo. "Salen de ella seis raciones de $7 pesos. Con el aceite hirviendo están listas en tres minutos. Las otras, si no las piden es mejor. Se va el día en pelarlas, cortarlas, tenerlas en agua y cambiarles el agua cuando se almidona. Claro, me dices, está el aparatito ese para partirlas de un trancazo, pero de todos modos, con gente esperando no alcanza el tiempo. Tardan de ocho a doce minutos en freírse y chupan mucho más aceite."

—¿Ves? Éstas hasta dietéticas son —y me dio otra palmada en la espalda. La señora parecía ajena a la conversación, pero estaría dispuesto a jurar que puso dos tacos de más en mi orden. Le cambié el tema.

—¿Te disecaron tu venado?

—¿Cuál?

—El apuñalado.

—Ya. Está en la sala de la casa. Precioso.

Le pregunté si le había dejado la navaja clavada en el cuello.

—Estuve tentado, pero no —me la mostró. La llevaba al cinto como egresado de la escuela de agricultura. Siempre podrá clavársela luego, supongo, ya que consiga otra.

—Cuéntame cómo estuvo aquello.

—Voy a hacer algo mejor —me dijo—. Escribí todo, con lujo de detalles. Lo publicaré —veinte años más tarde, supe de inmediato, estaría aún esperando aquel cuento. Pregunté entonces por los cazadores que encontraron a doña Evita. Me respondió la mitad de mi pregunta: un solo nombre.

—Lalo de Valle. Odontólogo. Endodoncista.

—¿Y en dodónde lo encuentro?

14. Endodoncia

Donde me arreglo un diente y me quedo con las llaves del Taunus de doña Evita.

Hice una cita. De todos modos necesitaba una endodoncia desde hacía tiempo. El doctor De Valle tenía su consultorio arriba del restaurante Viena, epicentro de la tauromaquia saltillense y hogar de las mejores palomas —así les llaman a los tacos en tortilla de harina— de ternera con aguacate en el mundo.

Me recibió y antes de darme una cita me preguntó si tenía dólares.

—Sí —le dije.

—¿Muchos? —asentí con la cabeza, sospechando algo.

—Comenzamos mañana —me dijo—. Mientras, voy a darte un analgésico.

—No hay necesidad —le dije—. No me duele.

Me miró extrañado. Entonces comprendí: la pregunta había sido si tenía dolores, no dólares.

El doctor Crippen también fue dentista cuando se quedó sin empleo, porque su jefe vio el cartel de una de las funciones de su esposa, en donde aparecía como productor. Económicamente fue un paso hacia atrás. El caso era el mismo para mi doctor, supuse, pues me pidió el pago por adelantado. No dormí en espera de lo que me esperaba.

Sólo alguien tan enfermo como yo podría pensar en un nefrólogo cuando iba a ver al endodoncista. Por unas horas esa noche habría de parecerme una idea genial fabricar instrumentos de odontología con cristales renales, pues nadie ha observado su superior dureza frente al diamante, considerado —de manera errónea, les digo— lo más duro que hay en este planeta. Estoy acostumbrado a ver cómo estas ocurrencias geniales se desvanecen en unas horas y créanme, no me da pena olvidarlas. Éstas no.

Cinco minutos antes de que sonara el despertador, dormía yo en el más profundo de los estados de inconsciencia, atormentado por demonios con tapabocas y uñas de bisturí arañándome la espalda desde el final de las costillas hasta el coxis. Llegué al consultorio del doctor y le pagué el resto acordado. Se excusó al momento. Bajó al restaurante a saldar sus cuentas atrasadas —quizás echarse un tequilita— y regresó.

El tratamiento fue una delicia, si aplica el calificativo en un trance tan anatural. El doctor me explicaba cada paso antes de darlo y me mostraba los instrumentos a utilizar, detallando su manufactura, calidad y utilidad. Recordé el maletín del doctor Van Helsing en la novela *Drácula*, de Bram Stoker y cómo describe él su contenido… "The ghastly paraphernalia of our beneficial trade". "La exasperante parafernalia de nuestro benéfico oficio." Me dolió… me molestó, más que dolerme. Fue el último de los problemas con esa muela.

Desgraciadamente, ahora que necesito otra endodoncia el doctor De Valle es ya transportista, materialista dialéctico, porque alguien le pagó con un camión de volteo y esa chamba le gustó más, o le pareció menos maloliente que las bocas de sus pacientes. Aquel día, sin embargo, me arregló. Cuando terminamos me pasó a su privado.

Sobre el escritorio tenía un pato disecado. Un pato pinto, parado sobre una laja de piedra café delgada. Al verla con detalle, se podían apreciar en ella miles de caracolitos fosilizados.

“¿Éste es el pato del techo del Taunus?”, le pregunté. Era. Me contó todo lo que ya les conté antes, de su cacería con su compadre Alfredo y cómo doña Evita se negaba a dejar el auto. Incluso me enseñó el médico las llaves del carro; él se había quedado con ellas, a fin de cuentas. Me dijo que se trajo la piedra de ahí con el propósito específico de pedirle al taxidermista que parara al pato sobre ella y que no era difícil encontrar otras así en el lugar. Negó conocer o haber leído alguna vez el libro de Uquillas.

Al salir del consultorio del doctor De Valle, me sentía como se debe haber sentido doña Evita aquel día frente al muro de la presa. El caso parecía haber topado contra una pared: para comenzar, Rosa Oranday estaba muerta y ella era la interesada y quien pagaba mis gastos. No me animaba a ir a ver al marido al penal y doña Evita me había dado ya lo que le quedaba de su memoria. Gasté $900 en la endodoncia, $74 en los tacos del doctor Furtivo —qué caros, reflexioné entonces—. ¿Qué seguía?

En un bolsillo llevaba la gargantilla; en el otro las llaves de un auto viejo sin utilidad alguna.

—Me puedo llevar las llaves del Taunus, doctor?

—Lléveselas. ¿Para qué las quiere?

—Quizás a doña Evita le traigan algún recuerdo.

15. El mar Egeo

En el cual me entregan un mejor auto y decido llevar a doña Evita a su casa en San Buena.

Mientras me daba un largo regaderazo, me repetía una pregunta... ¿Por qué podría el marido haber matado a Rosa Oranday luego de dieciocho años de matrimonio? Ya debía estar acostumbrado a ella. Las parejas pasan por cuatro etapas clásicas... formación, tormenta, normatividad, conformidad.

La formación es el enamoramiento y termina con la luna de miel, con el primer plato roto. Habrá muchos más. Gritos, portazos, arrancones, noches en el sofá, hasta establecer las reglas comunes y luego, la bendita paz. María de Rumania escribió a Fernando su marido... "Es una pena que tuviéramos que perder tantos años de nuestra juventud, sólo para aprender a vivir juntos. Somos los mejores socios, los más leales compañeros, aunque nuestras vidas se entrelacen sólo en determinadas materias." También decía que Fernando era como un buen vino, "entre más viejo más dulce".

Una sombra, un movimiento llamó mi vista hacia la ventana. En mi baño, más alta que la vista de doña Pinky, la señora que viene a hacer la limpieza una vez por semana —otra Rosa— vive una araña.

—Doña Pinky —le dije un día. Se paró en seco con el trapo en el aire y a mitad del paso, lista para cambiar su acción hacia donde yo indicara—. En la ventana de mi baño hay una telaraña. En ella vive una arañita.

—Sí, licenciado —me dijo. A lo mejor ella sabía dónde estaba mi título, pues lo perdí muchos años atrás. Hice una nota mental. Ahora doña Pinky procedía rumbo a mi recámara, habiéndose formado una idea ya de la tarea pendiente.

—Doña Pinky... —otra vez el paso a medias, el trapo en el aire—. No la vaya a quitar.

—¿Cómo?

—No quiero que la mate. Mejor dicho, quiero que no la mate. Tiene veintitrés cadáveres de zancudo en su red.

Veintisiete, conté ahora. Al principio era una araña pequeñita, no más grande que los mosquitos de los cuales se alimentaba. En las últimas dos semanas estaba duplicando su tamaño cada tercer día. De ser una araña moteada, como Bambi, ahora el color de su piel se tornaba más oscuro. Siempre la había visto de perfil. Tenía las patas largas; en arco sobre su tórax, pequeñito. El abdomen casi triplicaba ya su tamaño y terminaba en punta. Su telaraña, amorfa, desordenada y tridimensional, con muchas capas. Nunca la había visto moviéndose. Ahora, por primera vez, la veía por abajo, a contraluz, con el sol del poniente tras de los vidrios esmerilados de la ventanita. Me acerqué entrecerrando los ojos y creí verle algo... Me inquietó un tanto... Dos triangulitos un poco más claros en la panza, encontrados, como un reloj de arena. Creí adivinarles un cierto tinte rosado. ¿Sería? ¿viuda negra? ¿El marido de Rosa Oranday habría tenido una experiencia parecida? Convivió con su esposa durante dieciocho años para verla un día desde un nuevo ángulo, descubriendo él también algo conducente al pánico? En este caso, a diferencia, el viudo era él.

Hace unos días leí en "Omnia", la portada de clasificados del *Vanguardia*, un artículo sobre el piquete de la viuda negra (*Latrodectus mactans*). Es lo más doloroso, aseguran, después de una piedra en el riñón. Venían algunos casos... Una señora a quien se le metió dentro del zapato y le picó dos veces al ponérselos; un señor metió una a su casa pegada a una sábana del tendedero. Durante la noche le picó en el pecho. Ése casi se pela. Estuvo en el hospital varias semanas. No podía ignorar más a esta araña.

Decidí esperar un poco. Cada día crece mi cariño, mientras ella consume más zancudos y concentra el escozor de todos esos piquetes en sus mandíbulas para soltarlos de un ramalazo. Un día voy a llegar a bañarme, cogiendo la toalla después. Me secaré el pelo, cogeré una y otra puntas y la deslizaré hacia abajo para secarme la espalda. Entonces levantaré la vista: la araña no estará en su tela, sino en la tela de mi toalla. Ese día se sentiría aventurera y saldría a dar un paseo.

Para entonces ya la tendría embarrada en mi cuello, donde en su último acto de valor desmedido me apretaría con fuerzas un pedacito de piel entre sus mandíbulas, anestesiándome antes como el doctor De Valle para evitarme sentir, como hace con todas sus víctimas. Lo sentiré después, ya verán. Tomé la toalla. Se había acabado ya el agua caliente y comenzaba a hacer frío por las noches otra vez en Saltillo. Me sequé el pelo y la pasé sobre mis hombros, cogiendo una y otra punta. Antes de proceder, levanté la vista y me aseguré de ver en su casa a la araña.

Sonó el timbre.

*

—¿Es usted pariente de la señora Evita Oranday? —dijo el tipo. Era enorme. De no haber podido ver sus piernas lo hubiese pensado flotando en el aire recién salido de una lámpara maravillosa como la de Aladino. Sus manos eran del tamaño de las de un jugador de beisbol… con todo y manopla. Los brazos del ancho de mis piernas y las piernas quedarían apretadas en un pantalón talla 42, cada una. Grandote, muy moreno. Llevaba lentes oscuros y ya se podían ver estrellas en el cielo, estaba seguro.

—¿Policía judicial? —pregunté. Otro tipo se había quedado un poco más allá, fuera de la vista, tras una de las columnas del pasillo. Apareció entonces y a manera de placa me dejaron ver sendas pistolas al cinto.

No me van a creer. Dudo en narrarlo porque parece un invento, pero tengo los papeles para demostrar el hecho y recordarme a mí mismo cuando se me olvida su veracidad. Así sucedió. Es una de esas cosas reales más extrañas a la ficción. Ocurren a uno una o dos veces en la vida y nada más. Tal como lo digo.

Los invité a pasar, pues no llevaban una orden de cateo ni pensaban arrestarme, supuse. Les ofrecí incluso una soda. La tomaron de la botella, sin usar vasos, lo cual se agradece como un gesto de verdadera cortesía: un hombre cuando vive solo, y por consecuencia, lava su propia loza. Soy un idiota. Pocas veces me lo digo y menos pocas veces lo creo de verdad, pero lo soy. "Eva Oranday es mi…", estuve a punto de decir suegra, pero eso me convertiría en viudo de una difunta cuyo marido estaba en la cárcel por esposidio.

—Eva Oranday es abuela de la hoy desaparecida Rosa Oranday, a quien yo representé jurídicamente —aseguré con adusta mirada, los ojos entrecerrados, no otra cosa—. Se miraron. Uno de ellos, el de mayor rango según se apreciaba, ya fuese formal o un valor entendido entre ellos, levantó una ceja en dirección a mí.

—Bueno —dijo el grandulón—. Encontramos una tarjeta suya en su mesita de noche en el asilo. Por eso estamos aquí.

La policía judicial —aquí comienza lo increíble— desmanteló una banda de robacoches a su vez dedicada a desmantelarlos en Torreón. El jefe de los ladrones era un conocedor de automóviles y uno en particular le había gustado para sí. Lo tomó y mandó quitarle las defensas para cromarlas de nuevo. Tenía un taller de pintura al horno y le dio un acabado en dos tonos de gris, reacondicionando todas las molduras. Le cambió las calaveras. Quitó la tapicería y forró los asientos con cuero blanco. Aplicó una capa de policarbonato al tablero para dejarlo como nuevo y pulió los cristales, ahumándolos después. Le puso llantas Michelín y rines deportivos de magnesio opaco. Mandó rectificar el motor, aumentando un poco el tamaño de los cilindros y la potencia. Instaló un sistema de escape, no muy ruidoso, pero sí calculado para mejor rendimiento, con caja de fibra de vidrio. Puso también seguros y ventanas eléctricas, un sistema de alarma para desalentar a sus colegas y una caja de discos compactos con un nuevo sistema estéreo. Era el Taunus de doña Evita.

En un gesto más propio de las relaciones públicas de la procuraduría que de la eficiencia policiaca, querían entregárselo al apoderado jurídico de su legítima dueña al día siguiente frente a las cámaras de los reporteros.

Hubo unos minutos de silencio. Mientras yo me preguntaba si llevaban ellos el término "apoderado jurídico" o lo introduje yo en la conversación, el jefe consideró aceptada su invitación y se levantó. El otro no se había terminado su refresco y preguntó si podía llevarse el envase. Al fin, nos veríamos por la mañana. Me sentí como Vlad Dracul entregando a uno de mis hijos como rehén del cumplimiento. Ahora tenía una razón de peso para asistir; un hombre soltero cuida sus envases retornables con igual celo concentrado por las señoras sobre sus Tupperwares.

*

Luego de la ceremonia, conducía el flamante carrito por la recién pavimentada calle de Allende con las máquinas de nuestro segundo alcalde panista en la historia. El único ruido discordante era el envase vacío rodando sobre el tapete del pasajero.

Me sentí humano de nuevo. El auto caminaba con una suavidad de Grand Marquis y ocupaba apenas las tres cuartas partes del carril. Iba escuchando la radio y pensando: "Si le quitaron y pusieron tantas cosas, con tantos cambios, ¿quién había determinado que éste seguía siendo el carro de doña Eva?" Me remonté a la antigua Grecia y al dilema de Teseo.

Egeo, rey de Atenas, había perdido una guerra contra Minos, rey de Creta, y se veía obligado a pagarle cada año un tributo de catorce jóvenes —en equidad de género, siete hombres y siete mujeres— como alimento para el Minotauro, encerrado en un laberinto construido por Ícaro y Dédalo, los grandes arquitectos voladores.

El Minotauro era una bestia mitad humana y mitad toro. Su nacimiento es de las historias más curiosas de la mitología… Cuando estaba Minos por ascender al trono de Creta, tenía la oposición de sus hermanos. Para vencerlos, Minos pidió ayuda al dios Poseidón, el primero de los grandes transatlánticos…

No iba a hablar de esto, pero la zarandeada por el covid a la industria editorial me dio tiempo de mayores revisiones y para hacer una ligera desviación en mi relato. Poseidón, el nombre del dios de los océanos que quiso hundir a Ulises en su retorno a Ítaca —pero eso es otra historia— es también el nombre de una película filmada por primera vez en 1972 con Ernest Borgnine y Gene Hackman. Los más jóvenes lectores tal vez tampoco recordarán mejor la versión de 2006, con Richard Dreyfuss y Kurt Russell, aunque tal vez reconozcan la canción original; ganó ese año el Óscar antes de ser pastilla: *The Morning After*, compuesta por Al Kasha y Joel Hirschhorn.

La historia, basada en una espectacular obra del autor de la segunda mejor novela sobre gatos que se haya escrito jamás, *Los abandonados* de Paul Gallico, habla de un enorme barco transatlántico golpeado por una ola que lo voltea de cabeza y cómo algunos de sus pasajeros buscan la salida antes de que el barco se hunda. La inspiración de esta aventura viene de un submarino inglés llamado HMS Poseidon, que el 9 de junio de 1931 chocó con un barco en las costas de China, hundiéndose involuntariamente cuarenta metros con veinticinco personas atrapadas adentro. Unas horas después, cinco de ellas salieron a la superficie utilizando un ingenioso sistema precursor de los equipos de buceo de hoy.

Volviendo al pasado y a nuestra historia, el dios Poseidón le regaló a Minos un enorme toro blanco que el rey debía ofrecerle en sacrificio para ganar el favor del pueblo, pero el toro le pareció hermoso a Minos y decidió cambiarlo por otro animal ordinario, para conservar éste.

Poseidón enfureció. En uno de esos fabulosos castigos que sólo el ingenio de los dioses griegos es capaz de elucubrar, hizo que la esposa de Minos, Pasifae, se enamorara del toro blanco. La señora buscó entonces al maestro arquitecto Dédalo, pidiéndole el diseño de una vaca mecánica hueca, dentro de la cual ella podría atraer la atención del toro blanco y copular a sus no muy anchas.

¡Y mi papá me alentaba a leer mitología a los doce años!

Esto será mitología, pero es verdad, lo juro. Así ocurrió y en la playa de Adarró, Vilanova, hay una estatua de la vaca como prueba irrefutable.

El resultado fue que nueve meses después, pues las vacas tienen un periodo de gestación parecido al humano, en promedio de 283 días, nació el Minotauro. En sus primeros años de vida fue más bien un minitauro y no hubo problemas, pero al crecer aumentó su ferocidad y por alguna extraña falla genética inexplicable, desarrolló el gusto por la carne humana. Su padrastro entonces comisionó a Dédalo para construir un laberinto de imposible salida en el cual encerrarlo. Al terminar, no en pago por este diseño, sino como venganza por la vaca, tanto el maestro como su hijo Ícaro quedaron encerrados en una alta torre del castillo del rey, desde donde no podrían nunca revelar a nadie los planos de aquella su obra. El Minotauro, por tanto, no escaparía jamás.

El par, podría decirles, construiría luego unas magníficas alas de cera para huir e Ícaro, con el impulso y desfachatez de la juventud, se sentiría con ellas invencible y volaría alto, alto y más alto hasta acercarse demasiado al sol, cuyo calor derretiría sus alas. El pobre se desplomaría hasta el suelo, cayendo cerca de un río donde las ninfas se congregarían para llorarle y llorarían hasta echar raíces y convertirse en estos árboles ahora conocidos como sauces llorones (*Salix babylonica*). Volvamos a nuestra historia.

Minos, para no sacrificar a la juventud de su patria, súbditos suyos, restándose votos, obligó a sus enemigos, extranjeros vencidos, a pagar un tributo de jóvenes como alimento del Minotauro.

Teseo, hijo de Egeo, pidió a su padre ser uno de los enviados en sacrificio a Creta. No para morir, sino con la idea de matar al Minotauro y acabar con el problema de una vez. Minos con probabilidad había incursionado ya en tal línea de pensamiento, pero en un estado de acentuado terror a su esposa, demasiado grande como para intentarlo; después de todo, era hijo de ella.

Egeo se negó al principio. Dio su consentimiento después de que Teseo prometió volver victorioso, con las velas de su barco henchidas de un hermoso color blanco y no negras.

Nunca en la literatura ni en la pintura se han visto, a mi entender, velas negras en barco alguno… Bueno, en 2014 saldrá una serie de televisión llamada *Black Sails*, de Jonathan E. Steinberg. Para mi enfermera mi mente se quedó estacionada en los años noventa; así pues, la referencia no vendría al caso.

En el caso de Teseo quizás el barco llevaba velas negras en señal de luto por los jóvenes. Aquí en esta serie, nada más en el título se habla de las velas negras, quizá por el color de la bandera pirata. La serie trata de lo sucedido antes de los hechos propios a la novela de R.L. Stevenson, *La isla del tesoro*. Stevenson escribió muchas cosas fundamentales en la literatura universal, pero lo más hermoso que hizo fue su propio epitafio…

Under the wide and starry sky,
Dig the grave and let me lie.
Glad did I live and I gladly die,
And I laid me down with a will.
This be the verse you grave for me:
Here he lies where he longed to be;
Home is the sailor, home from sea,
And the hunter home is from the hill.

"En casa el marino regresa del mar, y el cazador en casa regresa al hogar." Podemos estar seguros: Teseo pensaba regresar sin duda. Y así fue. El problema no era tanto matar al Minotauro —digo, una bestia mitad toro y mitad humana no debía moverse con gran agilidad, fuerza ni inteligencia, como coincidieron todos los expertos en el Viena, a donde fui a consultarlos después de la consulta del doctor De Valle y a probar mi nueva muela postiza—, sino salir después del laberinto.

Al llegar a Creta el rey Minos saludó a los jóvenes y les ofreció un convivio en agradecimiento a su ya inminente sacrificio, pues si bien no era voluntario lo apreciaba de corazón. Ahí, Teseo conoció a su hija, la princesa Ariadne. Hubo química y, lejos de la vista de los demás, un poco de física. Ariadne le regaló a Teseo un ovillo de hilo de oro. No se sabe si por consejo de ella o idea propia, al otro día el joven amarró un extremo a la entrada del laberinto para encontrar después la salida. Fue una técnica previa, superior por mucho al rastro de migajas de galletas dejadas tras de sí por los hermanos Hansel y Gretel para encontrar la salida del bosque donde los abandonaron los odiosos hermanos Jacob Ludwig y Wilhelm Karl Grimm.

Cumplida su misión, Teseo ordenó a su gente regresar de inmediato a Atenas, para evitar la furia, si no el agradecimiento, del rey Minos. No previendo una reacción como la de Menelao cuando Paris le robó a Elena, su esposa, y desató la guerra de Troya, Teseo decidió llevarse no a una, sino a las dos hijas del rey Minos: Ariadne, claro, y su hermana menor, Fedra.

En el camino tuvieron un mar tormentoso. Escala forzosa para hacer reparaciones en la isla de Nexus, donde a base de cambiar tantas tablas del barco de Teseo surgió el dilema pertinente a esta historia… ¿Sigue este siendo el barco de Teseo, o el barco de Teseo es aquel de las maderas rotas y podridas? ¿Hay ahora dos barcos de Teseo; el de las viejas tablas y el recién reparado con nueva madera? ¿Sigue siendo el Taunus de Evita o a base de reparaciones, alteraciones y cambios evita ser de Evita el Taunus?

Pensando en estas cuestiones filosóficas más propias de Jean Paul y no de Rubén Pablo, el barco de Teseo zarpó de nuevo, olvidando cambiar por blanco el color de las velas para avisar al rey padre del regreso de un Teseo triunfante. Con barco nuevo, Teseo se sintió un poco viejo y a más de las maderas agarró parejo con los cambios y cambió a su pareja por una amante más joven. Se olvidó también de Ariadne en la isla y casó con Fedra, su hasta entonces cuñada, virtud por la cual siguió siendo el yerno de sus suegros.

Viendo Egeo venir a lo lejos el barco de su hijo con velas negras, le invadió la tristeza y sin esperar la llegada de la nave al puerto, se lanzó a un vacío abajo lleno de escarpadas rocas, muriendo en el mar bautizado desde entonces con su nombre:

Egeo. Al desembarcar Teseo se encontró con que, a consecuencia de su inocente olvido, ahora era con todo derecho rey de Atenas.

—Qué bonito carro, joven —exclamó doña Eva, entusiasmada más por la idea de salir de su encierro y respirar aire fresco, tan por mí ansiado ahora, que por el Taunus, del cual casual apenas dijo—, yo tuve uno igual.

—Éste es el suyo, doña Eva.

—No. El mío era azul con blanco.

Y tenía sangre de pato en el techo, pensé. Ya no le dije nada y enfilé rumbo a la carretera a Monclova.

16. El esqueleto

Donde se sientan las bases para convertirme cuando joven en investigador privado y así pueda tener una moto.

Un teléfono de marfil sobre la mesita de mármol. Cuando sonó, la otra voz en la línea se escuchaba preocupada, casi por romperse: "Tía, estoy detenido en la aduana de McAllen. Necesito un favor".

Había querido tener una moto toda mi vida, desde cuando vi a Peter O'Toole en el papel de Lawrence de Arabia, la película de 1962. No me importaba la oposición de papá. "¡Se mata en la primera escena!" me decía. En su motocicleta. "¡Mejor te regalo una pistola!"

Recuerdo cuando sentí la magia de la bicicleta sobre el embrujo de un motor de combustión interna por primera vez. La fuerza centrífuga sosteniendo al piloto sobre las ruedas y las explosiones controladas dentro de un cilindro de metal, capaces de transportarme hasta el otro lado del mundo, lejos de la escuela y los profes y las burlas de mis compañeros. No entendían mi gusto por levantar la mano y dejarlos en evidencia. Idiotas. Tendría la motocicleta si sacaba el mejor promedio de clase en la secundaria, me había prometido papá. No iba a perder oportunidad de participar y ganarme siquiera unas centésimas del aprecio del Profe; me hubiera gustado estar en el otro grupo, con menos competencia, nomás Mundo, el Mudo.

Sabía lo que debía hacer. Incluso le había pedido lecciones al Charlie, mi vecino, jefe del grupo de scouts. Me robé para él el examen final de química el año anterior, metiéndome por la ventana del baño de la oficina del director. A cambio, me enseñaría a manejar en su vieja Triumph Bonneville. Me dejó conducirla un par de vueltas a las canchas de la escuela, pero desde ese día no dejé de hablar de Charlie y de su moto con mis papás a la hora de la cena. Ésa era la que quería. Estaba listo. Su silencio, sus miradas, que yo ignoraba, me decían que ellos no.

Aborrecía; aborrezco, el sistema de calificación tan absurdo, con apenas diez números repartidos entre treinta y tres compañeros de la clase y, de hecho, como en esos años reprobaban el curso nada más uno o dos de plano almas perdidas —como Marcos, el único quedado de años superiores en nuestro grupo—, la escala era del siete al diez, mucho más reducida. Además, las mejores calificaciones siempre se las llevaban las estrellas del basquetbol.

¡Vaya injusticia! Los premiaban por una habilidad para nada relacionada con los conocimientos ni con el cerebro —bueno, con la parte útil del cerebro—. Yo nací sin esa habilidad y no me interesaba desarrollarla. El Profe siempre les regalaba a los del equipo —incluso a Marcos, todo un cachirul— puntos por cada canasta anotada. Les quitaba tareas con cada juego ganado, algo fuera de mi alcance.

Era otro de los argumentos de papá contra la motocicleta. "Tú eres un intelectual, no un deportista", decía. "No tienes los reflejos necesarios para controlar un aparato así. Te vas a matar." Ya me veía como a Lawrence de Arabia, estrellado contra un poste en la carretera, mis gogles colgando de la rama de un mezquite. Así nunca se me quitarían las ganas. Quería una moto y la conseguí… Al menos, hice mi parte.

Me encerraba todas las tardes a estudiar en el viejo cuarto de adobe sobre la cochera donde la abuela guardaba los trebejos. Solo ante una gran mesa, de espaldas a la puerta donde mejor me daba la luz del sol, aún con el miedo a ser descubierto ¡estudiando!

Estaba intranquilo, pues tenía excelentes cualidades auditivas. A cada rato escuchaba un ruidito peculiar. Saltaba para ver si alguien venía después de cerrar mi cuaderno, guardarlo en el cajoncito secreto debajo de la mesa y abrir uno de los volúmenes de cuentos de *Archi* encuadernados por mi tía. No fueran a creer que estaba ahí sin hacer nada. Es decir, haciendo otra cosa.

Una tarde, decidí precisar el origen del constante chasquidito aquel. Bajé a revisar la escalera y la cochera sin encontrar nada. Me cambié a la cabecera opuesta de la mesa. Ahora, el ruido parecía venir de mis espaldas... El baúl.

Un enorme baúl negro de papá. Lo compró cuando hizo un viaje a España como médico de a bordo en un barco de la Marina mexicana. Estaba cerrado con llave, pero esas cerraduras antiguas no me representaban ningún problema. Con un clip hice una ganzúa y lo abrí. Adentro encontré una gorra de militar con tres estrellas. Papá juraba haberla perdido hacía mucho. Luego, al correr unas telas, un cráneo humano me miró con ojos vacíos y una gran sonrisa... Media sonrisa, pues sólo tenía la quijada superior. Casi pierdo los pantalones. ¿Quién era aquel fulano o fulana? Hasta la fecha todavía no sé identificar bien el sexo por el cráneo. Cuando debo hacerlo, mejor echo un volado mental. Ya vi en mi experiencia cómo con tal método aumenta mi porcentaje de aciertos.

¿Sería éste el esqueleto de la señora Morales? una película mexicana de humor negro con Arturo de Córdova y Amparo Rivelles, basada en cierto modo en el crimen del doctor Crippen.

La idea de compartir esas tardes con un montón de cadáveres no me gustó. Saqué el cráneo aquel tomándolo con unos guantes de hule amarillos de cuando mamá lavaba platos. No presentaba muestras de violencia, aunque para obtener el cráneo de alguien debieron matarle antes —o durante— el proceso. Y, siendo la cabeza, el sujeto sin duda estaba muerto.

¿Quién sería? Pensé en acudir a la policía, pero no. Era claro que la policía en Saltillo en los años sesenta se pondría de parte de mi papá. El jefe le había regalado al jefe un rifle calibre 22 hacía unos meses, agradecido por el tratamiento para uno de sus hijos. ¿Sería ésa el arma homicida? No, por supuesto. El cráneo se veía viejo. ¿Se trataba del cráneo de un viejo o un cráneo viejo? Estaba barnizado, porque los huesos que había visto en el campo eran blancos, aunque siempre habían sido de vaca, coyote o conejo. Nunca de humano. Éste tenía un definitivo tono café claro.

Me percaté de que estaba formado, como sabía, de varias partes entrelazadas como rompecabezas. Recorrí con los dedos las carreteritas curvas que veía y al final me quité los guantes para tener mejor sensibilidad. Las llaman suturas, pero no lo son, aunque parecen. A una de ellas, entre los dos huesos parietales —paredes— arriba de los huesos temporales que tampoco lo son…

Sólo los llamaron temporales porque encima de ellos es donde aparecen primero las canas, denunciando el avance de la edad sobre alguien; pero son tan temporales como cualquiera de los demás: también le duran a uno toda la vida.

…La llaman sutura sagital. Pero no parece *sagitta* —flecha—. Es entonces un nombre preciso nada más para la doceava parte de la población correspondiente a ese signo zodiacal.

Si no hubiera vuelto a escuchar el ruidito, me hubiese clavado cada vez más en la anatomía y menos en la sociología del crimen, cometido quizás en el seno —en la cabeza, siendo un cráneo— de mi familia. Si así fuera, iba a cambiar mi vida en el futuro.

Al escuchar de nuevo el ruido dentro del baúl, recordé lo dicho por mi otra abuela: "Tenle más miedo a los vivos que a los muertos". El muertito del baúl de esta abuela no era el que hacía ruidos. Había algo más ahí: un ratón, lo descubrí al ver los restos acumulados en la enorme caja negra, aquella de piel con ribetes de metal, y ligar en ese mismo instante el característico aroma a roedor casero —más acre que el de las iglesias—, con lo que estaba viendo y con el ruido. El miedo se evaporó tan rápido como la orina del roedor —¿rohedor?— sobre la tela del interior del baúl, hasta reparar en el cráneo, aún mirándome como evidencia del negro pasado de alguien muy querido...

De ahí en adelante comencé a ver a mi padre con otros ojos y a cumplir con mucha precaución sus órdenes. Ya no esperaba a que me dijera dos veces antes de hacer las cosas. Cumplía sin protestar con horarios de estudio, comida, baño y cama. Por ello, al llegar el fin de cursos, obtuve el primer lugar de la clase.

Cuando tuve la boleta en mis manos me fui a pie a casa desde el colegio. Eran siete kilómetros, los tenía bien medidos. No me importó. Por última vez haría ese recorrido caminando. Llegué y abrí la puerta triunfante, levantando el papel en alto como si fuera la copa del estatal de básquet. Mamá vino de inmediato a abrazarme, pero no contenta: consternada. Esa mañana, Charlie se había estrellado en su moto contra la parte de atrás del camión de la basura. No llevaba casco.

¡Pinche Charlie! Pensaba en la misa de cuerpo presente, vestido como me obligaron con el uniforme scout y los pantaloncillos cortos tan del gusto de los religiosos en la escuela. Con los pulgares sobre las sienes y cubriéndome los ojos con la palma de las manos, entrelazados los dedos, la cabeza gacha en la banca, daría la impresión de estar rezando.

Me dolía más la Bonneville que mi amigo y no me sentía tan mal por ello. En vez del féretro, pensé, debía estar ahí de cuerpo presente la moto, pues nunca volvería a verla en vida y nunca más podría manejar una. ¡Pinche Charlie!

La mamá de Charlie tenía una amiga chivera. Su trabajo era traer cosas —chivas— de Laredo, Texas. Ahí estaba en la misa, en las bancas de enfrente. Daba a veinte pesos el dólar cuando el tipo de cambio era de $12.50. Las cajas de chocolates costaban $1 dólar con veinticuatro barras. Almond Joy, Three Musketeers, Milky Way, Snickers… Esos tres me recuerdan algo que leí en la revista *Time*: El Milky Way, decía un cómico, es un Snicker sin cacahuates y el Three Musketeers un Milky Way sin caramelo. ¿Así progresaría mi enfermedad? ¿Perdiendo elementos y cambiándome el nombre?

Podía venderlas a $1.50 y ganar $16 por caja. Vendiendo unas dos cajas por semana en la escuela alcanzaría a juntar los $1 200 US para comprar la moto en… Diez años. Y cigarros. No me iban a dejar, por supuesto. Los vendería en secreto o a la salida. Afuera de la escuela no podían prohibírmelo, pensaba. Tenía un maletín con doble fondo para esconderlos. A peso el cigarro eran $20 pesos por cajetilla y costaba diez veces menos por paquete de diez. Levanté la mirada y di gracias al Cristo tras del padre en el altar por la idea, pensando en lo cierto del dicho de Charlie cuando me pidió el examen aquel: "Si Dios cierra una puerta, abre una ventana…" Aunque fuera la del baño. ¡Hasta pronto, Charlie! Ojalá haya motos en el cielo. Y descubrí una pequeña lágrima en la comisura del párpado.

El negocio se puso de maravilla. Los de la prepa me comenzaron a conocer como "el harbano" y hasta desperté celos de los profesores. El director trató de convencerme —extorsionarme— de donar una parte de mis ganancias a sus misiones… Ése era el problema con la educación, pensaba, pienso. Las escuelas públicas nunca tienen suficiente dinero ni libertad sindical para contratar a los mejores maestros, y las privadas cobran colegiaturas de lujo, pero el dinero se les va en propósitos diferentes, como la ayuda para comunidades pobres a quienes pretenden evangelizar, o el Vaticano, o en sus lujosos misterios o misteriosos lujos.

En mi vida hasta ese entonces, me habían tocado tres papas en la Iglesia católica: Pío XII, cuando recién nacido. Juan XXIII y Pablo VI. Papas. Así sin acento, igual a como coloquialmente conocíamos las mentiras. Papas. Ya vendrían en el futuro el Speedy McQueen de la Iglesia, Juan Pablo I y enseguidita el odioso régimen de Juan Pablo II. Luego, quien será cuando lo canonicen el santo de los fotógrafos, el papa Ratzi y después Francisco de Argentina, tal vez el último de los papas y encargado de desmantelar la Santa Iglesia Católica Apostólica y Romana. "Jesús llamó a los doce y apostoles...", decía mi abuela.

Muy poco de lo que pagaban los padres de familia, menos del veinticinco porciento, llegaba como sueldo a los maestros, su destino manifiesto. Entonces, la plantilla se polarizaba hacia unos cuantos profes buenos, pacientes y bondadosos, y otra mayoría de seres nefastos, sin cabida ni capaces de hacer otra cosa. Buenos y malos, todos mal pagados.

No quería llamar demasiado la atención con mi dulcería ambulatoria. Doña Chelo, la señora de la cafetería, renegaba con la mirada y parte de su boca de esta competencia desleal, pues yo no pagaba renta, y aunque eran otro tipo de productos, impactaban en una economía más bien cerrada, cuyo valor eran las pocas monedas en los bolsillos de mis compañeros, capital diario disponible para gastar en recreo. Entonces, a esa hora, no trabajaba. Salía como todos y consumía un lonche y una Coca en la cafetería.

En ese rato, cuando estaba prohibido permanecer cerca de los salones, me estaban robando la mercancía. Era alguien del equipo de básquet, lo sabía, pues ellos tardaban un poco en salir mientras se ponían el uniforme. Esa cofradía de cabrones se cubrían entre sí y mentían con desparpajo mal fingiendo todos inocencia, sabiendo que no podía denunciarlos con la vehemencia necesaria, pues delatarían el doble fondo de mi maletín y su contenido.

Un sábado por la tarde fui a La Esmeralda, la mercería de don Lelo y compré un juego de detective. Incluía por supuesto una lupa y una gorra de doble visera como la de Sherlock Holmes, una lamparita de luz negra para hacer brillar las manchas de sangre y, según descubrí, constelaciones, vías lácteas, galaxias y universos de relucientes estrellas amarillas grandes, pequeñas, microscópicas como el rocío y supernovas del tamaño de la luna, salpicadas fuera de la taza en el escusado —una visión repugnante para siempre impregnada en mi cabeza, a donde no llegan ni el cloro ni los guantes amarillos de mi madre—. Lo más relevante del contenido en este paquete era un talco muy fino de color negro para aplicar con pincel —parecido a los que usaban mis primas para aplicarse rubor en las mejillas— y detectar huellas dactilares. Éstas se levantaban, resguardaban y comparaban en unos trozos de cinta adhesiva transparente.

Como forma de congraciarme, pedí a doña Chelo los envases de los refrescos de mis compañeros. Ella los llevaría a la cocina y ahí pondría dentro de cada botella un papelito con el nombre de quien se lo había tomado. Yo pasaba por ellos a la salida y regresaba al día siguiente con refrescos nuevos a manera de pago, después de levantar con mi pincel y mi polvo de grafito las huellas de cada una.

Así formé mi catálogo de sospechosos. Recorté las fotos publicadas en el anuario de la escuela del año anterior y bajo de cada una puse en un pizarrón, en el cuarto de adobe sobre la cochera de la abuela, la colección de huellas correspondientes. Traté de compararlas con las que recogí de mi maletín un día en que lo dejé limpiecito antes del recreo, pero resultaron tantas que —imaginé la escena— se lo lanzaban entre ellos de uno a otro para tomar por turnos sus dulces favoritos. Ojalá se acabaran todos los cigarros y se quedaran chaparros, pensé. Terminé con otra colección completa de huellas del equipo de básquet.

No podía acusarlos a todos. Existían pruebas y evidencia de que habían tenido el maletín en sus manos, pero nada irrefutable de lo robado. El director tenía una cámara espía Minolta de 16 mm, mas faltaban años para poder operarla a control remoto. Lo había visto en las películas de James Bond con Sean Connery y en la serie de televisión *The Man from UNCLE*, con los espías Napoleon Solo e Illya Kuryakin —interpretados por Albert Stroller y David McCallum. Aparte, las consecuencias de echarse en contra a todo ese equipo de jalón serían graves y durarían el resto de mis días en esa escuela.

Tal vez descubrirían mi cadáver una tarde sobre la cancha de basquetbol, muchos años antes de cuando el doctor Donald Mallard, médico forense en la serie *NCIS*, también interpretado por McCallum, apareciera en escena para resolver mi asesinato y llevar a los culpables descalzos al cadalso.

Decidí entonces otro curso de acción auto-incriminatoria: en mi inventario contaba con unos chicles esféricos confitados, rellenos de jarabe de sabores, el cual pude reemplazar con tinta china mediante una jeringa y tapando el orificio con cera de abeja. Ni siquiera había necesidad de violar la bolsita individual de papel celofán en que venía cada esfera, pues la aguja se abría camino fácil entre los pliegues del cierre térmico entre una y otra.

La noticia corrió por toda la escuela al día siguiente: Marcos con la boca pintada. Dientes, encías y lengua negros y unas gotas gruesas imborrables escurriéndole desde el labio inferior por la barbilla hasta manchar la camisa blanca del uniforme. Alto, delgado y de piel muy blanca, cuando lo vi me pareció igualito al Drácula de la película de Béla Lugosi (1931).

Sus mismos compañeros del equipo fueron quienes le hicieron más burla, lo cual me salvó de la venganza esperada. El Profe pretendió obligar a Marcos a pagar todo lo robado hasta el momento, pero admití tal vez haber dejado mi maletín demasiado a la vista para tentar al ladrón.

"Entrapment", lo llaman en Estados Unidos. Podría en español ser entrampamiento, trampeado, atrapamiento, pintar el cuatro... Al igual que, me temo, estoy haciendo ahora con ustedes. Quiero contarles la historia fascinante de cómo llegó a México esta joya de doña Evita, alhaja perteneciente a una de las más rancias aristocracias europeas y literarias, pero no puedo hacer un trazo directo. A cada paso mis canales neuronales se traban y los recuerdos brincan como acequia de riego por donde no hay compuerta y hacia donde más de uno no quiere. "Donde menos se piensa salta la liebre," dicen los cazadores. Agregaría que salta hacia donde menos se piensa también. ¿Qué relación puede haber entre mi infantil maletín lleno de chocolates Hershey's con almendras y esta bella gargantilla, fuera de que algunos de sus diamantes tienen corte de almendra?

En 1850 un grupo de 280 productores en California se unieron en lo que hoy es una de las más grandes cooperativas agrícolas del mundo, adoptando dos décadas más adelante el logotipo de Blue Diamond para sus almendras. Ahora venden alrededor de $450 millones de dólares al año... Pero de eso no estábamos hablando. La historia de los diamantes se remonta a la India en el siglo XIV, cuando comenzaron a usarse como herramientas para cortar y grabar metales, en la medicina y en la magia. Comiéndolos, creían, aliviarían algunas enfermedades, sanarían heridas. Servirían de protección como talismanes al usarlos en adornos corporales, al contrario de hoy en día, cuando para curar una enfermedad tiene uno que empeñarlos y la mejor protección es no lucirlos ostentosamente.

Son nada más una forma de carbón alineado de manera diferente por haber sido sometidos a grandes presiones en las profundidades de la Tierra, entre 170 y 400 kilómetros abajo, en la litósfera. Aunque en su novela, *Viaje al centro de la Tierra* los describe el futurólogo escritor fantástico, el fantástico Julio Verne, nacido en Nantes en 1828, los diamantes vienen no de Nantes sino desde endenantes, de hace 900 millones de años.

La mayoría de los diamantes son blancos, pero cuando atrapan algún otro mineral en su interior, pueden adquirir distintos tonos, como el azul del diamante Hope, color provocado por la presencia de boro, un mineral muy elegante nacido en el universo a causa de la explosión de las estrellas supernovas, o el suave amarillo del diamante Orloff, provocado por pequeñísimas cantidades de nitrógeno en su composición.

El nombre les viene del griego *adamas*, *adamante*. Diamante significa inalterable, inconquistable. Lo contrario, opuesto, inverso al maremoto de las profundidades de mi cerebro; mi memoria ajustándose y moviéndose a cada paso, en cada instante cambiando y recombinándose, aunque igual de inconquistable. De ahí esta ansia por grabarla y transmitirla antes de ver cómo se desvanece, convertida en una piedra negra lista para encender la chimenea y, por último, reducida a cenizas sin valor, sin memoria, sin cuerpo.

17. Castaños

Donde encuentro a un viejo amor en una parada del camino y la casa de doña Evita vacía.

—¿Su esposa se llama también Andrea?

—No, doña Evita. Y estamos divorciados.

—De todos modos, ¿se llama Andrea?

—Pilar.

—¡Qué bonito nombre! Muy sólido. ¿Y cuánto tienen de casados?

No sabía si estaba mareado por las preguntas de doña Evita o por el recuerdo de mi todavía reciente accidente: viajaba con un grupo de motociclistas viejos en motos clásicas, bautizado por mí mismo con el nombre de Alzes-heimers; todos tenían ya algún tipo de demencia senil cuya principal manifestación era negarla. Su paseo favorito de los domingos era recorrer dos o tres veces las curvas de la antigua carretera a Monclova. Hay tres en especial en el kilómetro 23, con un peralte de motódromo, donde uno puede acelerar al máximo… Siempre y cuando no venga nadie, porque el piloto debe en cierto momento invadir el carril contrario.

No debe, lo sé. Pero no hablo de leyes sino de física. Bueno, también son leyes, pero no humanas, más bien naturales. La velocidad lo lleva al otro extremo de la carretera.

En un peralte bien calculado, respetando la velocidad indicada no importa el peso del vehículo, se conservará dentro de la trayectoria de la curva. Como nosotros excedíamos el cálculo al ir más de prisa, debíamos además de forzar la inclinación de la motocicleta cambiar un poco de carril.

En esta ocasión, de plano en el carril contrario, me topé con una vieja camioneta Chevrolet modelo 71 con tumbaburros, color azul pálido. Por suerte, ella también venía en el carril contrario. Entonces, por unos británicos segundos pasamos lado a lado sin tocarnos ni hacernos daño físico; aunque sí químico: el choque de adrenalina a causa de la sorpresa me llevó a voltear hacia atrás pensando haber imaginado aquello, y cuando regresé la vista al frente no había nada. Literalmente: nada. Había salido de la carretera y volaba hacia el fondo del arroyo. Estaba seco. Si hubiera llevado agua, el golpe inicial habría sido menor, pero por ahí baja un millón de metros cúbicos al año y todos en cuatro días. La furia del agua me habría ahogado. *Flash flood.* Mismo final que el de ahorita, algunos meses anticipado.

Quizá ya llevaba conmigo la gargantilla de doña Evita, porque caí en un banco de arena. No me pasó absolutamente nada. Casi me mato, pero a cabezazos luego de ver mi moto convertida en un enjambre de fierros torcidos y rotos, más allá de toda reparación. Ella sí se dio de lleno contra las rocas. Rescaté el tanque, ahora adorno de mi sala, sobre el televisor.

¿De qué color era mi moto? Ese modelo de la Honda salió en aquellos años en Japón con dos tonos: *Candy Bacchus Olive* y *Ruby Red.* Ellos le llamaban *Candy Matador Red*, en virtud de que era una pintura compuesta con hojuelas en la capa exterior, un color translúcido y otro sólido como base, pero a mí me recordaba aquel romance del perito agrónomo del español Miguel Mihura… "Y un grito sonó en la plaza tan rojo como un clavel."

Por otro lado, quizá Mihura era medio daltónico, pues en otra parte hace una extraña mezcla de colores:

Te quiero, gitana blanca,
Le dijo el señor aquel
Bajo un limonero blanco
Color de leche y café…

Me voy a parar a comprar un limón, le dije a Evita. Me orillé en un restaurancito del kilómetro 21. Apenas había recorrido el 8% del total del viaje planeado aquel día. De ida.

Prefiero llamarle rojo rubí. Un rubí no es un diamante. Para comenzar, porque es rojo, color debido a impurezas del metal cromo. Otro tipo de impurezas lo hacen de otros colores. Entonces deja de ser rubí y se convierte en topacio. Eso lo discutiremos en otro tiempo y espacio. Los rubíes son óxidos de aluminio con dureza nueve en la escala de Mohs, que ya discutimohs; se les encuentra principalmente en Burma y no se les encuentra ya en el Museo de Historia Natural de Nueva York porque los que ahí había los robó el 29 de octubre de 1964 el infame Jack Murphy, al que apodaban "Murph the surf"…

Sobre una de las cuatro mesitas del restaurante, mesas de metal con la cubierta porcelanizada y el escudo de la cerveza Corona, una junto a la ventana por la que entraban los rayos del sol, descansaba un gato alrededor de una botella vacía de Coca-Cola. Zafiro, no topacio. El topacio es un silicato, *Silly me!* Son las cuatro clases de piedras preciosas: zafiros, esmeraldas, rubíes y diamantes.

Entré al baño. La tapa del escusado tenía la marca, Bemis, en la parte baja inferior. Me llevó a preguntarme, ¿mis… qué? La llave del lavabo, donde no había agua y tampoco jabón de todos modos, era marca Sloan. *Un hombre llamado Sloane.* Mi imaginación trajo al frente esta serie de detectives protagonizada en 1979 por Robert Conrad. Conrad también hizo la película *Live a little, steal a lot,* sobre el robo de los rubíes perpetrado por Murphy.

El museo tenía ventanas que dejaban abiertas por la noche para que circulara el aire; los veladores, dijo Murphy, eran más viejos que las joyas ahí exhibidas. Hacían rondas poco frecuentes y desganadas y los sistemas de alarma tenían años sin funcionar. "El robo más grande de la historia", lo catalogaron en la policía. Exageran. Sí fue sustancial, pues se llevaron piedras con valor estimado en $500 000 dólares de entonces.

Entre ellas no iba el rubí Dark Prince, que no era Drácula sino Edward III, rey de Inglaterra en el siglo XIV. Él lo recibió de Pedro de Castilla como pago por la ayuda prestada contra su hermano Enrique, quien a su vez lo había obtenido luego de matar a su rival moro Abu Sa'id, pero iban otros como la Estrella de la India y el zafiro negro Estrella de la Medianoche, una de esas medias noches en cuya bolsa me ahogo en este instante. El Dark Prince y sus 170 quilates pueden apreciarse desde tiempos de Victoria al frente de la Corona del estado imperial del Reino Unido.

—¿Ya llegamos? —preguntó Evita en cuanto apagué el motor.

Iba a contestarle de mala manera, cuando algo llamó mi atención al poner el pie en la tierra. Lo recogí: era un pequeño caracol petrificado de color blanco grisáceo.

—Mire, doña Evita; esta piedra tiene unos diez años más que usted —le dije.

En Coahuila las capas del Cretácico tardío han salido a la superficie, aflorando con ellas un gran número de dinosaurios. Seríamos ricos, pensé, si las fallas geológicas trajeran a la superficie capas de la litósfera infestadas de diamantes. Y así sí que no serían fallas sino aciertos.

Cuando menos debía haber rubíes. Las tierras de Coahuila son arcillosas como las de Burma. Debe haber rubíes. Hay muñequitas de oro, con dientes de perla y labios de rubí, eso sí, dijo María Grever. Doña Evita es una de ellas, sin duda.

—Entonces tendría la edad de Miguelito —respondió ella con su gran sonrisa, poniéndose el caracol con las dos manos sobre el centro de su pecho. Me pareció entonces que la mitad de su mal, más que neuronal, era psicológico.

"Aisjomcenter", le había llamado en *El Diario* don Roberto Orozco Melo al mal, en una broma referente a mi tienda favorita durante el espejismo salinista. *Ace Home Center*, una supertienda de ferretería con multitud de artículos importados, a donde había podido ir a ver, pues los precios eran cuatro veces más altos de lo normal. La tienda quebró con los errores del 94. Se fue envolviendo en la niebla del olvido, como la memoria de un auténtico enfermo del mal del *"aisjomcenter"*.

Ahora el edificio se yergue ahí vacío, como oscuro y triste monumento a la desvergüenza de aquel sexenio, pintarrajeado por muralistas pop, grafiteros con latas de aerosol tal vez robadas de sus propias entrañas y anaqueles. Hay otras desvergüenzas de diferentes sexenios locales y federales repartidas por la ciudad. Como dijo el vecino, "quien pierde la vergüenza no sabe lo que gana".

—Y Andrea, su mujer, ¿por qué no se la trajo usted, joven?

Ya íbamos llegando a Castaños. Ahí nos detendríamos a comprar gasolina.

—¿Ya llegamos?

Pocas personas lo saben, pero en el entronque de Castaños existió la primera gasolinera pionera, allá por los primeros años ochenta, como estación de servicio completo, donde se podía llenar tanto el tanque del auto como la panza del chofer y sus pasajeros. Contaban con una variedad de comidas rápidas: pollo y papas fritas conservadas bajo brillantes lámparas infrarrojas; una máquina de asar salchichas y pan para hot dogs, horno de microondas y sopas de fideos deshidratados a las que sólo había que agregar agua caliente. Así imagino mi cerebro, deshidratándose como Ramen en reversa. Como cuando deja uno los fideos sobre la estufa y el piloto los regresa a su estado de precocción. No entiendo… Si la bolsa protege al pan para que aguante varios días sin ponerse duro, ¿cómo es que a mí me estaba matando?

Donas también. Por supuesto, refrescos helados. Pagué la gasolina y dos hot dogs y uno más para doña Evita.

—Sin cebolla, porque no le gusta a Miguelito —pidió ella.

Tomamos después en el viejo Taunus por el neolibramiento Carlos Salinas de Gortari, coto de caza de los mordelones más ávidos de Coahuila. Evité comentarlo con doña Evita.

Entramos al pueblo, muy despacio por no dar quehacer a los policías de tránsito. Doña Evita me dijo de la leyenda escrita en la fachada de los almacenes de don Prudencio: "Bienvenidos a San Buena. Tierra de hombres trabajadores y mujeres hermosas. Aquí no hay mordelones".

"Quizás ellos no la hayan leído", pensé para mis adentros. Aparte, no quería rebotar en los topes; los pinches topes cada vez más tercermundistas, improvisados cánceres en la piel de nuestras calles, baches con cicatrices queloides.

Doña Evita se fue estirando en su asiento, mostrando un cuello delgado y elegante. De joven debió tener mucho atractivo, pensé. A lo mejor se parecía a Rosa. La señora se quitó los lentes y me fue guiando. "Allá a la izquierda. Ahora para acá. Cuidado con esa bicicleta, porque a veces se atraviesan. Ya nomás dos cuadras. Aquí." Esta vez no preguntó si ya habían llegado.

—Llegamos —afirmó… Y se bajó del auto con la agilidad de una quinceañera.

Cuando me preparaba para girar la llave sola del carro, pues el resto se lo había llevado doña Evita en su prisa para abrir la casa, la radio comenzó a tocar una canción y despertó mi curiosidad. Era un programa importado por una estación de San Buena o Monclova desde la XHALA, Radio Concierto, de Saltillo. Hablaba Gerardo Herrera Ramírez, músico, investigador y locutor, con su inconfundible, seductora voz. Profunda, hipnótica. Contaba la historia de una canción compuesta por Indalecio Ramírez y llamada "Que sepan todos". Luego se dejó de rollos y la tocó...

No se lo dije a doña Eva, pero en la gasolinera de Castaños me encontré con un viejo amor... Bueno, casi un viejo amor. Fue amor de mi mejor amigo y, ¿quién no se enamora un poco de las novias de sus mejores amigos? Me dio mucho gusto verla. La hubiera abrazado un buen rato y con los ojos cerrados. No lo hice por no despertar los celos del marido y padre de los tres hijos de Laura Elena. Me reservo sus apellidos por prudencia esta vez, no por falta de memoria.

Me estaba preparando una sopa instantánea en el micro de la gasolinera Modelo. "Monstruo comesopa", escuché una voz. Por un instante, creí, era mi memoria hablándome en voz alta. Alcé la vista para cerciorarme ante aquella frase tan conocida, tan repetida por ella, asombrada por mi capacidad para devorar el interior de las latas de Campbell's siendo estudiantes. Tenía razón. Para mí, las latas de sopa son raciones personales y me he negado siempre a compartirlas con nadie. O con alguien.

Lo hubiera hecho con ella, por supuesto, pero le estaba dando algo para recordarme siempre. Veinte años más tarde me llegaba la prueba de haber tenido razón. ¿Qué hacía ahí? Laura Elena se casó con un doctor centroamericano y mi cerebro la ubicaba en ciudad de Panamá en esos momentos. Intuí, sin embargo, el poco tiempo que estaría en la gasolinera y decidí aprovechar la charla.

—Estás igualita que hace veinte años.

—No es cierto. —Ella sonrió—. Estoy bien fregada.

Pensé en rebatirla, pero me arrepentí. No iba a lograr nada con ello y perdería más tiempo. Tampoco estaba de acuerdo, pues verla en realidad me inspiraba deseos de darle un abrazo largo y con los ojos cerrados, como los que le daba hacía veinte años cada día cuando la veía.

—Entonces, te pareces más a tu mamá.

Era cierto. Vi las arrugas en el extremo de sus ojos y volví a pensar que me hubiera gustado envejecer con ellas.

—Eso sí —dijo Laura Elena. Si a alguien adoraba Laura Elena era a su mamá. Había sido la intención del piropo, adorarla también. Su sonrisa se esfumó más rápido que de costumbre y Laura Elena perdió su mirada en la distancia. Quizás estaba tratando de ver si su marido ya había salido del baño allá afuera en la estación, pero igual me dijo—: Rubén Pablo, ¿hubieras podido ser feliz con otra persona?

La pregunta venía porque Laura Elena acababa de pasar unos días en Torreón y ahí, me explicó, se topó en la calle con su antiguo novio, el mejor amigo de mis días en la universidad, Todd. Todd le había soltado el rollo ese de la puerta abierta que necesitaba cerrar y habló de todo cuanto pudo ser y podía ser porque estaba justo entrando a la crisis de la mediana edad. Perdido en la cotidianidad se preguntaba qué le había visto a su esposa y deseaba sentirse todavía igual de incendiado como cuando era joven, sin aceptar no serlo ya. No porque su esposa hubiera envejecido, sino porque él tenía más de medio siglo de edad y no podía seguir igual de cursi.

—Por supuesto —respondí—. Pero ésa no es tu realidad. Tu realidad es la que tienes en la mano —Laura Elena volteó a ver su hot dog—, no lo que pudo ser. Yo, por mi parte, me alegro de no haberme casado contigo, porque así he podido seguirte queriendo.

Quizá no le dije eso. Quizá nomás me encogí de hombros y sin despedirme di la media vuelta y me fui, olvidando mi sopa hirviendo en el micro. Ese rollo lo fui elaborando en la calma del camino hasta aquí. Ni siquiera le dije aquello de que todos cometemos el peor de los errores cuando nos casamos con la última novia, quien al final ni resulta ser la última. Por eso ahora me llamó la atención tanto la canción aquella:

Aunque hace mucho que lo nuestro terminó
no puedo ser a su desdicha indiferente
Cuando me entero que algo malo le pasó
Sufro al saberla maltratada por la gente.

Hice una nota mental para mandársela luego al sacatapetes de Todd. Se me iba a olvidar, por supuesto, pero la hice de todos modos. Cerré el coche y me dirigí a la casa. El viento había azotado la puerta. De hecho, ese ruido me sacó de la canción y de la radio. Toqué con fuerza. Doña Evita se acercó a abrirme.

—Sí, joven. ¿Qué se le ofrece?

Salvo las mecedoras verdes y los helechos verdes tan verdes del porche, no había muebles en la casa. Quería ver si estando ahí se interconectaba alguna neurona olvidada de doña Eva y podía decirme algo más de quién era ella y así acercarnos un poco a la solución del caso. ¿De dónde venía la hermosa gargantilla de diamantes? Aunque con Rosa Oranday muerta ya nadie, ni doña Eva, parecía tener interés en la respuesta, todavía sobraban un montón de dólares del presupuesto asignado a ella y pensaba agotármelos por no devolverlos, no tanto por llegar al final del misterio.

Las paredes de la casa, verdes, eran anchas hechas de adobe. Me senté en el hueco de una ventana a imaginar a doña Eva recorriendo cada cuarto, mirando los rincones y removiendo quizás el polvo del piso con la punta de su zapatilla. Mis propias neuronas rebotaban en esos instantes como el eco de nuestras voces dentro de la casa vacía y sin cortinas, confundiendo el nombre de Laura Elena con el de Rosa Oranday y la visión de doña Evita. Mi inconsciente comenzó a tararear la canción que acababa de oír, dedicada a Laura Elena. Doña Eva se fue acercando, atraída por la tonadita. Se paró bajo el marco de la puerta y, cuando terminé —terminé cuando la vi— me dijo: "Taciturno Indio de Igualapa". Era el apodo de Indalecio Ramírez, compositor de "Que sepan todos", *soup* entonces.

Que sepan todos que por ella soy capaz
de ser amigo del que ayer me la quitó.
Porque es más fuerte que mi orgullo... Mucho más,
saber que existe quien la quiera como yo.

—Yo tenía ese disco—. Entonces me acordé. Rosa me contó en nuestro viaje a Monterrey que cuando fueron a cerrar la casa de la abuela llevaron todos los muebles a vender con don Prudencio Garza a los Almacenes San Buena.

18. Gratis, la cafeteada

Donde creo robar unas fotos tomadas a doña Evita el día en que recibió sus diamantes como regalo.

El azul del cielo competía en intensidad con la pintura de la fachada de la casa. Ya hacía calor cuando decidí ir a la tienda. Hacía más afuera todavía. Caminé dos, cuatro y seis cuadras y pensé haber ido ya demasiado lejos. Caminé más y el pueblo comenzó a despoblarse. Las casas más ralas, los árboles más grandes, un bosque de huizaches. Como si me adentrase en la jungla de mi cerebro cada vez más vacío. Por fin pregunté. Doña Evita me había dicho que caminara hacia la izquierda al salir de la casa. Ahora este señor de sombrero —como todos los demás en el pueblo— me señalaba la tienda hacia el otro lado, más allá de la plaza. Sin antecedentes sobre la memoria del señor ni del sombrero, decidí hacerle caso a él y ya no a doña Evita.

Deshice lo andado y andando dos cuadras más llegué a La Espiga. Todo lo que quería era comprar polvorones verdes. Había cuatro y compré otros dos sin color para mí. Y uno rosa en un impulso de último instante para homenajear —"ojomenear", decía mi abuela— a mi clienta original. Me pasé luego al otro lado, a los Almacenes San Buena, atraído por su fachada.

Tras de un escritorio de metal estaba don Prudencio Garza, con sus ochenta años, haciendo cuentas alegres no por buenas, sino porque alegre era su carácter. ¿Era su letra en el aviso pegado con cinta de mascar sobre el montón de ataúdes descansando alterados en un rincón, uno de los muchos rincones y más telarañas de este recinto cuadrado perfecto, cuya lógica decía debía tener cuatro nomás? ¿Era su letra? "En la compra de la caja, gratis, la cafeteada." No dudé en la seriedad de la oferta. Imaginé a don Prudencio llegando a la casa del muerto con una olla muy grande de café de olla endulzado con piloncillo y un toque de canela en el gusto. ¿Se cafetea en San Buena a los muertos? ¿Se cafeteaban antes como ahora se creman? Con el calor que hace en el pueblo a lo mejor los cocacolean, con hielo en barra y picahielos, también vendidos y a la venta en Almacenes San Buena.

Los Almacenes San Buena son una bodega grande con techo de lámina de asbesto. Hasta acá no ha llegado la noticia de la peligrosidad del asbesto y, a decir verdad, en San Buena sólo los mineros del cabrón mueren de cáncer y de tantas otras cosas. Techos altos, pero casi hasta allá llegan los montones de todo lo que se vende ahí… Cascanueces y nueces del año y del pasado. Costales, sillas de montar, de bejuco y de plástico con y sin marca; un papalote o un arado como aquellos sobre los que caminaba Santa Cunegunda. Carritos de madera, de metal y de plástico. Máquinas para cortar el cabello, enchufes y cable, podadoras eléctricas, de motor a gasolina y de mano. Vino y licores, tapetes, cobijas y "enredones", más bien edredones aunque fueran de auténtica pluma de ganso, no éider —*eider down*— el pato europeo (*Somateria mollissima*) cuyo plumaje dio origen a estas cobijas en el siglo XVII, según menciona Julio Verne otra vez en su novela *Viaje al centro de la Tierra*… Ropa nueva y usada, brochas y rodillos, estufas de leña, de gas y de diáfano —un petróleo morado transparentoso de suave ardor para esos aparatos redondos sobre los cuales las abuelas colocaban una olla con agua para no resecar el ambiente—. Reata, mecate, hilo delgado y grueso, de tendedero. Cordón y estambre, pupitres, pizarrones y gises; a lo mejor hasta alumnos para la escuela y un maestro de pelo relamido y lentes muy gruesos. El que vi era quizá cliente y no producto en venta. Por años estuvo en la bodega de Almacenes San Buena un monigote negro con las tripas de fuera cerca del techo; una de esas figuras cuya finalidad es enseñar anatomía humana. Don Prudencio decía comprar las cosas por tráiler y así llegó el mono y ahí estaba esperando nuevo dueño. El director de la escuela, quien habría recibido ya tres veces dinero de la Secretaría de Educación para comprar la figura aquella, decidía en cada oportunidad que era más barato mandar a la clase de Biología de visita a los almacenes San Buena y ahí aprendieran todo sobre el sistema digestivo, el aparato circulatorio y el nervio óptico. Don Prudencio no se oponía, porque estas visitas le ayudaban a vender Gansitos y Chupadedos en la caja a la salida. Hasta le regalaba al Profe una botella de Sangre de Cristo, el vino dulce de la casa Ferriño de Cuatro Ciénegas, vendido ahí en garrafas de medio galón, aunque claramente etiquetadas: 750 ml.

Refrigeradores de tres marcas con y sin escarcha; salas, una cuna doble para recién nacidos, monos religiosos de porcelana, cáscara de elote y masa de caña, veladoras de cuando menos 200 santos —algunos ya descanonizados— y trece vírgenes diferentes. Velas laicas y despintadas por pares unidas del pabilo —así salían de la fábrica—. Focos; focos amarillos, verdes, azules y rojos de 60, 75, 100 y 150 watts. Transparentes de 25, chiquitos para poner en el refri y de los que van dentro del horno. Son los mismos, pero las señoras no lo saben. Tuercas, tornillos y pijas. Brocas para madera, vidrio y metal. Bisagras, candados, alambre de púas, cocido y de acero en varios grosores, cable y alambre de cobre en calibres del doble cero al veinte. Thinner, en español adelgazador, pero no le ponen así porque se lo toman en serio las doñas y se lo toman; resistol y kleenex de varias marcas aun cuando son marcas. Estopa, trapo de primera y de segunda; herramientas, birlos, aceite de cocina y para carro, mono y multigrado, líquido para los frenos, la transmisión y la dirección hidráulica; agua en garrafones y botellitas o para rellenar; un tololoche "curado", decía don Prudencio… "Ya fue a la zona y también lo tocó el cura."

Un Rolex auténtico, muchas imitaciones. Semilla de todo lo que se siembra por ahí y semillas de sandía sin semilla; nogales, naranjos y limones en temporada. Si no los tiene don Prudencio, se los consigue con su hermano Ovidio en el vivero a la entrada del pueblo, aquel señor a quien saludó doña Evita cuando iba de salida y luego apareció en la presa. Don Ovidio vende palmas datileras y regala los dátiles, pero nunca las semillas. Uno debe regresárselas.

Tiradoras conocidas como huleras también, hechas con manguera de caucho de hospital y horquetas de mezquite ahumado. Pinturas de agua y de aceite; se igualan colores, aunque sea a sí mismos… Un gato. No está en venta, pero lléveselo si quiere y luego me trae una cría. Más gatos, pero hidráulicos y de tornillo para cambiar llantas. Llantas para cambiar y crucetas. Comida para gatos —de los primeros—, perros, pájaros, cobayas y ferrets. Jaulas, correas, cascabeles, ratoneras de otras y de las mismas… El negocio sigue hasta las banquetas, donde hay garrafones para agua —se rellenan adentro—, mesitas para comer viendo la tele, teles a colores o blanco y negro, según el programa. ¡Qué envidia de negocio, tan lleno de cosas y recuerdos para una mente cada vez más vacía! Quien fuera como ese gato conocedor de cada rincón y pasarela. Él sabe dónde hay torres de cazos de barro a punto de caer y no las toca y pasadizos para llegar rápido al costal de las croquetas. Conoce a los ratones y los persigue sin ganas de atraparlos, para que le muestren los rincones nuevos y le presenten a sus crías chillonas, rosas, con los ojos cerrados, en el nido de aserrín dentro de la bacinica. Sinapsis carnívora con aroma a roedor enmascarado por orines felinos y valores entendidos de los tres, pues don

Prudencio conocía tal complicidad y con prudencia la acataba y no atacaba.

—¿Le gustó la recámara, joven? Llévesela y en otro viaje me la paga. Son dos camas gemelas, pero puede juntar las cabeceras y le consigue un colchón king size. Ahí tengo uno y se lo doy barato porque no me gusta tenderlos. Trae dos burós, cómoda con espejo biselado y semanario de siete cajones. Era de doña Evita Oranday, acá de la casa verde en la esquina, pero todavía no se la pago…

—Vengo con ella —dijo Rubén Pablo. Al tiempo vio el disco *La verdad de la bohemia*, con autógrafo de Indalecio Ramírez escrito en letras grandes sobre la portada con tinta negra: "Para Evita, imposible…" Ya lo había visto. Sabía que estaba ahí en ese librero convertido en disquero tras de la barra de cantina labrada con motivos de cabritos al pastor. *Déjà vu*, algo antes vivido.

La explicación que le daba a esos cada vez más frecuentes episodios era que durante el trayecto entre sus ojos y el cerebro, la imagen ya clasificada se enviaba a la memoria. Pero con el mal ruñendo como los ratones el cableado neuronal, la memoria se instalaba en corto antes de la interpretación, por lo que cuando al fin llegaba, encontraba su sitio ocupado y provocaba un falso recuerdo; es decir, reloco… La locura que viene. La locura que llega. Tomó el disco de todas maneras y lo llevó a la caja.

Don Prudencio se le quedó viendo unos segundos.

—¿Eres el yerno?

—Nieto, pero no.

—Los vi llegar en el coche de ella. ¿Pa' qué lo pintaban? —dijo y sin esperar respuesta le siguió—. Yo le puse letras a la puerta de mi camioneta. PGR: Prudencio Garza Recio, parece de la Procuraduría General de la República. Así las muchachas se suben solas… —Dio a su vaso un trago de limonada y se sirvió más del Thermos sobre su escritorio.

—Vendí la máquina de escribir y la sala. Allá está el comedor...

Seguí con mis ojos el gesto de don Prudencio y me topé con la mesa y las sillas volteadas de cabeza a su alrededor. Era como aquella del desván de mi abuela. Me acerqué a verla. Debajo estaba el cajón secreto en la cabecera. Conocía el truco para abrirlo. Empujar, levantar y jalar. Había un sobre adentro y dentro del sobre un negativo 6x7 y tres copias de la misma fotografía: una muy joven Evita. Bella, de unos veinte, veintiún años y el universo en su sonrisa, en sus ojos, luciendo su espectacular gargantilla de diamantes... Y un igualmente espectacular embarazo.

Los negativos de 6x7 fueron producto de la película de las primeras cámaras portátiles de rollo, de cajón o de fuelle. Los siete centímetros de ancho de la película se recortaron posteriormente a la mitad, produciendo los rollos de 35 mm tan populares que aún se habla de ellos. El 35 mm se recortó de nuevo longitudinalmente y produjo la película de 16 mm, perdiendo tres milímetros en los agujeritos a ambos lados para que la cámara la engranara al movimiento. Los rollos de 16 mm se recortaron de nuevo a 8 mm para producir la película casera que está volviendo a ponerse de moda, más luego de la película de 1999 cuyo nombre no recuerdo, de Nicolas Cage, escrita por Andrew Kevin Walker, sobre el asesinato de John Fitzgerald Kennedy; y luego el Super 8 mm, cuando alguien decidió girar 90 grados las perforaciones para el avance, dejando significativamente más espacio para el cuadro de cada fotograma. Tal es la historia mínima del cine y sus formatos. Más ya no. Ya no hubo películas de 4 mm, aunque sí cintas de audio, aquellas dentro de los famosos cassettes.

Regresé las fotos casi sin verlas al sobre y lo metí con disimulo dentro de la cubierta del disco. Luego regresé a la caja y pregunté a don Prudencio cuánto le debía. El señor abrió el cajón central del escritorio y tomó un montón de billetes, todos. Me los extendió.

—Son de doña Evita —y agregó—: También las fotos.

Al otro día nació Pita, la mamá de las gemelas, en el hospital Ixtlero de Ramos; me acuerdo bien porque yo le vendí la cuna y no muchos años más tarde otra doble para ellas. Mírela, allá está.

La Ley de Murphy estipula que, si algo puede salir mal, va a salir mal. En menos de veinticuatro horas pescaron a Murphy y a sus cómplices. Un empleado del Hotel Ucho donde se hospedaban llamó a la policía cuando vio en su cuarto un plano del museo, herramientas y trozos de vidrios incrustados en las suelas de los tenis de sus inquilinos. Murphy confesó el robo inmediatamente. "Las piedras me hablaban", dijo. "Me decían: 'Llévame a Miami, llévame a Miami'."

Me fue difícil salir de ahí. Había adornos navideños, series de focos, hilo ahulado además del de ixtle para tendedero —ése no dura, pero es más barato—. Escobas, trapeadores, recogedores, palas, rastrillos, mochilas fumigadoras, veneno para ratas, fertilizantes, glorias de Linares demasiado cerca del raticida para mi gusto, cubiertos de calabaza y chilacayote, nogada de anís y dulces de leche en caja. Refrescos helados con hielo, de refri y al tiempo.

Compré también una maceta en forma de pato mallard (*Anas platyrhynchos*), pato rizo. Es el pato de cabeza verde en nuestros días blanco y regordete por volverse doméstico, quizá donador de pluma para los edredones enredones *eiderdowns* aquellos. Pensaba robarme una guía de los helechos del porche de doña Evita y sembrarla ahí, para tenerla sobre mi escritorio y acordarme de aquel lugar: Almacenes San Buena, donde me hubiera gustado comprar mi ataúd si no hubiese ya decidido ser incinerado.

19. Plata

Cómo me convertí en fotógrafo y pude finalmente tener y perder mi moto.

El escándalo escenificado por la señora Alameda —mamá de Marcos— luego del uniforme manchado de tinta china fue enorme. No pude más llevar el maletín a la escuela. Ahora era famoso y podía caminar hasta por los pasillos frente a los laboratorios de prepa con la frente muy en alto, y cuando entraba a la cafetería las voces bajaban de volumen y todos volteaban a verme. Marcos fue desde entonces conocido como el Bocanegra, pero el precio para mí había sido alto: cero ventas. Cero moto. Papá contaba con orgullo la hazaña de su hijo a todos sus amigos en el bar del Casino y la celebraban con grandes risotadas y brindis a mi salud, pero nadie hablaba de lo obvio.

Mis calificaciones bajaron, dejé para los ratones el cuarto de adobe encima de la cochera de la abuela y enfrenté con rebeldía al autoritarismo despótico de los peores maestros que tuve en la vida, los que con todo y siendo católicos —quizá por eso— mejor me enseñaron el aspecto ruin de la naturaleza humana. Ellos escogían los libros de lectura que juzgaban indispensables y decidían mis intereses. El maestro de literatura me calificó con un cero porque leí una edición diferente a la recomendada por él de *Las mil y una noches* —la mía respetaba todas las referencias eróticas—. Cuando amagaron a mis papás con reprobarme el año, aunque presentara un examen perfecto, decidieron cambiarme de colegio. Al fin, ¿qué podía ser peor?... Terminé la secundaria e hice la prepa con los Legionarios de Cristo.

Papá se disculpó conmigo después del incidente del chicle relleno de tinta china. Admitió no haber tenido nunca, nunca haber tenido intenciones de comprarme una motocicleta y como regalo de graduación me armó un laboratorio completo de fotografía, junto con una cámara Kodak Réflex y una telefoto de 250 mm.

La fotografía comenzó siendo química pura. Se atribuye el invento a Louis Daguerre, pero el primer fotógrafo fue José Nicéforo Niépce. La plata, sabía, ennegrece cuando le pega la luz del sol. Se le ocurrió hacer una emulsión con cristales de plata y barnizar con ella un papel. Luego aprovechó el fenómeno de refracción, por el cual los rayos de luz se desvían un poco al pasar rozando cualquier superficie. Si ésta es un pequeño agujero o mejor, una lente, la imagen sufre una distorsión casi perfecta y se reconstruye por completo, aunque de cabeza. Yo conocía bien este fenómeno llamado cámara oscura porque lo había visto en la torre de la Catedral de Saltillo, donde el nudo en la madera de una ventana filtra la luz y proyecta sobre la pared del campanario la imagen de la plaza de enfrente patas pa'rriba.

Así, se puede grabar una escena sobre el papel con cristales de plata, tratándolos luego para estabilizarlos y evitar que sigan ennegreciendo una vez captada la luz. Surge un pequeño inconveniente: las partes más blancas de una imagen reflejan más luz, resultando las más negras en la emulsión de plata. Esto produce un negativo. Entonces, se comenzó a grabar en un medio transparente, vidrio o película de acetato, para luego repetir el proceso en el laboratorio y hacer un negativo del negativo; es decir, la imagen positiva de nuevo.

Las primeras cámaras eran unas cajas enormes capaces de acomodar dentro hasta tres gallinas y las placas eran vidrios del tamaño de una ventana pequeña, aunque pronto se fueron sofisticando, mejorando lentes y calidad de las emulsiones, disminuyendo y haciendo más portátiles todos los equipos para el fotógrafo y desarrollando estándares de sensibilidad en las emulsiones; creo que ya les conté esto en algún otro momento.

El cuarto de adobe sobre la cochera de la abuela volvió a cobrar relevancia, ahora como laboratorio. Pude comenzar a prestar servicios de espionaje y vigilancia con resultados muy redituables. Para cuando comencé el segundo semestre de la carrera en el Tec de Monterrey, había juntado suficiente dinero para comprar, entonces sí, una motocicleta. No fue una Bonneville como la que había tenido Charlie... Había en Saltillo una fábrica, Moto Islo, de don Isidro López, y por aquellos años comenzó planes para asociarse con Soichiro Honda en Japón.

Luego de los años inmediatos a la posguerra, cuando todo producto japonés era de pésima calidad y considerado una mala copia de algo mejor existente en otro lugar del mundo, Alemania o Estados Unidos, Saltillo y Kunamoto iniciaron un fuerte intercambio de ingenieros y con ellos trajeron una Honda CB350 de cuatro cilindros. Maravillosa si se toma en cuenta lo que producía la fábrica local: motores de un solo cilindro y dos tiempos, 175 cc. Una de esas motos fue a parar a manos del ingeniero encargado de la fundición de aluminio que hacía los monoblocks, papá de Marcos Bocanegra, quien la puso a nombre de su esposa para no dar idea de favoritismos dentro de la empresa. Pronto se arrepintió, porque ella le descubrió una novia y sin miramientos pidió el divorcio.

El ingeniero canceló de inmediato las tarjetas de crédito de la doña y su acceso al dinero. La señora comenzó entonces a trabajar en una planta, cosiendo vestiduras de cuero para los asientos de las camionetas Chrysler que se comenzaban a ensamblar aquí. Un día metió la mano de más en la máquina de coser y se reventó un dedo. No pudiendo repararse ella misma hubo de ir al hospital civil y pedir la sutura a un colega con licencia médica.

Ahí llegué en una ambulancia de la Cruz Roja, acompañando como fotógrafo a un primo paramédico voluntario a quien mis papás acogieron como huésped temporal en casa. No me dejaron entrar al quirófano y terminé en la sala de espera.

"Qué buena cámara", le dijo la señora. Primeras palabras cruzadas desde cuando le llamó rufianete en la oficina del director de la escuela. De niños, Marcos y yo habíamos pasado mucho tiempo juntos, pues nuestras mamás jugaban cartas casi todas las tardes. Se rolaban las casas. Cuando le tocaba el turno a mi mamá, sabía, tendría una merienda especial. *Vol-au-vents*, a los que les decía volovanes, rellenos de atún; tomates asados con crema y granos de elote, empanadas argentinas de ensalada de pollo con chícharos y cuernitos de nuez o galletas de Maizena. La casa se llenaba con el aroma de una gran cafetera con capacidad para cuarenta tazas —así imaginé la de don Prudencio en las cafeteadas de San Buena— y con el del cigarro, rebosante con la algarabía de ocho señoras juntas gritando toda la tarde. Quién sabe a qué jugaban.

Cuando sus voces cedían al callado rumor de las fichas sobre la franela verde, estaban compartiendo un jugoso chisme. Así pasaban las tardes de los años. Un día, la mamá de Marcos no fue y sólo hablaron las fichas. Comenzaron a dominar rumores en los que ella era la protagonista. Cambió la configuración del grupo. Aunque al tiempo las risas y los gritos volvieron como los volovanes, se acabaron para mí las tardes en la alberca de la casa de Marcos y las cacerías de chileros en su huerta.

Levanté mi cámara e hice el ademán de tomarle una foto, sonriendo con timidez como respuesta.

"¿Qué tan lejos alcanza, para tomar una foto?" Me chocaba esa pregunta tan común. Mi respuesta favorita era "hasta las estrellas…" En realidad la gente quería saber si podía retratar a alguien sin que se diera cuenta y en este caso, con el telefoto, podía tomar de un lado a otro de la calle, oculto entre la gente y los coches. Mis amiguillas y compañeros de la escuela me pedían fotos del chico o la chica de su agrado y eso se traducía en información muy valiosa, con la cual pude ir negociando y obtener concesiones de todo tipo en la vida social, anímica y, más tarde, incluso sexual.

La señora me miró sin verme. Me dio la dirección del trabajo de su marido y me pidió investigarlo unos días. Emocionado, convencí al primo y lo seguimos en la ambulancia hasta el departamento de una chica, edecán de la cerveza Heineken cuando el Gran Premio de la Amistad en Saltillo. Luego supimos su nombre: Nallely. Ahí me dejó mi primo en la calle. Con la ayuda de un par de empleadas de la farmacia de enfrente, me enteré de dos datos relevantes: la visita se repetía todos los jueves y las cortinas de la recámara de la chava no cerraban muy bien. Ella ansiaba, sin que él supiera, que lo suyo se supiera.

Las chicas me mostraron la bodeguita del segundo piso y desde ahí pude darme gusto con ellas y también haciendo fotos muy comprometedoras para el ingeniero, quien perdió hasta la moto con el divorcio. A la señora no le interesaba la Honda, pero le atraía la idea de joder y se la quedó para demostrar el dicho: las mujeres pueden ser más peligrosas que las motocicletas.

El exmarido y papá de sus hijos desapareció de su vida, excepto cuando al año siguiente llamó para presumir a los chavos a su nueva media hermanita, vestida con un mameluco color verde cerveza. Como punto final de su historia, la señora puso entonces la Honda en venta. Yo le había dejado claro cuánto la quería a pesar de no poder llegarle al precio y ahora redoblé mis esfuerzos por conseguirla. Gracias a una extraordinaria ingeniería financiera, más relacionada con los ahorros de mi abuelo materno y la generosidad de mi madre, no tanto con mi habilidad numérica, tuve al fin la motocicleta.

El primo de la ambulancia ayudó a convencer a papá de que el riesgo de la moto era menor a muchos otros de los por esos días abundantes entre la juventud, incluyendo la Casa de Oración, abierta por los padres del colegio, donde los chavos podían pasar las tardes de una manera sana.

¿Qué tan lejos puedes ir en ella? Otra vez la odiosa pregunta. Quizás un dejo distinta y un poco más sensata porque ahora venía en boca de María, nombre simple aunque engañoso para la mujer más hermosa de todas a las que conocía, compañera de carrera, pero un año menor. Parecía sacada de las páginas de un catálogo de pijamas de JC Penney. Podría perderme en su mirada de ojos más grises que azules si pudiera verla a los ojos nomás. Toda ella era bella, llena de gracia como el Ave María, diría el tocayo Rubén Darío: "Quien la vio, no la pudo ya jamás olvidar". ¿La podría olvidar yo? ¿Sería más fuerte el Alzheimer o la sentencia del poeta? ¿Era el poeta Rubén Darío o Amado Nervo? Mi memoria llega en estos días nada más hasta Laura Elena y no antes ni después. Todas eran Laura Elenas y no quería ya recordar más nombres. Con María, la bronca era que era de Monterrey y para tener una novia en Monterrey, en esa colonia de Monterrey, era menester tener un carro. No por cuestión de transporte sino de identidad. El ¿quién eres? por el ¿qué carro traes?... Una moto. ¡Qué moto! No era una moto cualquiera. En ésta, el motor no se detenía si dejaba uno de acelerar. No echaba humo, no hacía ruido. Más bien ronroneaba. Antes, no podía llegar a María. No más. Ahora sí, y ella quería, por su pregunta, llegar más lejos todavía. Contigo hasta el fin del mundo, quiso responder Rubén Pablo. Debió responder Rubén Pablo.

Rubén Pablo. Rubén Pablo soy yo. ¿Por qué estoy hablando de Rubén Pablo en tercera persona? Es otra época de mi vida, otra vida quizá, pero el mismo yo. Rubén Pablo soy yo. Fui yo, era yo. ¿Sigo siendo yo o es éste de quien hablo como otro el único restante? El barco de Teseo con las tablas viejas y las velas blancas, tan blancas como mi memoria. Sin sinapsis... Conapsis, entonces. Materia blanca en el cerebro y no gris como los ojos de María. ¿Se lanzaría María al mar Egeo? ¿Se llamaría María el mar al que ella se lanzara? ¿Tendría María una hermana menor, como Ariadna? Mi casco era blanco. Mi casco era negro. Blanco y negro como el acorazado Potemkin. Un poco de rojo en la bandera, último rescoldo de mi memoria.

Llévame a la Isla, dijo María por respuesta a su propia pregunta. Me puse lívido, blanco. Libido; blanco, pero como vampiro. ¡Claro! ¡La llevaría!

South Padre Island... El paraíso texano donde medio Monterrey pasaba las semanas santas. ¿Me hablaba María literalmente de ella o era un eufeminismo?

La extracción del carbón era de vital importancia a los inicios de la Revolución Industrial en el siglo XIX. Sabinas, Coahuila, era por ello un importante centro financiero y polo de desarrollo económico. Hervía en actividades culturales y lúdicas; entre ellas, por supuesto, se contaban las relacionadas con las mejores casas de citas de la región.

Por decencia, prudencia e insistencia, la llamada "zona de tolerancia" dentro de la cual la sociedad toleraba estos excesos carnales estaba a unos kilómetros del poblado hacia el oriente, cerca de donde además funcionaban las veinticuatro horas unos enormes extractores que pretendían con cierto éxito eliminar el gas grisú de los túneles de las minas.

En un eufemismo del eufemismo, entonces, cuando alguien iba a la zona se decía decentemente que se dirigía "al zumbido", y el término se extendió por todo el estado y la región.

¿Deseaba María realmente ir a la isla o se refería al rumbo de la carretera, conocido como el paraíso terrenal, por el que abundaban los hotelitos de paso, uno de los cuales se llamaba efectivamente El Paraíso? Por unos minutos sopesé esta posibilidad, para finalmente centrarme con madurez en la literalidad de la petición de María. Se refería a la Isla Isla.

Había prometido a mis papás no salir en la moto a carretera, pero era una moto de carretera y ya estaba en Monterrey, a cien kilómetros de casa, por carretera. María era la excusa perfecta para no cumplir una promesa hecha a papá. Si acaso me castigaba, lo haría sin ganas porque en el fondo estaría complacido con mi elección de nuera. No era la moto; era María. Sería el fin de semana. Armaríamos una realidad alterna en la que ella iba con la familia de su mejor amiga, yo dejaba la moto en el taller para cambiar el blinker de las direccionales y luego iría con mi mejor amigo a un rancho en Arteaga.

Las luces direccionales prenden y apagan gracias a un dispositivo con una falla controlada. Como un tamal, que cuando es tamal es cuando no está mal y cuando está mal es cuando no es tamal. Al encender el foco, la corriente genera calor en el blinker, una plaquita hecha de dos metales con distinta conductividad térmica, como los diamantes reales y los falsos. Al calentarse a tasa diferente uno de otro, se dilatan a distintos tamaños y al estar soldados ambos, la plaquita se enchueca y la luz se desconecta y se apaga. Sin corriente ya, vuelve a enfriarse y a su forma inicial y de nuevo enciende el foco. Blink, blink, blink...

En un parpadeo llegamos en la moto a la frontera entre Reynosa e Hidalgo, Texas. Había mucho tráfico en la carretera porque iniciaba la Semana Santa y medio Monterrey se iba a La Isla, la playa más cercana a la ciudad. Quizás esté más cerca Tampico, pero hay mejores tiendas en Texas. Por fortuna y diseño, los cascos nos cubrían la cara y nadie pudo reconocernos en la carretera, hasta quitárnoslos frente al oficial de inmigración. A María le faltaban unos meses para llegar a la mayoría de edad y el oficial lo observó en su pasaporte. Necesitaba permiso escrito y notariado de sus papás para salir del país y si un adulto intentara sacarla cometería un grave delito. Íbamos a reunirnos con la familia de su mejor amiga, dijimos. El oficial preguntó en cuál hotel, y ambos respondimos al unísono, pero discordantes: Ramada, Holiday Inn. El oficial echó entonces mano a las esposas en su cinto, pero no alcanzó a sacarlas pues una compañera le contuvo y lo llevó aparte, donde le explicó el lío de la detención, mucho más grande que negarnos la entrada al país.

En el carril contiguo a donde estábamos apareció un Caprice dorado donde viajaban Eloísa y su familia, enojada ella con María, pues en esos momentos creía no ser la mejor amiga con quien había dicho viajaría esas vacaciones. Al vernos juntos comprendió el porqué del engaño y su rostro se iluminó de inmediato, para perder la sonrisa de nuevo al encontrarse con los ojos grises de María y darse cuenta de nuestro dilema. Habíamos naufragado en Nexus, como Teseo.

Llamó la atención de sus papás, quienes al vernos en medio de un grupo de oficiales se acercaron de inmediato. Ésta era la amiga a quien habíamos hecho referencia, mintió María y el papá de Eloísa le hizo segunda al mostrar sus habitaciones reservadas en el Ramada, lo cual bastó para que el policía de inmigración decidiera liberarla bajo su responsabilidad, siendo un adulto —mayor que yo— y viajando en familia.

A mí me regresaron a México, reteniendo mi visa. Ya nunca volverían a dármela, hasta conocer por casualidad al cónsul de los Estados Unidos en Monterrey, cuando pude impedir la llegada de una pequeña indiscreción marital suya a las primeras planas de los periódicos locales… Eso sería otra historia y no quiero distraerme, distraerlos.

En realidad, parece, María viajó todo el tiempo en el Caprice conducido por el papá de Eloísa. Yo les seguía no muy de cerca imaginando llevarla abrazada a mí en el asiento trasero y comunicándonos con apretones de muslo y palmadas en los hombros.

El recuerdo de aquel viaje se ha hecho tan fuerte en mi memoria que así lo proyecto y lo siento. Eso de olvidar la realidad a veces tiene sus ventajas. Un oficial sí me detuvo de veras. Fue el mexicano, al regreso. Le gustó mi moto tanto como a mí María.

Antes del Tratado de Libre Comercio entre Estados Unidos, México y Canadá, era una bronca importar una moto —o cualquier cosa— legalmente. Es más, no se podía. Era costumbre arreglarse con los aduanales en el paso de México a Estados Unidos y al regreso lo estarían esperando con una "cortesía" cuyo costo oscilaba entre el veinticinco y treinta porciento del valor de lo que iba uno a pasar de contrabando. De ahí los $20 pesos del dólar de $12.50 que cobraba la amiga de la mamá de Charlie, quien ante cualquier encargo preguntaba, ¿cabe por el puente? Yo llevaba papeles para acreditar la internación de la moto desde Veracruz, el pago de los derechos y el permiso correspondiente de la Secretaría de Comercio, aunque en copia certificada. Eso no le gustó nada, o le gustó demasiado, al comandante en turno, un tipo cuyo nombre, Poncho, pronunciaban sus subalternos con miedo. Le gustó la Hondita y se emperró en quedársela. Supuso fácil quitársela a un muchachito pendejo viajando solo y tal vez —adivinó— sin permiso de sus papás. Detenido junto a mí estaba un tipo, encerrado por tratar de cruzar con unas veinte balas calibre 38.

—¿Me presta el teléfono?

—¿Es llamada local?

—Sí —mentí. Comenzaba a hacer conciencia: con las autoridades la verdad no nos hará nunca libres... Y sonó aquel teléfono blanco sobre la mesita de marfil.

No me atreví a hablarle a papá. Le hablé a la tía Eliza para pedirle los papeles originales de la moto. Los tiene mi ex, me dijo. No sabe que ya la vendí. Y lo peor, mucho menos cómo me la pagaron, con las fotos de su novia.

Sentí el piso hundirse bajo mis pies, como si fuera un vaso de espuma de poliestireno relleno con gasolina… Los vasitos blancos esos del café de los *coffee breaks*. El estireno fue descubierto por un boticario de Berlín llamado Eduard Simon, cuando observó cómo la resina de un árbol, el estoraque (*Liquidambar orientalis*), se hacía más espesa con el tiempo. Dedujo sería por oxidación, lo cual resultó falso. Aún así, luego la polimerizaron —creando una macromolécula— y después le inyectaron penteno como agente espumante, dándole con ello muchísimos usos industriales, aislantes, aunque súper dañinos para el medio ambiente debido a la dificultad de su reciclaje. La gasolina destruye tal esponjosismo y colapsa la estructura con inusitada rapidez. Un vaso de estos lleno de gasolina desaparece en manos del idiota que pretendía lavar el motor de su moto y se queda con la brochita. No fui yo, me lo contaron. En Cuba, conocedores de este fenómeno utilizan la espuma de poliestireno y la gasolina para producir una pasta plástica con la cual reparan de todo, desde espejos hasta sillas y esculturas dañadas por el mar, el tiempo o la revolución de Fidel.

Le pidió un favor a la señora Alameda.

—No me van a dejar hacer más llamadas y menos de larga distancia. ¿Hablarías con mi papá?

—La semana pasada le sacó a Marcos unas piedras de los riñones —respondió ella—. Yo le digo dónde estás y trataré de calmarlo, Rubén.

¿Ya era Rubén nomás? ¿Y Pablo? ¿Desde entonces perdí, comencé a perder la identidad? ¿Se fue en la canastilla con las piedras por la uretra? ¿Sería *tax free*, como la tienda Ueta, cuyos vendedores llegaban de pasadita en cada vuelta a dejarle cajetillas de cigarros, botellas de *Johnnie Walker* y perfumes para sus novias sobre el escritorio al comandante Poncho? ¡Pinches piedras!, ¡pinches riñones!, ¡pinche aduana!, ¡pinche Poncho!

La tía Eliza iba a convencer al doctor de venderle de nuevo la moto para calmar su enojo, pensé cuando me dijo: "Tu papá se va a poner feliz cuando ya no tengas moto, ¿no?" Quizá lo pensé, pero creí escucharla decir eso. En pensarlo una y otra vez y en tomarme una Coca-Cola con sabor a viejo y al tiempo, regalo del comandante Poncho, se me fue la tarde hasta recibir la llamada.

—¿Dónde estás? —preguntó papá cuando me lo pasaron.

—Si me hablaste es porque ya te platicó todo la señora Alameda y sabes dónde estoy —quise decirle. Humildemente opté por una respuesta geográfica: Reynosa.

—Es domingo —me dijo papá, con voz pausada—. Todos están de vacaciones. No podías haber escogido un momento menos oportuno para hacer tu… viaje —dijo. Pendejada, pudo decir. Pensé en la semana de la Navidad al día 31 de diciembre, pero me quedé callado porque al fin de cuentas era igual de larga, nomás más fría. No parecía estar enojado, pensé. Quizá papá intuía esos viajes en moto y la imposibilidad de ponerles límites o contestar la pregunta de María, ¿hasta dónde puedes llegar con ella? El problema no era llegar, sino regresar. Aprendí entonces a ir en mis viajes hasta donde alcanzara la mitad del dinero, o la mitad del tiempo.

—Mañana temprano salgo para allá. Hablaré con ese comandante —terminó diciendo papá. Vendría vestido de militar y con pistola al cinto, pensé. Quizás hasta traería el cráneo del desván de la abuela.

Más tarde me confirmaron las órdenes del comandante: la detenida era la moto y no yo, quizá porque no sabían dónde meterme. Me recomendaron un hotelillo cercano. Iba muy triste, sin María, sin moto. Sin sinapsis… ¿Cuándo comenzó este mal? ¿Cuál fue el detonante? Caminé cabizbajo y solitario rumbo a mi habitación por un pasillo interminable. Mi mirada se cruzó con la charola del servicio a cuartos, abandonada por algún huésped en el piso y aún no detectada por el personal. En ella había unos panes tostados y dos sobrecitos de catsup. Fue mi cena; no quise salir a la calle de nuevo. Al otro día, sería otro día.

Esa madrugada salió de Real de Catorce un tren con miles de peregrinos después de celebrar la fiesta de San Francisco. Y San Francisco y todos los demás santos y ángeles de la guarda se durmieron luego de la pachanga. El tren se quedó sin frenos —algunos dicen que no los traía desde antes— en la bajada de la sierra. Vino a hacerse una horrible y gordiana charamusca acá en la curva de Puente Moreno, donde se salió de las vías y produjo el más horrible accidente ferroviario en la historia de Saltillo, de México. El doctor Jorge Fuentes, entonces director del Hospital Civil, llamó a todos los doctores de la ciudad a formar un comando de emergencia para hacer frente al sinnúmero de heridos que les fueron llegando como pudieron encontrarlos los rescatistas, transportarlos las ambulancias y acomodarlos hasta en el suelo de todos los centros de salud disponibles, no muchos y mucho menos suficientes, pero todos por extraña casualidad a menos de tres cuadras de las vías del ferrocarril asesino. Mi papá se convirtió en un soldado más de este ejército de médicos y se olvidó, por necesidad y primera vez en su vida, de mí.

20. Nacapa

Donde se intuye por qué y cómo se perdió doña Evita y decido ir a ver a la suegra de Rosa.

Bueno, segunda vez. Un día de niño me dejó olvidado en el hospital, pero ésa es otra historia. Doña Eva me estaba esperando ya en el carro, sentada del lado del conductor. Es que no encuentro mis llaves, me dijo. Le había comprado un litro de leche casi congelado y le di un poco en un vaso hecho con la espuma, invento de Simón, y un polvorón verde. Ella se pasó al otro lado y me dejó conducir de regreso a Saltillo. $4.50 el litro de gasolina. De nueva cuenta en Castaños, ahora sin Laura Elena. Compré otros dos hot dogs y mi Coca, pero no les puse cebolla. A Laura Elena no le gustaba la cebolla. *Que sepan todos que por ella soy capaz...* Mi sopa no estaba ya en el microondas. Eran las cinco casi cuando salimos y comenzaba a refrescar el calor del día, me hizo ver a su paso el golpe del aire de un tráiler cargado con rollos de acero.

No había sido tan pesado, después de todo. El viaje por la Muralla fue espectacular. El sol dorado, las nubes blancas, el cielo azul y la montaña de piedra. Curvas suaves y subidas fuertes, no tanto de por sí, sino por la velocidad del motorcito del Taunus. Me detuve casi a la salida de la Muralla, donde hay una piedra plana con el perfil natural de un indio narigón mirando hacia arriba. La fotografié con aquellos colores, con ese aroma a piquín y orégano silvestre (*Lippia graveolens*) de la sierra, con esos ruidos de la tarde y el grito del aguililla de Harris tan equivocadamente utilizado en tantas películas. Me hubiera gustado tener una cámara, también, aunque no grabara olores ni pensamientos. ¿Cuánto durarían esas imágenes en mi mente? ¿Cuánto duraría la vereda de sinapsis para llevarme hasta ahí y sacarlas de la oscuridad del pensamiento? ¿Se llenaría, como un tramo abandonado de carretera, con matorrales, gobernadora y cenizo, cactáceas, sangre de drago y candelilla? ¿Ocotillo, tasajillo, cardenche? La sangre de drago (*Cathorpa dioica*) tiene una savia roja y se mastica para fortalecer las encías. Al hacerlo uno parece vampiro. ¿Qué había logrado con traer —o llevar, pues estaba casi en la mitad del camino de regreso— a doña Evita a Monclova? ¿Qué seguía? ¿Cómo dar fin a la tarea encomendada por Rosa Oranday, en cuyo honor me estaba comiendo un polvorón del color de su nombre, con una Coca-Cola en envase de vidrio ya no muy helada y con un dejo de sabor a óxido en el gusto?, ¿se oxidarían así mis recuerdos, cambiando su sabor, o se evaporarían nomás?

Tengo un botecito de perfume que fue de mi abuela. Los hacían en la Platería Saltillo de don Guillermo Moeller. Un botecito de vidrio cubierto con hoja de plata y flores labradas. El contenido se cristalizó. Es una mancha café adherida al interior, pero cada vez que lo abro huele a ella. A su abrazo, a sus palabras siempre perfumadas. Al toc toc toc de su bastón cuando se acercaba a checarme las planas de caligrafía que me ponía a hacer todas las tardes.

El recuerdo más permanente de ella fue cuando me puso a hacer planas del abecedario. Una hoja con cada letra. La "i" escrita una tras otra parecía una serie de olas en el mar, descubrí. Al cuarto o quinto renglón ya navegaba yo por la página, haciendo toda la línea de olas sin separar la pluma y luego regresaba a poner todos los puntos. A veces, concedo, no muy exactos sobre la cresta de la letra. Ella arrancó con mucha parsimonia la hoja y me pidió comenzar de nuevo, letra por letra. Pude haber sido un Henry Ford de la caligrafía con mis métodos de producción en serie y mi abuela lo impidió.

Muchos años después encontré esa hoja de olas arrancada por mi abuela de mi cuaderno, con la receta de sus ravioles de conejo silvestre del otro lado, dobladita en cuatro dentro de la caja donde guardaba su máquina para hacer pasta.

Pensé mucho, mirando la montaña. No había sido buena idea sentarme en la trompa del carro; fue todo lo que pude concluir luego de un rato, pasándome a la cajuela, un poco menos cómoda pero más fresca.

Terminé el refresco sin lograr lo propuesto: dosificar los tragos hasta acabar al mismo tiempo con el polvorón rosa. Igual de atorado me sentía con la tarea que tenía encima. ¿Quién era doña Evita? ¿Lo sabía ella? ¿Tenía importancia? Subí de nuevo al coche y arranqué de nuevo. Seguí dando pequeñas mordidas a la galleta, sin pensarlo.

—Por aquí vamos —dijo doña Evita, señalando un camino hacia la derecha.

—¿Cómo?

—Por aquí, allá era la vuelta. Ya se pasó, joven.

—Ah, doña Evita —pensé—. Anda como a cien cuadras del desfile. El entronque con la carretera a Monterrey está antes de la Muralla. Vamos bien —le dije para tranquilizarla—. En unos kilómetros veremos una gasolinera. ¿quiere que me detenga?

—¿Aquí? ¿Para qué?

—No, en la gasolinera, a comprar algo, no sé…

—Me gustaría ir al baño, pero prefiero esperar a que lleguemos al rancho.

—¿Al asilo?

—…Sí, si quiere. Al asilo —y agregó, después de unos segundos—: Atrás de aquella loma hay un rancho; La Pistola. Un día hubo un baile acá, en Las Palomas. Resultó un muerto de bala. Llegó la policía a interrogar a los presentes y en eso estaban cuando pasaba por ahí un viejito, don Teodoro, en su mula. Uno de los jóvenes lo saludó y la policía quiso saber quién era. Es el de La Pistola, les dijeron... Y el pobre don Teodoro pasó seis días detenido antes de poder aclarar que La Pistola era el nombre del rancho y no un arma suya.

Me detuve de cualquier forma. Fui a revisar el baño de mujeres. No estaba nada mal. Le dije a doña Evita y ella entró. El aliviado fui yo.

Al llegar al asilo vi a doña Tomasa. Seguía llorando. Así la había dejado en la mañana y ya pasaban de las ocho de la noche. Esta vez no me contuve.

—¿Por qué llora, doña Tomasita?

—Es que yo si no lloro no estoy a gusto —respondió.

Pensando en eso, me despedí. Compré una torta de pierna con aguacate y crema en el Café Juárez, al lado de un cine que años atrás se derrumbó minutos antes de una función, llamado Juárez, por la calle de Juárez. Todo en esa calle se llama Juárez: florería, boutique, estanquillo, porque por esa calle de Juárez vivió Juárez en Saltillo, en lo que ahora es el Recinto de Juárez. Ahí nació Benito Juárez Maza, hijo de Benito Juárez y Margarita Maza de Juárez. Si se me olvida el nombre de la calle tengo para recordarlo el de la lonchería o la florería, el cine, la boutique, la florería o Benito...

De la tiendita llevé un litro de leche Normex para el último de los polvorones rosas. Lo desayuné al otro día mientras leía el periódico. Era sábado y busqué la columna de Jorge Fuentes, con la esperanza de que no hablara de religión; el tema me daba agruras. "No sólo no me gusta, sino que me gusta no leer del tema", hubiera dicho doña Lucía, mi suegra. Exsuegra. O nunca suegra, más bien; la mamá de Laura Elena. Cuando me la presentó no soltaba mi mano ni me quitaba los ojos de encima, aquellos ojos verdes tan parecidos a los de Laura Elena. No me quedó más remedio y desvié la mirada hacia el bodegón colgado en la pared de la sala. Horrible bodegón, pintado por la tía Lata. Pensé en la frase. Laura Elena la había copiado a su mamá para aplicarla al bodegón aquel, con su enorme sandía de increíble rojo y sus semillas tan artificiales, tan planas y tan negras... "No sólo no me gusta, sino que me gusta no... tenerlo en mi colección." Imaginé el día de mi boda con Laura Elena y en la sala de nuestro nuevo depa, un bodegón igual de feo con un moño rojo tirante y esquinado, encima de los demás regalos, con una tarjetita de la tía Lata. Y me vi clavando el clavo con que habría de detenerlo en mi propia sala, y machucándome un dedo. Me dolió, pero ya me dolía. Y para paliar el dolor no hay nada como respirar hondo cuando no se tiene una bolsa de medias noches amarrada tras del cuello sobre la cabeza.

Doña Lucía soltó mi mano al final de la eternidad, pero la imagen del bodegón ya nunca me abandonó, como iluminada por aquella lamparita de luz negra de mi juego de detective. Ocupaba en mi memoria un mismo escaño con la risa argentina, verdaderamente argentina de Laura Elena, por accidente nacida en Buenos Aires durante unas vacaciones de sus papás. La dejé libre, resonando dentro de mi cráneo con los ojos cerrados. Cruzó casi sin ser vista la idea de permitirle salir abriendo un hoyo como el que decían le había hecho su marido a Rosa Oranday con una pistola prohibida. ¿Debía ir a la cárcel a verlo? ¿Qué otra opción tenía más que acompañar a doña Evita todas las tardes a tomar café hasta oírla recordar algo que pudiera servirme?

Otra. La dejé aclarar en el pizarrón de mi mente con lentitud, como si se disipara el vaho dentro de esta bolsa de plástico que me asfixia y por fin pudiera respirar un poquito de oxígeno. Aspirar.

La suegra de Rosa, la mamá del asesino. Rosa había vivido con ella y con ellas doña Evita, también. A lo mejor ella... Y en ella no encontraría rencor como con el marido de Rosa, pues la señora no tendría ni la más remota idea de quién era yo, como yo ya muy pronto.

21. Coleman

Donde nos enteramos de la situación económica del ingeniero Andrés, contrastante con su salud.

—¡Rubén Pablo! —dijo la señora en cuanto le abrió la puerta—. Pasa, pasa y déjame darte una Coca. ¡Ah, pero no tengo! ¿Quieres café? ¿Ya tomas café? Tu papá decía que los niños que toman mucho refresco se convierten en adultos que beben mucho café. ¿Ya diste ese paso?

No. No lo había dado. No lo he dado. No lo pienso dar. Pienso no darlo. Los caminos abiertos por los recuerdos en el cerebro son como las líneas del ferrocarril. En vez de durmientes, neuronas. En vez de rieles, sinapsis, etéreas corrientes eléctricas llevadas por el colesterol tan odiado por los médicos pero, ¿qué saben los médicos de la salud? Tanto la Coca-Cola como el café aportan cafeína al organismo. Esta droga fortalece los caminos neuronales, bloqueando la dopamina inducente al sueño, haciéndonos sentir alertas, felices, llenos de energía y concentrados.

No es cierto, creo yo. La cafeína tiene un efecto diurético. Al hacernos orinar con mayor frecuencia uno se deshidrata. Entonces la masa cerebral, con menos agua, se concentra sin remedio. Yo no bebía nada las veinticuatro horas anteriores a un examen. Ponía un poco de vinagre en una esponjita y me mojaba los labios como a Jesucristo en la cruz. Fue el único truco rescatable para mi vida diaria de todo mi tiempo con los maestros del catolicismo. Y a no verme mientras me estaba bañando, aunque en eso nunca les hice caso.

Mis riñones no la pasaban nada bien, pues se llenaban de piedras a finales del semestre. Pensándolo ahora, quizá tampoco mi cerebro estaba contento. ¿Acaso lo orillé a la formación de cálculos mentales —físicos, no matemáticos— y paso a paso, al desarrollo de este Alzheimer? Mi red ferroviaria cerebral tiene curvas muy pronunciadas, intercambios oxidados, pendientes demasiado inclinadas —más del seis porciento reglamentario—, propensas a fallar en el peor de los momentos, mientras transportan a mil quinientos sesenta y cuatro peregrinos en veintidós vagones desde Real de Catorce un día después de la fiesta de San Francisco y descarrilando en mi Puente Moreno, matando a doscientos treinta y cuatro y partiéndoles a muchos más piernas y brazos, cráneos y torsos por la mitad de mis recuerdos en un segundo, dejando el interior de mi cabeza hecha un ovillo de hierros retorcidos como nudo gordiano, parecido al que Joe Boyle fue llamado a desatar en Moscú en 1917, tan intrincado que ni desenredándolo cual Teseo su ovillo podría salir de ahí luego de matar al novillo. ¿Entrar tampoco? Quizá con la ayuda de un poco de pólvora, en línea recta y en sentido contrario. Así entró la bala en el cráneo de Rosa Oranday. Mataría a mi minotauro, ese monstruo de mi interior que opera los cambios de vías, alimentándose con la carne de mis más íntimos recuerdos, comiéndose los durmientes cuya digestión convierte en traviesas, términos opuestos con un mismo significado, diferente comportamiento, usando las alcayatas por mondadientes debajo de mis uñas.

¿Quién es esta señora? La conocía, pero, ¿quién es? Poseía una belleza digna, tierna. No es la mamá de Laura Elena, ¿verdad? Tampoco Laura Elena. Busqué en sus paredes un espejo para ver si había yo envejecido tanto como ella sin darme cuenta. Su cara redonda, pero no rebosante, por anatomía no por abundancia. Sus ojos color miel conservaban un poco de dulzura, dulzura triste, miel silvestre de mezquite y huizache.

Y su voz se había apagado, aunque conservaba un tono suave como el motor del Taunus parado en un semáforo. Me remontaba al pasado. Me cayó el veinte…

En mis tiempos se decía así cuando se producía una sinapsis, en alegoría a los teléfonos públicos. No todos tenían, nadie tenía teléfonos personales, pero en algunas esquinas había teléfonos de paga accesibles a cualquiera a quien no se le hubieran adelantado los vándalos. La llamada local costaba veinte centavos, unas monedas de cobre del tamaño de un limón, si los limones fueran planos como creen quienes no creen en Copérnico o Einstein —otro alemán, la cara opuesta de Alzheimer, diría—. Éstos se limpiaban a la perfección quitándoles su capa de óxido y la mugre de las manos de los vendedores de papas fritas, de a veinte la bolsa pequeña con chile y limón, con chile y limón. Ese mismo chile y ese mismo limón. La llamada a veces tardaba en conectarse hasta cuando uno daba una cachetada vertical al costado del aparato, como Fernando a su aire acondicionado y caía a la caja interna el veinte anteriormente depositado.

Recordé quién era esta señora. Sinapsis. Intersección en las vías o en las veredas. Encrucijada, *fork* en inglés, como tenedor para detener el recuerdo. ¿Quién era esta señora? Lo que me vino a la cabeza, que ya estaba dentro, fue la imagen de su marido.

*

Bajé en la mañana después de una incómoda noche. Las paredes de mi cuarto en el hotelucho de Reynosa crujieron repletas de vida. Quizá ratas. Dejé de servirme el desayuno cuando echaba leche a mi cereal para ir a quejarme a recepción, porque encontré unas cucarachitas del tamaño de un Choco Crispis en el bote de Conde Chócula —cereal que debería por justicia ser de salvado—, cuando lo vi entrando al vestíbulo. Lentes oscuros Ray Ban, chamarra de cuero al hombro cayendo tras la espalda, sostenida con el gancho de su dedo mayor al interior del cuello. Me paré en seco, a pesar del letrero con la advertencia "piso mojado", colocado por la mucama en medio del salón. Él siguió avanzando hacia mí y se detuvo a escasos centímetros de mi cara. Se quitó los lentes y medio dijo:

—Era mi moto, cabrón.

Lo seguí hasta su coche. Traía un Mustang blanco del más reciente modelo, con el plástico aún protegiendo la tapicería. En la parte de atrás, mirando hacia la cajuela, una silla para bebé. Nadie usaba sillitas para bebé entonces, ni se abrochaba los cinturones de seguridad. Cuando se compraba un auto nuevo, lo primero era quitarle el plástico de los asientos. Dificilísimo porque lo ponían debajo de los tornillos. Siempre quedaban tiras cuando uno lo arrancaba.

Fuimos a buscar al comandante y me pidió checar la presión de las llantas de la moto, mientras se metía a la oficina a hablar con él. Ya guardaba yo el calibrador cuando salió de vuelta muy serio, con un sobre medio gordo en la mano y me dijo: "Arreglado Matamoros". Se me hizo por demás curioso pues estábamos, sí, en Tamaulipas, pero más al oeste, en Reynosa. ¡Ya podríamos llevarnos la moto y regresar a Saltillo!

No antes de pasar el día del lado gringo. Cruzando el puente, tomó un billete de $50 dólares del sobre aquel y me lo dio. Te voy a quitar $5 cada vez que te pesque sin el cinturón de seguridad, sentenció. Me lo puse inmediatamente.

Fuimos a comer y platicamos. Platicó él. De cacería, de carros, de caballos, mientras yo comía crepas con fresas y demasiada crema batida en la International House of Pancakes que ahora se llama IHOP. Quizás eso debería hacer con todos mis recuerdos. Ponerles nombres más cortitos. Así sería más difícil olvidarlos.

La frase: "Arreglado Matamoros", me contó, tenía origen en el narcotráfico de aquella ciudad en tiempos idos, cuando los problemas se solucionaban con billetes y no con balas ni abrazos. Quería decir que se había ya allanado el camino para pasar un cargamento. Luego se la apropió el equipo de campaña del candidato del PARM a la alcaldía, Jorge Cárdenas González, quien años más tarde volvería a ganar por el PAN. Terminado aquel trámite pseudogastronómico fuimos a la ferretería Broadway. Ahí tomó una lamparita de gasolina marca Coleman. Lo mejor del mundo cuando jalaban bien, me dijo, si se les daba buen mantenimiento y se usaban exclusivamente con gasolina blanca. Se me ocurre ahora preguntarme qué les pasaría con petróleo diáfano de los almacenes de don Prudencio. Le hubiera comprado un poco. El ingeniero me contó de un día cuando fue con su compadre de cacería a Durango, en busca de gansos de frente blanca (*Anser albifrons*). Llegaron por la tarde ya y comenzaban a instalar el campamento cuando les cayó la noche. La lámpara de su amigo se negaba a prender bien porque la había llenado con gasolina de la roja, en aquel entonces la cara.

—Si hasta la lámpara es roja —dijo varias veces. El ingeniero Andrés lo dejó con su lámpara intentando composturas y se alejó un poco a recoger leña. Su amigo lo siguió al rato, para ayudarle a cargar.

—Ya jala aquella madre —le dijo triunfante, señalando con la mano hacia un universo oscuro.

"Aquella madre" se había apagado otra vez. No estaban a más de 300 metros del campamento, pero la noche era negra como la... No había luna, nomás millones de estrellas con apariencia de nubes. No alcanzaban a ver dónde estaba el campamento. Esas lámparas son muy brillantes, pero a corta distancia, por lo cual, sumándolo todo, estaban perdidos. Sin abrigo, porque al calor del ejercicio habían dejado las chamarras colgando del respaldo de sus sillas, comenzaron a darse cuenta del frío. Ya estaban abajo de cero a las diez de la noche. Para cuando amaneciera habrían tocado los menos doce, más o menos, en pleno diciembre. Se sintieron como Napoleón a las puertas de Moscú en 1812.

—No importa —le dijo el ingeniero a su amigo—. Para entonces vas a estar muy calientito en el infierno, pedazo de imbécil. Y yo voy detrás de ti, ya sé.

Mientras el ingeniero daba vueltas en círculos concéntricos cincuenta metros más grandes cada vez, decidieron que él se quedaría con la lámpara en el centro, sin moverse ni moverle. Amenazado, regañado, asustado, arrepentido y con ganas de hacer pipí, ésta fue la única solución posible al amparo de la negrura, deteniendo la lámpara con los dientes. Así, en eternos aunque pocos minutos, encontraron la camioneta.

—A veces los problemas más grandes tienen soluciones muy sencillas —concluyó como Esopo el exposo de la tía Eliza. Llevó la lámpara a la caja y la pagó, luego me la regaló y me dijo—: Espero que con ésta no hagas pendejadas.

Fuimos al International Bank of Commerce, ahora IBC, nombre cortito. Cuando entramos, se levantó de su escritorio una joven de unos treinta años y vino a saludar al ingeniero. Lo llevó al mostrador. Ella se puso detrás de una ventanilla cerrada para darle atención personal. Pidió su saldo. Por el ruido de la máquina impresora, eran seis dígitos. El ingeniero tenía dinero, lo sabía. ¿Tanto? ¿Por qué —me pregunté— si parecía que todas las profesiones eran mejores a la mía, me había aferrado a ella? ¿Cuándo se me ocurrió ser investigador privado? ¿Privado de qué? ¿De sentido común?

El ingeniero me pidió mi pasaporte y cuando se lo di, puso dentro el sobre gordo de su visita al comandante Poncho. Lo entregó a la ejecutiva del banco. Ella se llevó todo. Regresó con unos papeles y me los dio a firmar. Luego me devolvió mi pasaporte junto con una libretita azul, además de una hielerita del tamaño exacto de un six pack de cerveza o Coca-Cola de lata con el logo del banco.

Había abierto una cuenta de inversión bursátil a mi nombre, con un saldo de $1 350 US. Miré extrañado al ingeniero, quien me dio un sopapo en la parte posterior de la cabeza —entonces no era sopapo, pero igual aturdía un poco— Luego dijo: "¡Broom, broom!", cerrando la mano derecha y girándola con el hueco como centro, como el acelerador de la moto. Salimos.

Aturdido, acompañé al ingeniero Andrés a una agencia de bienes raíces. Ahí, pagó los servicios de agua, gas, electricidad y teléfono "de una casita". Por las cantidades, no se trataba de un departamentito nomás, sino algo mejor.

—Le tengo casi arreglado un cliente para su cuadra —le dijo el agente.

—Véndales mejor la de mi compadre —respondió el ingeniero.

¿En esas alturas andaba el ingeniero Andrés? ¿Por qué entonces perdía el tiempo conmigo? ¿Cómo se arregló tan rápido con el comandante? ¿Por qué había abierto una cuenta en dólares a mi nombre? ¿Vendió mi moto? ¿Sería el mismo compadre de la lamparita? Estaba más consciente a cada instante de la existencia de algo muy turbio respecto a mi moto. El ingeniero Andrés parecía ejercer el control de daños. Me trataba como si fuera su ahijado. ¿Sabría quién le tomó las fotos con su novia?

Todo el resto del día anduve con ganas de darle al ingeniero con la Coleman en la cabeza. Así, serio, compré en una gasolinera Amoco, donde paramos antes de regresar, una Cherry Coke. Fue mi única compra, porque tenía sed. No me gustó. Su gusto me llevó a preguntarme a qué sabría aquella marca de gasolina. Me prometí pagarle "al señor éste" cada centavo de su billete.

Nos encaminamos hacia el puente. En esos días no había todavía semáforo fiscal. La pasada siempre causaba cierta aprehensión, aun cuando no hubiera uno ido de compras y no trajera nada prohibido. Al pagar los tres *quarters* en la caseta gringa, las conversaciones callaban y hasta se bajaba de volumen a la radio, pues no se quería dar pie a los agentes para hacerla de tos por un estéreo nuevo. Los autos salían de fábrica con radios más bien malitos. Ni siquiera FM traían. El viaje inaugural de todo coche era a la frontera a comprar un buen tocacintas de ocho tracks, o los más modernos cassettes de 4 mm.

Ahora nomás el ingeniero venía hablando. Siempre se guardaba unos tres temas de conversación, me dijo. Uno de ellos para cuando estuviera en la fila del lado mexicano y se acercara al puesto de revisión. Si los policías fiscales veían a alguien conversando animado en el carro, pensaba que pensarían que era porque no tenía nada qué ocultar y no harían una revisión tan minuciosa. Pasó al segundo tema…

—No eres pendejo —me dijo—. Pero hiciste una pendejada al cruzar la frontera en esa moto. Ya la perdiste y ya la perdí yo; el comandante sabe que no tiene derecho, pero tiene el poder. Únicamente pude venderle el pedimento para recuperar parte de tu dinero.

Me quedé callado. De haber abierto la boca hubiera sido para llorar, como cuando desapareció mi gatito a los siete años de edad. Me había dado más de lo que pagué a su ex. Ésa era la magia del ingeniero Andrés y la razón por la que el Mustang y todos sus carros conservaban siempre el plástico sobre los asientos: los vendía más caros de lo que le costaban.

Callamos los últimos doscientos metros. Al fin, quizá pensaba el ingeniero Andrés, un adulto y un adolescente con cara larga en el carro es la regla, no rara excepción. Manejaba con la mano izquierda, cogiéndose el hombro con la otra. ¿Qué traen?, preguntó el policía. El ingeniero no dijo nada. El motor del carro seguía funcionando, pero su corazón había dejado de latir.

*

El comandante Poncho estaba en su oficina con los pies arriba del escritorio leyendo *El Mañana*. Juzgó ver una fila de coches demasiado larga para el día y la hora. Tal vez habían detenido algo interesante, pensó y salió a ver cuánto le tocaría de aquello. No perdió aplomo ni se aplomó, como dicen en el rancho. Al reconocerme, se acercó a mi lado del Mustang. Pidió a uno de los agentes sacar el carro de ahí y solicitar ayuda a la Cruz Roja para un incidente ocurrido "en las puertas de la aduana". Volteó a verme con una mirada vacía y con un movimiento del cuello agregó: "Te puedes llevar tu moto". Me abrió la puerta del carro.

Yo me sentía más bien idiotizado. Seguí las instrucciones del comandante. Me instaló por cuenta de la aduana de nuevo en el hotelucho aquel para hacer frente a los trámites. Conmigo desde la recepción llamó al número de emergencia impreso en la licencia de conducir del ingeniero Andrés. En cuanto se escuchó una voz del otro lado de la línea, me pasó el auricular. En el camión de la tarde llegó la señora Heineken con su bebé. Fui por ellas a la central en el Mustang y las traje al hotel. Ella me pidió seguirla al otro día en la carretera. Los hijos del ingeniero se encargarían del resto.

Años después me di cuenta de que la lamparita Coleman funciona bien con gasolina barata.

22. Sul Ross

Donde creemos enterarnos cómo se acabó la fortuna de la tía Eliza...

¡Eliza!, ¡la tía Eliza!, supe en la cocina medio a oscuras, mientras me preparaba un vaso de leche tibia con azúcar y lo ponía en la mesa frente a mí. Debí haberle aceptado el café, aunque no me gustara. La tía Eliza, ¿era la viuda del ingeniero Andrés o la señora Alameda, aquella compañera de jugada de mi mamá, mamá de Marcos? ¿Era una misma? Desde la muerte de su exmarido no la había vuelto a ver. Y los treintaitantos años la habían cambiado. Antes era fresca, alegre, ligera, ágil, inocente. Ella no; estaba mustia, apagada; llevaba pesadumbre en el alma muy golpeada. Era la mamá de Marcos. Pero no la misma. Tablas viejas, tablas nuevas. El barco de Teseo, Ariadna y su hermana menor, cuyo nombre se me escapa. ¿María? Siempre pensé que la tía Eliza estaría viviendo donde mismo, allá junto al lote de autos de don Honorio, en la casa con nogales criollos de treinta metros de altura. O en el extranjero. En París o en Las Vegas, porque como a mi mamá, le apasionaba el juego. ¿No la había dejado el ingeniero bien, muy bien, más de lo bien que iba a poder estar yo en toda la vida, aunque trabajara hasta los ochenta años? ¿Había tenido tiempo el ingeniero Andrés para cambiar su testamento a nombre de su nueva novia cuando apenas iniciaba los trámites del divorcio formal? ¿Cómo llegó la tía Eliza a esta casita, no mala, pero nunca para una mujer de su estatura social? ¿Quién entonces era Rosa Oranday, quién había sido? ¿Quién era el marido de Rosa, el viudo, su hijo, hijo de la tía Eliza, esposa del ingeniero Andrés, del rico ingeniero Andrés? Eliza la suegra de Rosa Oranday, esposa de Marcos, hijo de Andrés y medio hermano de Kenita... Heinekenita. Una pregunta me hizo explosión en la cabeza. ¿Qué hace uno si tiene piedras en los riñones estando en la cárcel? La opacó enseguida otra más práctica... ¿Podía pedirle algo a la tía Eliza para ponerle a la leche esa endulzada para hacerla pasable al menos? ¿Tendría Choco Milk, aun viviendo sola? Porque, ¿estaba sola?

—Da clases de lenguaje de señas en la Universidad Sul Ross —me dijo cuando pregunté por Susanita, su hija. Lawrence Sullivan Ross University. Los lobos. ¿Hay coyotes o lobos en el desierto de Alpine, Texas? ¿Lenguaje de señas?

—Aprendió en el psiquiátrico de Cuernavaca —¡chale! Cada pregunta me estaba complicando más. ¿Convendría hacer otra?

—¿Psiquiátrico?

—Ningún juez la iba a condenar por matar a ese tipo.

¿¡Matar!? ¿Cuál tipo? ¡Aquello era genético! Hace algunos años Susana visitó la Ciudad de México mientras trabajaba para una compañía de electricidad eólica. Papalotes, me dijo su mamá. Una noche se le antojó ir al cine a ver *Interview with the Vampire* (1994, dirigida por Antonio Banderas) y a la salida decidió caminar. Eran pocas cuadras. Al cruzar por un pequeño parquecito, un tipo la abrazó por atrás y le puso el filo de una navaja en el cuello, ordenándole no moverse. Susana le clavó su tacón en el pie y cogiéndolo del antebrazo lo hizo girar, dándole vuelo hasta azotarlo contra un algarrobo que tenía una rama rota y puntiaguda a la altura del pecho del tipo. Le perforó un pulmón y le partió en dos el corazón. Quedó ahí empalado. Un periódico publicó la foto con el encabezado: "Lo atoran como vampiro". El ladrón alcanzó a hundir su navaja en el cuello de Susanita y le dañó las cuerdas vocales, haciéndole casi imposible hablar. No habría habido problema para demostrar defensa propia, pensé. Ella era una mujer pequeña y el hombre medía 1.80. Pero al sentir Susana su sangre en el cuello, entre nerviosa y furiosa recogió la navaja del suelo y de una tajada por poco decapita al hombre aquel. Eso lo juzgaron como crueldad innecesaria y la condenaron a tres años de cárcel. Un abogado amigo suyo, logró conmutar la sentencia por un año en el hospital psiquiátrico, no porque le fallara algo, sino porque ahí estaría más cómoda. Será o no, pero Susy desde entonces se queja de tener pesadillas con aquel tipo.

Brad Pitt y River Phoenix fueron los otros dos vampiros en la película y no la dirigió Banderas sino Neil Jordan. Dirigió también *Sueños de un asesino*.

La tía se siguió de largo contándome todo y poniéndome al día. En varias ocasiones había hablado con Marcos en la cárcel. "Pero si ni pistola tenía ya cuando la mató", dijo. "¿Ya? ¿La mató?" Me pregunté. "¿La mató de veras?" De haber sido otra hora habría visto la humedad en los ojos azules de la tía Eliza. ¿O eran verdes? ¿Grises? Fue entonces cuando desvié el tema. Me dio galletas Oreo, encontró Choco Milk para mi leche —era Cal-C-Tose y me lo cuchareó en la despensa creyendo que no me iba a dar cuenta—. Me contó de su viaje a China y de cuando fue a Rusia. Visitó Budapest y estuvo en Cuj Napoca, Rumania. Paseó por París, Roma, Madrid, Chile, Argentina y la Patagonia, con la esperanza de sembrar la suposición de que ella misma había acabado con su dinero. Llegó a decirme cómo el mayor de sus hijos le había insistido ir una y otra vez a Europa... A donde quisiera. "Nunca te vas a acabar lo que dejó mi papá." Y terminó diciéndome: "Ay, Rubén Pablo, ya me lo acabé".

23. Quilates

Donde por primera vez se relaciona al collar de diamantes con la idea de la abdicación.

Salí caminando rápido, como si tuviera prisa.

—Ayúdame, Rubén Pablo —me dijo la tía Eliza al despedirse—. Ve a ver a Marcos, le va a dar mucho gusto.

Seguro. Mucho gusto. ¿Aún tendría la boca manchada de negro? Decidí mejor ir rumbo a la Alameda, cruzar al otro lado y caminar unas cuadras más arriba hasta el lote de autos usados. Todavía estaban ahí los pocitos en el adobe que nos servían de escalones y la enorme barda seguía separándolo de la casa de la tía Eliza, el ingeniero Andrés y Marcos, Susana y su hermano mayor, protegida por el techo de lámina de la vieja bodega donde estaban cientos de autos en apariencia abandonados, cubiertos con capas de polvo endurecido por la humedad de muchas noches y manchados por las cagarrutas de chileros (*Passer domesticus*) y palomas. De niños, el dueño nos pagaba a Marcos y a mí por cazarlos con los rifles Daisy de municiones.

Mientras, nuestras mamás jugaban canasta con sus amigas allá en la sala de su casa. Nunca vi al señor, un anciano de figura distinguida y bigote de manubrio, vendiendo un solo carro. La diferencia entre este lote y un *yonque,* calculaba yo, era de unos tres meses. *Yonque*, derivado de la palabra inglesa *junk,* chatarra, basura, denominación genérica para los negocios de autopartes usadas.

Seguro, don Honorio tendría también algunos *jalopies*, armatostes en inglés, palabra derivada de la ciudad de Jalapa en Veracruz, a donde llegaban miles de coches desechados de Estados Unidos. De tantos, acuñaron el término. En su mayoría eran *junk*. Nos divertíamos mucho en esas cacerías. Yo no quería tirar al aire porque me daba el mismo miedo que describe Guillermo Arriaga en *Babel*; dejar alguna secre tuerta con una posta mal dirigida hacia las oficinas, o pegarle a un carro. El señor nos tenía sentenciados a muerte si descubría cualquier abolladura en sus coches o peor, un cristal roto. También cuidábamos los higos de una enorme higuera española en la huerta, ya de este lado. Disparábamos contra los pájaros para que no mancharan los carros allá ni picotearan los higos acá, pero a éstos les metíamos sin querer de vez en cuando una posta de acero. La tía se rompió un diente al morder una.

Cuando llegué, comenzaba a caer la tarde. ¿Cuánto tiempo estuve con la tía Eliza? ¿Comí? Busqué manchas de mostaza o migajas en mi camisa. Encontré una semilla de tomate pegada al tercer botón. ¿Andaba mal mi lavadora o era reciente? Siempre me ando manchando: doña Evita me sugería un día sí y otro también guardar mis camisas en el refrigerador. "Así no se le hacen agrias, joven."

Saqué de la bolsa de mi pantalón el taparosca de una Coca-Cola. Sí, me senté frente al lago con un hot dog del Oxxo y un Gansito. En el agua no hay patos ni gansos, pero ahí vive una pareja de cisnes mudos. Hay tres principales especies de cisnes: el más grande y hermoso es el trompetero (*Cignus buccinator*), con su pico negro como los cuervos. Luego viene el cisne silbador (*Cignus columbianus*). Lo distingue una pequeña mancha amarilla en el cachete del pico. Y éste, el doméstico o cisne mudo (*Cignus olor*), es de pico y patas color naranja.

La banca donde estaba recibía la sombra de un par de hermosos algarrobos (*Ceratonia siliqua*). La medida del peso que usamos para las joyas, el quilate, viene de la semilla de este árbol, uniforme en su peso. Equivale a 1/140 parte de una onza o, pasada al sensato sistema métrico decimal, 200 miligramos.

No presten atención por favor al significado de la palabra *ceratonia*, *keratonia*, *keration*, *keratina*, material del que están hechos los cuernos, pues ésta se aplica a la vaina en que vienen los frijolitos y no a ellos ni a los amantes despechados.

¿Cuánto tiempo estuve en la Alameda? Recordé el 14 de enero de 1892 y repasé la historia de la casa real de Inglaterra. Antes del encuentro de Guillermo IV con Adelaide, la familia comisionó a su hermano Adolfo, duque de Cambridge para buscarle una novia por todos los reinos de Europa. Una de las candidatas viables era la princesa Augusta de Hesse-Kasell. Pero su padre, el príncipe Frederick, no aceptó la unión porque la diferencia de edades entre ellos era de treinta y dos años… Entonces Adolfo, siendo menor, hizo lo sensato: se casó con Augusta, a quien le llevaba veinticuatro años.

Dos generaciones después, su nieta María de Teck, luego de llorar unos meses la muerte de su novio Alberto Víctor, se casó con su hermano menor, Jorge V. Su destino era ser reina consorte de Inglaterra y abuela de la actual soberana, Isabel II, hija del rey Alberto… Esta segunda Isabel llegó al trono 395 años después del reinado de Isabel I, hija de Enrique VIII y Ana Bolena, porque su tío Eduardo, hermano mayor de su padre, renunció al trono. Abdicó. Se fue. O se vino, porque acabó de este lado del Atlántico.

Toda su vida fue Eduardo mujeriego; al final terminó enamorándose y controlado al punto de esclavitud, según algunos bolígrafos, por una americana dos veces divorciada, Wallis Simpson. Vacacionaron juntos, indiscrecionaron sin recato, y Eduardo negaba todo a su padre, aun cuando personal de la Corona los vio en la misma cama y presentara al rey pruebas "irrefutables" de una relación sexual. No dijeron cuáles y esta vez, por favor, quisiera no investigar.

En el transcurso de los años desde que se conocieron hasta la muerte del rey, Eduardo le regaló a Wallis innumerables joyas, una de las cuales podría ser nuestra gargantilla. Sería creíble, máxime cuando se conocerán pronto las ligas entre la joya y el término "abdicación".

Abdicaciones hubo muchas, en el mejor de los casos a punta de espada. Otras, a filo, más sangrientas. Pero sólo cuatro y tres del mismo rey, hasta donde recuerdo —y hasta donde recuerdo podría ser ya las 11:35 de la mañana de ayer— se hicieron por amor. ¿Habremos de repasar de nueva cuenta toda la historia de la Casa Real Británica hasta encontrarlas?... ¿Y... si no se tratara de la Casa Real Británica?

¡Diablos! La muerte de Alberto Víctor, el 14 de enero de 1892, dijimos, se debió a complicaciones de una epidemia de *flu* causada por el virus H3N8, hasta entonces confinado a los equinos, se pensaba. Igual pudo haber sido H2N2. La influenza se gesta cada año en China o por allá, en los patos u otros animales silvestres con los cuales el hombre vive en estrecha convivencia: serpientes, murciélagos, pantolines (*Manis pentadactyla* entre ellos). Luego pasa a los cerdos y de ahí a los hombres a través de secreciones dispersas por la tos, el estornudo y otras prácticas poco higiénicas, aunque comunes en todo el mundo. Aquí y en China.

¿Nos llevará la investigación hasta el rey Qin Shi Huang? ¿Al siglo tercero... antes de Cristo? Emperador desde los doce años de edad, Qin logró unificar a China. Se le conoce como el Primer Emperador. Comenzó la construcción de la Gran Muralla a un costo de dos millones... de muertos. Cuando le tocó en turno morir a él, en el año 259, lo sepultaron en un mausoleo —siempre lo imagino lleno de ratones—, resguardado por 800 guerreros de terracota. No se sabe si alguna vez tuvo diamantes.

A veces se refieren a la pandemia en la que murió Alberto Víctor como la fiebre rusa. Tal vez entonces debiéramos comenzar a buscar el origen de la joya saltillense con Iván el Terrible en 1552 o cuando menos, desde la muerte de Pedro el Grande en 1725, luego de cuarenta y dos años del gobierno iniciado cuando apenas un niño de diez años. En rápida sucesión los monarcas herederos fueron, primero, su segunda esposa Catalina I, coronada por él mismo en 1724, pues de sus catorce hijos, todos los varones habían muerto. Tres años la dejaron gobernar, sucedida por un nieto de Pedro I, Pedro II, de doce años de edad. Otros tres años y le pasó el trono a Anna Ioannovna, su media tía. Ella nomás un año y medio duró. Siguió Iván VI, proclamado emperador a los dos meses de edad. Un año después su tía Elizabeth, hija mayor de Pedro I, asestaría un golpe de Estado... Como quitarle un dulce a un niño. Fue y sigue siendo una de las monarcas más apreciadas porque se propuso en todo su reinado no ejecutar a nadie. Torturó a algunos, eso sí. Reinó por veintiún años y al morir había nombrado heredero a su hijo Pedro III, quien gobernó durante 186... días. Otro golpe de estado y llegó al trono Catalina II, la Grande.

Al llegar al poder en 1762, Catalina II estrenó, además del cetro de Orloff, la corona imperial, con 4 936 diamantes. Ella misma tuvo veintidós amantes. Bueno, nueve, si consideramos a los historiadores más prudentes... A diferencia de otros monarcas, con Catalina nunca fueron dos al mismo tiempo, sino uno a la vez, en serie y no en paralelo, dirían los electricistas. Otra diferencia más notable, merecedora de elevarse a rango constitucional: cuando terminaba con cada uno, les hacía enormes regalos en dinero, propiedades o títulos. Cualquiera de las esposas de Enrique VIII hubiese preferido un rompimiento así, por no perder la cabeza.

Uno de los amantes de Catalina II fue el acorazado Potemkin... Perdón, no. Quien dio su nombre a la nave protagonista de la obra dirigida por Sergei Eisenstein en 1925, alguna vez considerada la mejor película del mundo. Novedosa; aunque desde 1912 se habían hecho algunas cintas pintadas a mano, ésta tiene una escena de 38 cuadros, donde los soldados izan una bandera —*¡spolier, spoiler!*— blanca en el filme original, pintada de rojo por el propio director. Hitchcock utilizó este mismo truco con la sangre de la escena de Janet Leigh en la regadera de *Psicosis* en 1960, poniéndola negra y no roja. Esos dos segundos, en Eisenstein, bastaron para incendiar el sentimiento nacionalista, pues la premiere fue en conmemoración del vigésimo aniversario de la Revolución rusa.

El amante de Catalina cuyo nombre dio, o dieron, al acorazado, fue el comandante Grigory Alexandrovich Potemkin —a quien quizá pudiera demostrarse, en la intimidad ella llamaba "mi Pumpkin"—, un militar y hábil estadista, fundamental para consolidar el apoyo del ejército antes del golpe de estado propinado al marido de Catalina.

Entonces era un simple sargento y el comando de la operación recayó sobre el anterior amante de Catalina, su tocayo Grigory Orloff, quien por cierto le regaló a la reina un diamante ahora conocido con su nombre y del cual hablaremos más adelante, o ya hablamos: pieza central del cetro de la soberana, con un peso de 189.62 quilates.

Catalina la Grande pasaba revista a las tropas antes del golpe, cuando se le cayó un botón de su uniforme. Tal vez presintiendo algo torcido en el matrimonio de la soberana, dadas las circunstancias, Potemkin se atrevió a romper filas y se acercó para darle galantemente uno de los suyos. Luego, su caballo se negó a alejarse del de ella y el resto, como dicen, es historia. Y sí, es historia.

Una vez terminado el conflicto, Potemkin pasó a formar parte de la guardia destacada para vigilar al depuesto zar Pedro III. No estuvo involucrado con su asesinato, dijeron los investigadores. La zarina quedó de todos modos complacida con el desempeño de Potemkin y ordenó su ascenso a teniente segundo. Después a *Kammerjunker* (asistente de cámara), posición no relacionada con la cinematografía, pero tal vez útil para explicar tanto el amorío habido entre ambos como la oscura raíz del accidente en que al mismo tiempo perdió un ojo y adquirió inusitada buena puntería con el rifle largo, el cual sucedió al asomarse indiscreto por el ojo de una cerradura, se rumoraba.

24. Tres dóberman

Donde Rubén Pablo revive las aventuras de Miguel con los perros guardianes del templo de Shiva, pero no encuentra nada más.

Subí y salté desde arriba de la barda hacia la huerta sin que me viera nadie. Más bien sin importarme si alguien me veía. Ahí había montado a caballo por primera vez, una yegua de pelambre blanco y rojo llamada Rocío. Ahí comí chabacanos y moras hasta hartarme. Ahí aprendí a nadar. Ahí me rompí la mano. No entonces, en mis travesuras. Ahora, al caer. No eran ya nueve, sino cincuenta y cuatro, ni era el mismo peso nomás de aquellos años, sino mucho más. Me dolió. La metí bajo el otro brazo para tenerla caliente y caminé hacia la casa.

Era la antigua casa del tío Andrés, la de la alberca. Estaba sola, me dijo la tía Eliza. No podían venderla porque era parte "del problemón". Yo no sabía nada de eso y ella lo sabía; aun así no precisó. Entonces quise ir a verla sin saber por qué. Oí ruido entre las hojas secas de los nogales en el suelo. Eran pasos. Muchos pasos, un galope como el que escuchó Napoleón en el cementerio, mientras buscaba el cetro de Catalina. Al voltear vi venir a dos enormes dóberman —tan grandes como caballos—. Eché a correr. Fue una persecución silenciosa, sin ladridos. Sólo las hojas secas bajo el peso de los pies y las patas y la mano bajo el brazo como Napoleón en su huida. Cuando pienso en ella la veo en cámara lenta.

La cámara lenta en realidad se hace con una cámara rápida. En vez de veinticuatro cuadros por segundo se toman sesenta o ciento veinte, y al verlos a velocidad normal se convierten en segundos del triple o quíntuple más largos. Ocupa más lugar en la memoria, menos espacio para el resto de mis recuerdos. Por eso insisto, Banamex en vez de Banco Nacional de México. HSBC en vez de… En un tiempo fue Banco del Atlántico.

La tía Eliza nunca había tenido perros, pero no pensaba en ello pues correría más lento. Quería lanzarme a la alberca. Consideré subirme a un árbol, pero ninguno tenía ramas a mi alcance y lo sabía. El tío Andrés podó todas, pues si sus hijos no podían subirse, por ende tampoco podrían caerse. En la alberca intentaría, como cocodrilo, ahogar a los perros cuando me mordieran. Esperaba lograrlo antes de perder los brazos… Estaba vacía. Siempre vacía en esas fechas, debía saberlo. Más ahora, cuando hasta la casa estaba vacía. De un salto me pasé hasta la fuente del desayunador exterior, escalé uno y dos y tres platos y de ahí a la azotea, como antes, sin acordarme de mi mano, como después, tan pronto estuve arriba y a salvo y me asaltó un dolor tan agudo que pensé sería algo más grave y deseé haberme dejado morder. Quizás ausente la mano me dolería menos.

Llegaron los perros sin quitarme la vista de encima. Sin ladrar. Se echaron junto a la fuente después de lamer las gotas de agua de la llave.

Descansé de la carrera. Sentí lástima por mi mano. Estaba rota; me terminé de convencer al verla hecha una rana gorda y amoratada como las de bronce en la fuente de la Alameda. Quise bajar por el otro lado de la casa. Fui allá y vi, al asomarme, otro dóberman en el jardín. ¿O era uno de los mismos? Regresé al rincón de la fuente. No. Era otro. ¿Tres perros? ¿Para qué quería la tía Eliza tres perros? Sí, eran tres. Los conté con la nariz ya sin moverme de un lado a otro porque todavía me dolían el bazo y el porrazo. El bazo y el brazo. Ahí estaba bien, en la sombra restante de las ramas desnudas del nogal, los restos del nogal, un viejo árbol criollo de más de cien años de edad junto a la alberca. Nunca nadie lo había podado. Lo hacía el viento de febrero y marzo. ¿Sería para él perder ramas como para mí perder recuerdos? Guardadas las proporciones, ¿se vería así desnudo mi cerebro, ramas sin hojas, con telarañas de gusanos quemadores? Decidí saltar el pasillo y caminar por la barda del vecino hacia donde no podía saltar porque tenía malla ciclónica, alambre de navajas arriba y guardias militares, pues vivía ahí el general Carreto. ¿Todavía? Preferible no averiguar. Me descolgué hasta el patiecito de servicio, con salida a la calle. Aún estaba encerrado, pero cuando menos a nivel del suelo. Lo consideré una mejora. Ya no me iba a asolear más así. Pensé si podría encerrar a los perros en mi huida, pero no pude ni abrir la puerta con el cerrojo atravesado y amarrada por la pintura oxidada, ni subir de nuevo a la azotea sin el acicate de los dóberman. Destapé el aljibe, sin encontrar salida sino cucarachas. Habían cambiado la pichancha y el viejo tubo, galvanizado de una pulgada, quedó ahí recargado en la pared del aljibe. Lo saqué y con él en la mano buena consideré pelear contra los perros blandiéndolo como Tsuda Sanzo. Decidí no hacerlo al verme reflejado en el vidrio de la ventana de la cocina. Era un tubo grande, largo y pesado y yo estaba bastante lejos de ser un samurái como Tom Cruise, un Han Solo o Harrison Ford. Parecía más bien un luchador de Sumo y esos no usan espadas. Además, no estaba seguro de poder contra ellos. Ni con los dos primeros, menos cuando llegara el otro. ¿Cómo iba a explicarlo a la tía Eliza? Tampoco se trataba de hacerles daño. Quería escapar y antes de que alguien viniera a darles de comer. ¿Les darían de comer o me irían a comer a mí, no por malos sino por hambre? Con el tubo como palanca doblé la protección de la ventana. Y el tubo también, de paso. Usando la llave de mi departamento a modo de destornillador quité el mosquitero y me metí en la casa.

Aunque estaba amueblada, no había luz para el refrigerador; ni agua ni gas… ni nada para cocinar. Ni hambre, ni aspirinas para el dolor ni en los botiquines de los cuatro baños. En el de las visitas, encontré un *blister pack* de algo llamado Prednisona, con dos pastillas hechas polvo. Peor sería nada. Las tomé sin agua. Había en la sala un largo sofá donde estaría más o menos, mientras pasaba la noche. Como la penumbra invadía todo ya al caer la tarde, tomé un par de candelabros grandes de plata y prendí sus velas. Recorrí la casa con ellos. Revisé la oficina del tío Andrés y no vi nada. Su caja fuerte ya no estaba. Como si hubiera podido abrirla, pensé. Decidí dormir, o intentarlo al menos. No supe más hasta despertar con la primera luz del día. Me propuse espiar por las ventanas la posición de los perros. No pude encontrarlos. Ni uno. Conocía la casa y las ventanas llegaban al piso. No creía haber dejado rincón del patio sin revisar. Habían desaparecido. ¿Dónde estaban? Mandrake, Copperfield y Houdini. Pensé en llamarlos con esos nombres, aunque no deseaba tanto encontrarlos como salir de la casa. Me llevé los candelabros para mantenerlos a distancia, por si acaso. Pensé dejarlos junto al portón de la cochera a la salida, pero, ¿y si entraba algún ladrón? Me los llevé a casa. Ya encontraría más adelante manera de devolverlos. No encontré a los perros. ¿Cómo era posible? Me alejé con la interrogante y con la mano hinchadísima.

25. Perfil derecho

Donde por vez primera se menciona a Elena Lupescu y su relación con el rey Carol II de Rumania.

Me detuve un instante al cruzar la Alameda en la estatua de Zaragoza, porque la curiosidad me llevó a ver si mi mano estaba inflada al calibre de los cañones a sus flancos, como sugería mi memoria del monumento aquel. "No me hubiera cabido si pudiera cerrarla", terminaba apenas de pensar, cuando vi venir de prisa a Jorge Fuentes con la mirada fija ya en la puerta de acceso a su consultorio, a ocho cuadras de distancia aún, frente a la calle de Victoria. Caminaba con rapidez suficiente para hacer pensar que a cada paso la veía más lejos, igual el Sombrerero Loco de *Alicia en el País de las Maravillas*. El doctor Jorge Fuentes, el mismo del trenazo, es un cirujano plástico, plástico y cirujano. No pinta, sino escribe. Es uno de esos pocos médicos creyentes en la bondad del espíritu. Piensa que la salud interior es más delicada que la física y antes de recetar consulta tanto la Biblia como el *Vademécum* —y también se lo sabe de memoria—, por eso algunas personas le dicen padre en vez de doctor. No es ortopedista, pero al no haber nadie quien sepa más de la vida del Rayito, el mejor que ha tenido Saltillo, al verlo deduje que sabría curar una mano y podría echarme otra, sin cobrarme muy caro. No me interesaba tanto el ahorro, sino la posibilidad de llegar más lejos en mi investigación, con el dinero anticipado por Rosa Oranday. Además, yo le había dado ya al doctor varias consultas gratis: lo pescaba a la pasada cuando iba a comprar nata a La Huerta, en la Alameda, sobre su computadora. Jorge es uno de los pocos que en Saltillo usan Macintosh y me buscaba para pedirme consejos que las más de las veces ignoraba.

No parece estar rota, pero tómate una radiografía por si las moscas, me dijo después de mirarla y manipularla con tanta minucia como si estuviera considerando la posibilidad de pedírmela. Me puso una venda y escribió una receta para el dolor.

En las farmacias, sospecho, tampoco entienden la letra de los doctores. Ahí observan al paciente y deciden qué medicina darle.

Cuando me ponía la camisa, vi la computadora del doctor, una verdadera pieza de museo para estas fechas y aún sin unidad de respaldo. Decidí sin decirle nada no hacerle caso yo tampoco a su consejo. Fui a mi departamento luego de comprar tres órdenes de tacos al vapor al lado de La Esmeralda en Aldama, por la mitad de lo que hubiera costado surtir la receta. Me dediqué a comer; dos de lengua y una al pastor. Luego me di un baño aprovechando la bolsa de los tacos, amarrada con una liga para no mojarme la venda. Como el doctor me había entablillado el dedo medio derecho, se me antojó salir a pasear en el Taunus de doña Evita y saludar a los vagos cuando fueran entrando a las cantinas, pues ya era cerca del mediodía. Al salir de la regadera vi la cama y me quedé dormido.

Soñé con Laura Elena. Tenía la maña de jalar la manivela de la puerta del auto, en cuanto me estacionaba para dejarla en su casa por la noche. La luz interior se encendía y me congelaba la despedida, pues don Raúl con seguridad la esperaba cerca de la ventana y nos vería. ¿Cómo nunca se me había ocurrido quitarle el foquito? ¿Por eso la luz interior del Taunus no funcionaba? ¿Se acordaría doña Evita? En mi sueño iba a dejar a Laura Elena en el Taunus y al llegar a su casa, ella jalaba la palanca y se convertía en un hermoso cisne de pico negro con mancha roja en el cachete, pero mudo. Desperté a las once de la noche y me pareció mejor volver a dormirme.

No pude. Me levanté y fui al cesto de la ropa sucia, de donde saqué la camisa de aquel día. Hurgué con mis dedos en el bolsillo y bajo la uña del índice se atoró una pequeña piedrita. La saqué con cuidado... Era un diamante chiquitito.

Cuando entré a la oficina del tío Andrés en su casa todo estaba como lo tenía él. La caja fuerte Mosler tal y como la recordaba. Fui a la cocina por un vaso pequeño de los que el tío usaba para tomar Tab, un refresco de dieta que comencé a venderle luego del incidente Bocanegra, porque le detectaron azúcar en la sangre. En esos años aún no prohibían la sacarina en México.

Me hinqué usando el vaso como estetoscopio como aprendí en las historias de Sherlock Holmes. Traté de escuchar los clics de la caja al embonar. Imposible con una mano rota. El dial no giraba. Lo intenté con la buena olvidándome del vasito y tampoco pude. La rueda no se movía y eso significaba una cosa: la caja estaba abierta. Jalé la puerta y cedió. De adentro saltó intempestiva una enorme tarántula negra. Se me estrelló en el pecho, haciéndome saltar hacia atrás y caer sobre mi mano rota, casi perdiendo el sentido, del dolor. Me desmayé, de hecho, unos instantes. Antes, pude batear a la araña, que fue a refugiarse bajo la caja.

Ahí pude ver que era una tarántula de peluche, amarrada a un hilo negro y con un clip como resorte para hacerla saltar. Vaya susto. Fuera de eso no había nada dentro de la caja. Pinches bromas. Odio cuando no soy yo quien las idea.

Me dispuse a dejar todo como lo había encontrado, pero no podía ver bien a la luz de las velas cómo se lograba la tensión del clip. Abrí entonces una vitrina de la biblioteca para reflejar con el vidrio de la puerta la luz de una farola de la calle.

La puerta de la caja me estorbaba. Me apoyé con todas mis fuerzas y la empujé con mi peso en ausencia de musculatura y logré girarla un poco. Ahí, en el hueco de una de las rueditas, sobre la alfombra, brilló el pequeño diamante como ahora bajo mi uña. Fui por la gargantilla: era el que faltaba.

¿O no? Daba el tamaño, se acomodaba a la montura y con apretarle un poco bastaría para detenerlo en su lugar pero, de algún modo, los otros se veían más brillantes, más puros, limpios, claros, pesados y blancos. Más diamantes. Pediría la opinión de Fernando de nueva cuenta.

¿Qué iba a hacer? Otra vez me quedaba sin pistas. ¿Había servido de algo la visita a la casa de la tía Eliza? ¿Dónde estaban los perros?, ¿por qué tres? Al menos tenía tres opciones: ir a la cárcel a ver a Marcos; viajar a Alpine, Texas, a ver a Susana o ir al Campestre a buscar al hermano mayor. No quería ir a ver a Marcos porque pensaba que morir dentro del penal iba a ser tristísimo. Tampoco a Susana, pues morir en el desierto me parecía igual de impropio. Sin visa, tendría que cruzar de mojado. ¿O sí tenía? Decidí arriesgarme al pelotazo.

Narrar esta historia está siendo para mí como participar en un torneo de golf. Escojo un tema como si fuera una madera. Trato de pegarle a la pelotita con rumbo al hoyo, pero intervienen otros factores. El viento, mi postura, *swing*, amarre… Se va para donde quiere. Cae en el arenero, rebota contra un árbol, se pasa, termina bajo el agua en el lago. Subo al *green*, menos *green* que el resto, más catujano, pero así le llaman. Otros dos o tres intentos y la pelota cae en el hoyo. Luego le restaré mi hándicap al número de golpes y celebraremos el final en el bar. Yo no bebo, porque la gente bebe para olvidar, mientras que yo, por mi lado, olvido hasta sin beber.

Después de desayunar mis molletes de Mena con nata de La Juerta, fui al escritorio por las llaves del Taunus. Ahí la vi y me acordé dónde la había encontrado, como la espinita del campo que me traje porque no la hallé: una moneda con el perfil izquierdo y bigotón de Carol II Regele Romanilor, 1930.

Una moneda que llegó a mis manos por *coin*cidencia, tal vez más valiosa que la gargantilla misma con todos sus diamantes, de la cual se acuñaron apenas unas cuantas y nunca vieron la luz del día, porque para cuando André Lavrillier —el diseñador que osó ostentar su firma al pie de la imagen— terminó su grabado, el rey Carol II ya había por amor renunciado al trono de Rumania. Si, todos hablan de Eduardo de Inglaterra y su amor por la Simpson, redivorciada mujer de sociedad con su piel amarilla y su torre de peinado azul, por quien renunció al trono en favor de su hermano. Hasta la Madonna le hizo una película, *W.E.* Pero Carol II de Rumania renunció años antes que él y por razones similares: por un amor duradero y profundo, ausente de toda realeza pero más que cierto, hacia Elena Lupescu... Magda Lupescu. Madame Lupescu. Nadie se pone de acuerdo si fue Magda o Elena su nombre verdadero, nunca real.

André Henri Lavrillier, famoso grabador francés, ganador del Gran Premio de Roma en 1914 por su medalla *Leda y el Cisne*, una historia mitológica inmortalizada por el nicaragüense Rubén Darío en su poema, *Leda*:

Y viola en las linfas sonoras a Leda,
buscando su pico los labios en flor.
Suspira la bella desnuda y vencida,
y en tanto que al aire sus quejas se van,
del fondo verdoso de fronda tupida
chispean turbados los ojos de Pan...

Leda, casada con Tyndareus, rey de Esparta, es seducida por Zeus en forma de cisne. De tal rapto nacerá Elena, famosa como amante de Paris —acento en la a—, esposa de Menelao y madre de todas las batallas, la Guerra de Troya. Chispean turbados los ojos de Pan. El verso me dio un ataque de risa, imaginando a un chivo con ojos tan grandes como conchas —ojos de pan— al ver cómo Zeus le da a Leda. Recordé con tal imagen otro poema, éste del mexicano Enrique González Martínez, doctor y diplomático de tiempos de la Revolución…

Tuércele el cuello al cisne de engañoso plumaje
que da su nota blanca al azul de la fuente;
él pasea su gracia no más, pero no siente
el alma de las cosas ni la voz del paisaje.

Pan era el dios de la naturaleza, un ser mitad cabra y mitad humano, como un fauno o un sátiro, relacionado con la fertilidad, el sexo, la primavera. Patrono del teatro, de cuyo nombre deriva la palabra *pánico*. Entonces podemos deducir, si teníamos dudas —pues ¿quién se va a resistir a un cisne, aun estando casada y embarazada con gemelos?—, que Leda participó en el hecho y el lecho contra su voluntad, luego de lo cual puso dos enormes huevos y tuvo cuatro hijos.

Perdón, me distraje. Volvamos a Lavrillier, francés casado con la escultural escultora rumana Margaret Cossaceanu y por ello sobrino político del ingeniero Gogu Constantinescu, a quien debemos la mayoría de las victorias aliadas en la Segunda Guerra Mundial, al haber desarrollado la teoría de la sonicidad, fundamental para sincronizar las ametralladoras con el motor de los aviones. Su diseño habilitó a los pilotos a disparar de frente. Sin él, al atacar a un enemigo lo primero en rasurarse sería la hélice y se convertiría el piloto en su propia víctima.

No iba a ser Lavrillier el diseñador de la moneda; la casa real de Rumania tenía su escuela de diseño. Pero la tradición dictaba al soberano posar de perfil, el perfil contrario al de las monedas de su antecesor. En este caso, Fernando I y el lado izquierdo de su rostro. A Carol le correspondía el cachete derecho y no le gustaba nada quién sabe por qué, puesto que era igual al otro —se puede comprobar viendo la moneda en un espejo—. Hizo su berrinche real y se salió con la suya, como era su arraigada costumbre, veremos más adelante, si no se me olvida.

Gracias a él esta moneda, esta monedita que apenas cabe en mi mano, pero que penetra limpio las miradas asustadas de los coleccionistas —parafraseando a Lorca—, una de seis conocidas en el mundo, está valuada en por lo menos $1.3 millones de dólares. US.

26. *Ludovicus Prim D Gratia Rex Bo*

Donde se revela la identidad real de Miguelito y doña Evita sostiene una extraña conversación en el cementerio.

Fui al campo y la encontré.
La busqué y no la hallé.
Como no supe dónde estaba,
pues, me la traje.

¿De dónde salió esta moneda y cómo llegó a México, a mis manos, siendo una de no más de seis conocidas en el mundo, bueno cinco, y ésta cuya existencia se ignora? ¿Cómo se había borrado de mis recuerdos, tan claros ahora?

De golpe apareció en mi memoria la película *Eternal Sunshine of the Spotless Mind. Eterno resplandor de una mente sin recuerdos.* Con Jim Carrey y Kate Winslet, ganó en 2004 el Óscar al mejor guion. ¿Por qué recuerdo lo que más quisiera olvidar?

El hermoso título de esta película viene de un poema de Alexander Pope que narra una trágica historia de amor.

Fulberto, tutor de la bella Eloísa, tiene miedo de educarla en escuelas convencionales que pudieran corromper su frágil espíritu, por lo que a los catorce añitos, en el año 1115, decide mejor encomendarla al maestro Abelardo, veinte años mayor que ella, para que la instruya en casa. Un poco como mi paso de La Salle a los Legionarios de Cristo. Por supuesto, surge entre ellos un amor epistolarmente inmortalizado en su libro

Cartas de dos amantes. Un amor no tan romántico, violatorio a veces, secreto y repleto de secretos…

Que de foisn'ai-je pas usé de manaces et de coups pour forcer ton consentment?

Como el secreto de no saber francés. Sus cartas son precursoras de las *Cincuenta sombras de Grey* y otras tantas. Cuando Fulberto descubre que Eloísa está embarazada, manda a unos matones a golpear y castrar a Abelardo, y en castigo por su crimen, en un extraordinario caso de justicia expedita quizá debido al enorme prestigio de Abelardo, tutor de cuando menos un papa —Celestino II—, innumerables cardenales y más aún obispos, Fulberto es despojado después de todas sus posesiones, incluyendo sus ojos y aquellas mismas. Abelardo se recluye en un convento y obliga a Eloísa a tomar votos también —pobre—. Ahí es donde ella recita según Pope los célebres versos…

Y qué feliz es la inocente y virginal vasalla,
Olvidando al mundo, por el mundo olvidada,
Resplandor eterno de la mente inmaculada
Que acoge toda oración y a todo deseo calla.

El día que regresábamos de San Buena y antes de llegar a la gasolinería del kilómetro 82, creí alucinar cuando doña Evita me dijo: "Por aquí vamos", frente a un camino de terracería. Llegó a jalarme el volante para forzarme a entrar. Me puso a pensar que también en su casa me había mandado a la panadería en sentido equivocado. ¿Tenía doña Evita un perfil preferido, como Carol II, como Eduardo VIII? Cuando se perdió en el Taunus y la encontró el endodoncista, ¿a dónde quiso llegar? El Taunus tiene la palanca de velocidades en la barra de la dirección y cuatro marchas. Para meter reversa se necesitan tres movimientos: se oprime la palanca, se jala hacia uno y se levanta. Eso es lo que de pronto no pudo hacer doña Evita frente a la cortina de la presa de Las Esperanzas.

Cuando no se tiene un coche automático se usa una transmisión manual. Un sistema de engranes —cuatro en el caso del Taunus— para pasar el poder del motor a las ruedas. El engrane de cada marcha es más pequeño y tiene menos dientes que el anterior. Luego, conectado al eje trasero, hará girar las ruedas con mayor velocidad. Esto lo vemos también en las velocidades de una bicicleta, en donde se usa un engrane grande cuando se quiere girar el eje con potencia para una subida pesada y otros pequeños cuando se desea velocidad.

Por hacer más chica la caja de transmisión de un coche, se ponen estos engranes sobre dos ejes paralelos, uno conectado al motor y otro a las ruedas. El paso de uno a otro engrane o cambio debe hacerse entonces con un movimiento en forma de H o L; jalando la palanca hacia uno y abajo o arriba, se accede a la primera y segunda. Alejándola de uno, a la tercera y cuarta. Para la reversa se usa un engrane adicional. El primero gira en el sentido de las manecillas del reloj, el segundo al contrario como los demás cambios y el tercero otra vez como el primero. Por lo tanto, el coche se mueve hacia atrás...

Para alcanzar este tercer engrane se necesita un movimiento adicional al de la H de los otros cambios: hundir la palanca antes de moverla hacia uno y hacia arriba, como si intentara poner el coche en primera. Esto viene explicado con diagramas en el Manual del Usuario del Taunus, pero doña Evita nunca lo ha leído. En la guantera del coche no había guantes, pero sí un sobre cerrado con una copia de este manual adentro. Supongo, porque no lo he abierto tampoco.

En este sentido, en otra ocasión podría decirles que los cuatro engranes de cada cambio revierten la dirección del motor y el único que avanza como el motor gira es el de reversa. La reversa es más auténtica que los demás cambios, diría. Pero como temo perder su entendimiento y después su atención, si no la he perdido ya, pondré esto en un párrafo aparte del cual podrán prescindir y no leer para no confundirse con mis digresiones.

Doña Evita conocía muy poco de mecánica automotriz y cambios estándar. Manejaba el coche de manera automática —una paradoja—, sin saber nada del número de dientes como el endodoncista, ni de giro de los engranes izquierda-derecha-izquierda-derecha, como el perfil de las monedas europeas. Por eso no pudo retroceder al llegar al final del camino en la presa aquella mañana.

Si no era ése el camino por el cual pretendía marchar, ¿se habrá confundido? ¿Por qué ahora sí habría de hacerle caso? ¿Nos perderíamos de nuevo? ¿A dónde quiero llegar con estas preguntas?

A donde quería llegar ella. Si contó izquierda-derecha-izquierda-derecha y perdió el ritmo de las entradas en la carretera después de la Muralla, se trataba de otro camino y no el que ella tomó. Ahora en nuestro viaje contó diferente, porque no había mariposas ni tampoco ella manejaba el Taunus. No hay en esa carretera tantas opciones; una va a dar a la Hacienda de Guadalupe, otra a Nacapa; una tercera a Las Esperanzas y la última a Alto de Norias. Las Esperanzas era el equivocado y Guadalupe sería demasiado obvio, igual que Alto de Norias pues estaba ya al final del vallecillo. Decidí hacerle caso y entrar a la vieja hacienda de Nacapa.

*

Un tonto ingeniero de la SCT me discutió alguna vez su teoría de que hay en México muchos pueblos llamados Nacapa nacidos de los ejidos, cuando se establecieron "Nuevos

Centros de Población", ubicados en los planos con las iniciales NCP. De ahí, es pequeño el salto para llamarle NaCaPa. Esta Nacapa, o Anacapa, es original. "Lugar del agua que flota", significa en náhuatl. Un espejismo en el desierto. Agua que flota. Nacapa es una laguna natural en el vértice de dos lomeríos, formando una V con orientación al norte, al sur de las sierras de la Muralla. A su alrededor encontramos piedras areniscas del Cretásico Superior con incrustaciones de crustáceos, dientes de tiburón y restos múltiples de vida marina.

Coahuila fue parte del mar de Thetis y sus playas estuvieron hace sesenta millones de años repletas de dinosaurios. Luego, cuando las tribus nómadas visitaban el lugar para cazar patos, como sus preferidos coacoxtles (*Aythia valisineira*), dejaron en sus laderas vestigios de morteros donde convertían las vainas del mezquite en harina y pinole. Dejaron también chimeneas, petroglifos representando al sol y las constelaciones; a Venus, Tláloc, venados bura y cola blanca; al borrego cimarrón apodado el Diablo, patos, gansos y grullas, y abandonaron cientos de puntas de flecha en números tan increíbles que llevan a pensar en esto como una zona de guerra.

"Mas si osare un extraño enemigo." El 26 de marzo de 1913, después de que Victoriano Huerta se erigiera como presidente de México luego de asesinar al coahuilense Francisco I. Madero, otro coahuilense y gobernador del estado, Venustiano Carranza, vino a estas tierras a celebrar un cónclave secreto. Plan de Guadalupe, lo llamaron, por ser el nombre de la hacienda vecina. En él, desconocieron al gobierno de Huerta y se lanzaron a una sangrienta revolución.

En Guadalupe no había agua. Quizá firmaron allá, pero aquí pernoctaron. Aquí bebieron ellos y sus caballos dejaron huella. Aquí en Nacapa, Anacapa, laguna otorgada a Margarito Charles en 1866, por su apoyo al gobierno federal de Benito Juárez durante la Intervención francesa y el Imperio mexicano.

Margarito Charles fue uno de los hijos del general Hipólito Charles, el famoso "León del Cimatario" nacido en el valle de Anacapa, Hacienda del Venadito, Coahuila. Hace muchos años me contrató un bisnieto de Hipólito Charles para llevarlo a esta hacienda, pues llevaba meses buscándola sin encontrarla. Le habían dicho que estaba por la estación Coss, antes llamada Reata.

El Cimatario es un cerro, un volcán apagado como el de José José. Su nombre viene del chichimeca *simaethe*, coyote, e *iro*, macho. El cerro ese del coyote macho fue donde Hipólito Charles, como parte de los cazadores de Galeana al mando de Mariano Escobedo, contuvo en batalla los avances del general Miramón y logró consolidar el sitio de Querétaro, donde cayó Maximiliano I de México, Maximiliano de Habsburgo, con sus aspiraciones para el establecimiento de un Imperio mexicano.

¡Vaya aventura del archiduque! Pudo ser emperador en Austria, pero vino a México invitado por los conservadores para cobrar $600 000 pesos que demandaba un pastelero de nombre Remontel. ¡Cabrones! ¡No vuelvo a comer un solo *bol-au-vent*!

Una vez consumada la Independencia de México, en 1825, el país comenzó a tratar de organizarse como nación soberana. Desde entonces sin mucho éxito, parece. Había quejas, sobre todo de extranjeros residentes, respecto a la pobre protección otorgada por las autoridades del nuevo país ante los abusos de gente local sin escrúpulos. Francia ya había tomado cartas en el asunto e invadido Veracruz ante este problema en 1838. La liberó meses más tarde un héroe a quien esta guerra le costó si no su vida cuando menos su pierna derecha: Antonio López de Santa Anna. Eran los inicios de lo que se conformó como su peculiar estilo de negociación y firmó un injusto tratado de paz, comprometiéndonos a pagar la misma suma que antes del ataque se nos había hecho enorme (el daño a las propiedades francesas no superaba los $1 000 pesos; exigían $600 000), pero tal vez ya desde entonces, no pensaba en cumplirlo nunca. Pocos años después, la invasión se volvió a dar, ahora sí en serio, con emperador y todo.

Juárez comenzaba a organizar el gobierno republicano, decretó la confiscación de los bienes de la Iglesia —haciendo enojar al papa—, mejores condiciones de trabajo para los peones en las haciendas —haciendo enojar a los terratenientes— y una moratoria de dos años al pago de intereses en la deuda extranjera —enfureciendo a los gobiernos de Francia, Inglaterra y España—. Algunos de los mexicanos más pudientes tuvieron la gran idea de invitar a un soberano de alguna de las casas europeas a establecer su imperio aquí. A sugerencia de Napoleón III, se fijaron en Maximiliano, un alegre príncipe educado en la ciencia, tecnología, política, historia, leyes, geografía, diplomacia, milicia y muchas cosas más. Parlante fluido de húngaro, eslovaco, inglés, francés, italiano y español. Maximiliano fue en su juventud fanático de la arquitectura y del mar. Al mando de la marina austríaca, había organizado la primera excursión de su patria alrededor del mundo, en la fragata Novara, para coleccionar especímenes que aún hoy se exhiben en el Museo de Historia Natural de Viena. De paso se convirtió en el primer narcotraficante, pues la nave llegó con un gran cargamento de hojas de coca de las que se aisló la cocaína pura en ¡1860! Maximiliano, prudente, accedió a la invitación de los mexicanos con la condición de que se realizara un plebiscito y el pueblo votara por aceptarlo. ¿Qué creen? Como aún no existía el INE, cuya función es la misma, pero con método, los organizadores realizaron la votación de manera torcida y fraudulenta. Entonces, la pareja imperial abordó de nuevo la famosa nave Novara y flanqueada por el barco imperial Fantasía —¿premonición?— salió de su Castillo de Miramar rumbo a aquel rinconcito donde desde entonces, antes del canto de Lara, venían haciendo su nido las olas del mar: Veracruz. De ahí se instalaría en el Castillo de Chapultepec, quizá porque no había otro en todo México. Y ordenaría la construcción de un gran boulevard al que quiso llamar Paseo de los Emperadores, en forma cruel rebautizado ahora como Reforma.

Con un espíritu conciliador muy parecido al que años más tarde provocaría la ruina de Francisco I. Madero —moraleja...—, Maximiliano comenzó desde su primer día como monarca de México a cavar su tumba: invitó a Juárez a quedarse a su lado como primer ministro, puesto que el de presidente rechazó, por supuesto.

Maximiliano propició en su gobierno la diversidad de cultos y decepcionó con ello al papa; ordenó publicar las leyes en náhuatl, perdonó todas las deudas de los peones que fueran superiores a $10 pesos, prohibió la labor infantil y los castigos corporales para los trabajadores. Eliminó también el derecho de los patrones a vender a sus trabajadores.

Con apoyo de los ejércitos y los dineros de Napoleón III —las malas lenguas lo hacían casi su primo, pues su madre, Sofía de Bavaria, había sido amante, decían, de Napoleón II—, Maximiliano fue más o menos estableciendo el imperio e imponiéndose a Juárez, quien siguió con su gobierno ambulante, viajando por el norte de México y tratando infructuosamente de recuperar para el esfuerzo de guerra los dineros de las más productivas aduanas mexicanas: Tamaulipas, Nuevo León y Coahuila, controladas por Santiago Vidaurri. Para su fortuna, por esos tiempos terminó la Guerra Civil en los Estados Unidos de América y el presidente Andrew Johnson, pudo aplicar la Doctrina Monroe, que declaraba América para los Americanos. *Happy birthday, Mr. President Benito Juárez!*

Napoleón III retiró a sus soldados y Maximiliano se quedó sin aliados. La reina Carlota viajó a Europa para implorar ayuda a Napoleón III, sin suerte. Fue a ver al papa y, como era de esperar, tampoco recibió nada. Dicen que, desesperada por ello, perdió la razón.

Le doy toda la razón, pues muchas cosas en la vida de Carlota pudieron hacerle perderla. Primero, Maximiliano se casó con ella enamoradísimo... De otra: la princesa María Amelia de Ordaz y Braganza, quien hubiera sido su esposa de no haber enfermado y fallecido antes de que los jóvenes amantes tuvieran oportunidad de concretar su amor. Tras cumplir apenas dos años de casados, Maximiliano llevó a Carlota —casi de luna de miel— a Madeira, Portugal. Un bonito lugar, salvo porque ahí estaba sepultada María Amelia.

De todos modos, ahí la dejó mientras él realizaba una excursión de caza a Brasil. ¡Oh! Como para volverse loca. En esta historia pudiera haberse basado Daphne du Maurier al escribir su novela *Carlotta*, vendiéndole luego los derechos a Alfred Hitchcock para filmarla con Joan de Fontaine en el papel estelar y ganar en 1941 el Óscar a la mejor película del año: una hermosa joven se casa con un rico viudo (Laurence Olivier) y encuentra su casa invadida por el recuerdo imborrable e insoportable de la anterior esposa...

Después, cuando Maximiliano y Carlota salieron del Castillo de Miramar en Francia rumbo a México, la reina Victoria y su marido Alberto, ambos primos hermanos de Carlota, los saludaron a su paso por Inglaterra con una batería de disparos de sus cañones.

Han de haber sido para Carlota momentos de terror, antes de saber que eran salvas... Una vida así —sólo dos ejemplos— fue como para que cualquiera, con toda razón, perdiera la razón.

"Haiga sido como haiga sido", dicen las malas lenguas, porque así no se dice, Maximiliano fue capturado tras caer Querétaro. Lo fusilaron en el Cerro de las Campanas el 19 de junio de 1867, sin miramientos, pero junto a Miramón y a Mejía.

Maximiliano, luciendo un sombrero mexicano, regaló una moneda de oro a cada uno de los carabineros del pelotón de fusilamiento, pidiéndoles que a cambio no le disparasen a la cara, pues así su madre podría reconocerlo. De haber sido mexicano, les da no una sino diez monedas y los convence de dispararle al comandante en vez de a él.

Terminó así un lamentable episodio inmortalizado por el pintor Édouard Manet en un lienzo demasiado angosto, en el cual casi pican con sus bayonetas los soldados a sus víctimas. Treinta centímetros más de ancho y se salvan.

Benito Juárez fue implacable: su gobierno capturó a Vidaurri y lo ejecutó un mes más tarde. También fue noble: el general Hipólito Charles regresó premiado con la gubernatura de Coahuila y su hijo con el estanque de Anacapa. Más en el estilo de Catalina la Grande.

*

Todo esto me lo contó a señas Horacio, un viejo pastor de cabras sordomudo que recibió a doña Evita con lágrimas en los ojos y un fuerte, prolongado e incómodo abrazo, mientras preparaba en su estufa de leña un guiso de pierna de jabalí con orégano, cazado al lazo desde su caballo esa misma mañana, como si hubiera adivinado que veníamos en camino a verlo.

Quizás. Otro pastor me confesó, admirado, admiración por la inteligencia de Horacio sobre todos ellos. "A Horacio nunca lo agarra la lluvia", me dijo, "y ni siquiera escucha los truenos". ¡Tómala! "Pasea su gracia no más, pero no siente el alma de las cosas ni la voz del paisaje." Horacio es mudo, pero no como el cisne de engañoso plumaje.

El misterio me lo aclaró meses más tarde el doctor Exequiel Ezcurra, director del Instituto Mexicano de Ecología, quien durante una conferencia en el Museo de las Aves de México en Saltillo, me dijo a pregunta expresa que la gobernadora (*Larrea tridentata*), el arbusto más abundante en los alrededores de Nacapa —buenísimo remedio para las piedras de los riñones, cuyo té disuelve y desincrusta todo lo que encuentra a su paso— tiene como mecanismo para guardar la humedad y no morir bajo el ardiente sol del desierto unas células muy sensibles. Cuando se acerca la tormenta, se crea un vacío al bajar la presión atmosférica y la gobernadora abre sus receptores a la humedad, despidiendo un delicioso aroma antes de que caiga la primera gota.

Horacio no escucha los truenos, pero huele la gobernadora y busca refugio. O tal vez nomás sigue a sus chivas.

Doña Evita y Horacio son primos. Una de las nietas del León del Cimatario se casó con un trabajador de su padre —cosas de la Reforma—. Ellos dejaron en herencia la hacienda años más tarde a otro de sus peones, quizás hijo natural del señor, pues llevaba el mismo apellido. Él, viendo venir la ley agraria luego de la Revolución de 1910, temió perder sus tierras y decidió dividir el rancho en once lotes, heredando en vida cada uno de éstos a sus hijos e hijas. Una de ellas, abuela de doña Evita. Otro, abuelo de Horacio. Ambos descansan en el panteón de tumbas de arcilla con lápidas de piedra laja, a unos dos kilómetros tras de las casas de la hacienda.

La piedra laja se forma con subsecuentes depósitos de arena en el piso del mar, que se funden bajo enormes presiones. No tan enormes como para convertir al carbón en diamante y sin tanta temperatura. Cuando estas capas reciben ahora la lluvia, el agua se cuela entre ellas y luego se congela durante las frías noches del invierno. El hielo se expande y las separa en cortes tan planos como hermosas lápidas, perfectas para acompañar a los muertos y recordarnos su identidad.

Ahí están las tumbas marcadas con un cincel de fierro: un clavo sacado de las vías del ferrocarril y colgado de un durmiente a la entrada del camposanto. La piedra sobre la que fue doña Evita a depositar un racimo de flores de ocotillo (*Fouquieria splendens*) estaba marcada con el nombre de Oswaldo, no Miguel como me repetía siempre ella. Entonces caí en cuenta. Oswaldo era Miguelito. Mi güelito. Ahí, en un nicho natural de la lápida, estaba la moneda: 10 *lei*, Carol II Regele Romanilor. Doña Evita la tomó y la puso en mis manos.

El sol estaba por desaparecer tras del horizonte. Horacio, quien nos había acompañado al cementerio y esperaba sentado sobre una enorme piedra al pie de la loma, comenzó a ponerse nervioso y nos hacía señas para que nos retiráramos. Al menos eso pensé, pues se tocaba repetidamente la oreja y la nariz. ¿Habría fantasmas aquí? ¿Qué vería él en las noches, solo, en la oscuridad de su silencio? Ya flotaba Venus, la estrella del atardecer y también del amanecer, la primera estrella de todos los días después del sol, antes del sol, también estrella. Se escuchaban cerca los aullidos de los coyotes (*Canis latrans*)… ¿Por qué coyotes y no lobos (*Canis lupus*)? Lupescu con Carol de Rumania, Magda Lupescu, lupus… El apellido original de su padre era Wolff. ¿Quién me asegura la ausencia de lobos en esos bosques de huizaches? ¿Cómo Horacio los sentía sin oírlos?

Por la cercanía del estanque de Anacapa, al otro lado de la loma, comenzaron a dejarse sentir esos pequeños vampiros, los mosquitos. ¿Horacio los aborrecía, o era alérgico? De la nada desaparecieron del cielo todas las golondrinas y se tornaron en murciélagos. Cientos, miles de ellos emanaron, no en columnas como en las cavernas, sino al unísono de todas las piedras del lomerío. De sus grietas, minicuevas. De huecos en los huizaches secos. ¿Serán los murciélagos golondrinas *unDead*, inMuertas?

Un cielo pecoso con vibrantes lunares de vuelo errático y certero con una única misión: desaparecer a cuanto insecto cruzara por su radar, como Renfield el paciente insectívoro de Drácula en la novela.

A veces revoloteaban tan cerca que escuchábamos rumbar sus alas y un leve vientecillo nos desacomodaba el cabello.

Cada uno de esos ratones voladores con nombre de canción (*Tadadira brasiliensis*) consume su propio peso en insectos día con día. Más bien noche con noche. Es una injusticia perseguirlos, quemarlos, odiarlos, cuando son criaturas formidables. Feas, sí, pero bellas.

De pronto, Horacio ya no estaba. No se le veía por la vereda, aunque por ella debió haberse ido si se fue caminando. ¿Se fue? Me inquietó un poco pensarlo, pero tal vez él también, como las golondrinas, se había convertido en murciélago.

Arriba en la silueta de la loma, todavía con los colores azul y rojo de esa cinta para máquina de escribir con que muere el atardecer, vi la figura del diablo. Portentosos cuernos en espiral, más de una vuelta. Altivo, inmóvil. En órbita geoestacionaria. Ojos destellantes. Quizá reflejaban el atardecer y no tenían luz propia, como Venus, Marte. Quizá, como la parábola del Profe, concentraban los rayos del sol en un láser (*light amplification by stimulated emission of radiation*, quiere decir). Ya no hay borregos cimarrones aquí, se supone. El último registro es de hace cien años. ¿Sería una piedra? Me restregué los ojos y volví a buscarlo. Ya no estaba. La palma, el sotol, la vereda seguían ahí, pero él ya no. Él ya no. Escuché un grito.

¿Era él en peligro o era él el peligro? ¿Era Horacio un Heiselberg del desierto de Coahuila en vez de Nuevo México? ¿Puede gritar? Doña Evita estaba tranquila, sentada platicando con Oswaldo. Migüelito. Corrí rápido subiendo la loma. Se me acalambraban las piernas. No creí tener suficientes fuerzas. Caería sobre las espinosas suculentas y lechuguillas. La piedra lija. Mancharía los petroglifos con mi sangre y el INAH me acusaría de desacato. Pero llegué.

No había nada, nadie arriba. Busqué al borrego corriendo a lo lejos. Una lagartija verde descansaba sobre el calor radiante de las piedras. Corría el viento, ahí. Caliente, se sentía fresco después de mi carrera. Apareció una parvada de cuervos, sin mover las alas. Planeando y cantando. Ellos fueron los que gritaron. No era un grito de terror, sino de emoción: "¡Mira, mamá, ya pude!".

El panteón, abajo, estaba envuelto en sombras. El cabello blanco de doña Evita brillaba, mas no donde la dejé. ¿Dónde estaba? Allá, tras la mota de arbustos. La envolvía una llama verde esmeralda. Su silueta se veía clara, recortada por el fuego. Ella movía las manos como cuando declamaba.

Y al grito que de mi alma imploro,
te imploro y te hablo en nombre de
mi última ilusión...

¿Con quién hablaba? Bajé. Mis rodillas no respondían, estaban a punto de ceder. Las piedras se movían inquietas al pisarlas. Amenazaban con hacerme rodar. Cogí un quiote de sotol para sostenerme y entonces los vi. Dos enormes coyotes dando vueltas alrededor del fuego y de doña Evita. Corrí hacia ella sin muchas ganas, debo admitirlo. Los coyotes se volvieron hacia mí y, podría jurar, gruñeron para defenderla.

Al siguiente paso ya no estaban. Evita iba en el camino, de regreso. Tomé tras ella. Faltando unos doscientos metros para llegar a la hacienda, la inquietud de nuevo. No pude más. Rebasé a doña Evita y corrí el resto del camino hasta la casa de Horacio. Casi tumbo la vieja puerta al abrir, poco le falta para caerse sola.

Lo encontré sentado en una de sus tres sillas, con una alcayata entre las inquietas manos cruzadas a la altura del corazón. Tenía la mirada clavada en las vigas del techo, donde apenas se veía con la luz del quinqué de petróleo encendido sobre la mesa.

Un pequeño murciélago paseaba por entre las vigas, apoyándose con patas y codos, comiéndose todas las telarañas y palomillas enredadas en ellas. También las arañas, podría asegurar, si trataban de defender a sus presas. La bestiecilla de vez en cuando dirigía la mirada hacia Horacio y parecía sonreírle, mostrando su cara chata, sus enormes orejas y sus largos, blancos y filosos colmillos.

Horacio tenía la tensa serenidad de quien afronta un peligro cotidiano. Acariciaba la alcayata con sus pulgares para cerciorarse de tenerla, en sus manos y lista. Igual de forma, no era como la de la puerta del panteón, la que usaba para grabar los nombres de sus muertos en la piedra. Ésta se veía más pesada y más blanca. Ésta era… Era de plata.

27. Regele, Regis

Donde se establece que las fotos estaban destinadas a un huésped del Hotel Regis y que el castillo de Drácula estuvo en realidad mucho más al norte.

Tanto el antecesor como el sucesor de Maximiliano fue Benito Juárez. Así mismo, el perfil izquierdo de Carol tampoco corresponde a la historia, pues su antecesor —de cinco añitos— fue su mismo sucesor, Miguel I, su hijo, no su padre Fernando I. Se podría decir que a Miguel era a quien correspondía el perfil derecho y a Carol el izquierdo, como él quería, pero en realidad existen monedas con ambos perfiles tanto de Fernando como de Miguel.

La moneda de curso en Rumania es el *lei*, plural de león, pues por un tiempo utilizaron una divisa holandesa con la imagen de un león y la leyenda *Ludovicus Prim D Gratia Rex Bo.* ¿De qué Luis, Ludovicus, se trata? ¿Primero en Gracia, rey Bueno? No importa. El leu rumano vale más o menos lo que un *quarter* gringo, unos $4 a $5 pesos mexicanos, depende de qué presidente nos toque. Entonces la moneda de 10 *lei* del rey Carol traída de Nacapa, de la tumba de Oswaldo, güelito de doña Evita, con todo y su historia, no tiene un valor extraordinario. La moneda con valor de $1.3 millones de dólares es la de Eduardo VIII de Inglaterra, no la de Carol II de Rumania. Aquella sí rompe la tradición británica izquierda-derecha-izquierda-derecha-izquierda-derecha en una emisión limitadísima de la cual se conocen seis monedas de oro: dos en posesión privada, el resto en museos. Sin embargo, el valor que tiene esta de Carol II para nuestra historia y para doña Evita, bien vale los $1.3 millones US.

Doña Evita traía de nuevo la gargantilla en el camino de regreso. ¿De dónde la había sacado? Ahí fue donde me dio la moneda, como pago por cuidarla. Me la daba Miguelito. Ahí, no en el asilo. En el asilo, al llegar, se quitó la gargantilla y la puso dentro de su bolsita. "Désela por favor a Rosa", repitió. Ya me lo había dicho. Ya la tenía yo. *Déjà vu*. Me fui directo a la cama sin desvestirme. Quería dormir para darme cuenta al despertar de que todo esto había sido un sueño.

*

Terminé de preparar el desayuno y me senté con el periódico frente a mí. Cuando fui por él en la mañana al puesto de La Bola pasé como siempre frente a la fuente de la Nueva Tlaxcala. Ahora me acordé de Joan Fontaine y de la película de Hitchcock, que se llama *Rebecca* y no *Carlotta* como había dicho antes. Pero antes de eso ya había dicho Rebecca. Recuerdos intermitentes como las direccionales de la moto. ¿Iría a despertar uno de estos días para encontrar mi memoria invadida por los recuerdos de una Rebecca ya muerta, incapaz de registrar los propios? Tener la mente llena no me pareció de pronto tan mala idea.

Vanguardia publicaba ese día en "Omnia" un artículo: "Cómo hacer el cortejo".

"Usted no quiere ser su amigo, quiere conquistarla; asegúrese de que su cita no termine en un apretón de manos."

Sentí nostalgia por un faltante en mi vida. Había pasado mucho ya sin sentir pasión por alguien libre y a mi alcance. Salía en ocasión o sin ella con alguna amiga, pero no tenía relaciones serias, aunque no porque tuviera dudas del proceso del cortejo. De todos modos, me adentré en el artículo, como si en él fuera a encontrar ideas de dónde buscar algo para calmar ese sentimiento de estar perdido en el mundo, un ser intrascendente cuya existencia terminaría con el último latido de mi corazón.

No hable de sus exnovios. "Cierto. Es con los exnovios con quienes debe uno hablar de ella, antes de invitarla a salir y meterse ideas en la cabeza. Es algo para lo que hay que tener mucho tacto, pues se arriesga a que le rompan la cara, ellos o ella luego, cuando se entere", pensé mientras llevaba la mano a una vieja cicatriz más viva en mis recuerdos que en mi frente.

Establezca la próxima cita. No quise ya leer ese párrafo. Antes de la próxima, tenía que planear la primera y antes de eso, con quién.

Recordé a Laura Elena. "Que sepan todos…" Fui a buscar el disco. Quité el tanque de la moto de encima de la consola. Sacudí el polvo y revisé las condiciones de la aguja en la tornamesa. Las mejores agujas de los tocadiscos análogos son de diamante.

Soplé transversalmente a la superficie del disco y lo puse a tocar. Mientras escuchaba, saqué del forro las fotografías de doña Evita… Doña Evita luciendo la gargantilla. El sobre traía un logotipo, dos "R" encontradas con una corona encima y formando una H en medio de ellas. En mi librero tenía una amplia colección de viejos directorios y secciones amarillas de todos lados a donde viajaba. Alguna vez había estado en el Distrito Federal, hospedado en el Hotel Regis, Avenida Juárez 77 esquina con Balderas…

Lucas Balderas, guanajuatense. Juárez todos sabemos quién fue, qué hizo y dónde vivió mientras estuvo en Saltillo. ¿Y la otra esquina? El 8 de septiembre de 1847, Lucas Balderas pronunció sus últimas tres palabras/frase más famosa, repetida hoy por todos los mexicanos casi a diario: "Pobre patria mía".

Ese día le dieron un balazo en el vientre y murió, defendiendo el Molino del Rey. Los gringos avanzaban sobre la Ciudad de México y el Molino, estaban seguros, albergaba una fundición, donde Santa Anna fabricaba cañones con el metal de todas las campanas a su alcance. Cayó el Molino, en una de las batallas más sangrientas vistas por nuestra pobre patria nuestra.

Los mismos gringos le llamaron victoria pírrica. Algo debe haber de cierto en aquello de la fundición, pues el símbolo de la estación del metro Balderas es un cañón. Tiene el fondo mitad verde y mitad rosa porque ahí confluyen las líneas uno y tres del metro de la Ciudad de México. Además, hay cañones flanqueando el monumento a Morelos afuera en la plaza de la Ciudadela.

En la estación del metro Balderas
ahí fue donde yo perdí a mi amor
en la estación del metro Balderas,
ahí dejé embarrado mi corazón...

"Embarrado mi corazón", escribió el Poeta del Nopal en aquella famosa canción. Rockdrigo González, papá de Amandititita. Ahí lo pescó el temblor de 1985. Una estatua hecha con llaves fundidas de sus fans, no campanas, conmemora su vida donde terminó.

Afuera, otro ícono se derrumbaba también con aquel temblor de 8.1 grados en la escala de Richter... El Hotel Regis. ¿Cuántos huéspedes, cuántos registros, cuántas historias quedaron entre los escombros? Ahora hay una plaza llamada Solidaridad en la esquina. Juárez y Balderas. No los dejaron reconstruir. Así el Alzheimer. Ése no llega un día a las 7:09 de la mañana. Es más, como una comisión encargada del Centro Histórico, borrando pasito a pasito todos los días y a cada minuto nuestros recuerdos. Se encarga de erosionar un poquito aquí acullá. Una fachada, la reja de una ventana, las baldosas de la banqueta, el farol de gas... de pronto ya no están y un consejero viaja a Europa con toda su familia; otro compra una lancha nueva en la marina de moda en Acapulco. Al paso de los años el majestuoso edificio Coahuila en Saltillo o el Hotel Regis en CDMX han dejado su lugar a una plaza con árboles jóvenes, negándose a prender por más que se les riegue con aguas de la línea gris de una ciudad que cada vez más adopta el mismo tono.

En aquel mi viaje traje este directorio. Siempre es útil hurtar los directorios de otras partes, aunque se trate de la ciudad más grande del mundo. Entre la sección amarilla y la blanca ocupaban casi toda mi maleta. En el viaje de regreso me puse tres pantalones y dos camisas, como cuando vuela uno ahora en una línea de economía extrema.

En la contraportada, mi directorio tenía un sello con el logotipo del hotel, el mismo que el del sobre de las fotos, con la leyenda: "Por favor, no lo sustraiga de la habitación ni lo mutile. Nuestros huéspedes se lo agradecerán". Sin quererlo le salvé la vida al robármelo.

Con lápiz de color azul muy ligero y ya casi ilegible, tras de las fotos podía leerse en elegante letra Palmer, "O. Elizondo, Hab. 1101".

Pensé que el güelito Miguelito había tomado esas fotos y llevado el rollo a revelar en la Fotografía Regis, frente al hotel, dejando el número del cuarto donde estaba para que se las enviaran cuando estuvieran. Yo conocía esa letra, esas anotaciones. Todas las fotos que conservo de mi infancia las tenían. Saltó a mi memoria el dibujo de un gatito con las patas sobre una cámara de fuelle, en acción de fotografiar a cuatro conejos, dos negros y dos blancos. Era el logotipo del fotógrafo saltillense A. V. Carmona, Alejandro Vito Carmona. Su nieto Carlos me enseñó a revelar en los inicios de mi carrera.

¿En realidad tengo Alzheimer? ¿Cómo recordaba aquel gatito y podía asociarlo con la letra del fotógrafo sin mayores problemas? ¿No será otra cosa, mala tracción en los recuerdos, llantas lisas para mis neuronas que saltan de uno a otro carril sin avisar? ¿Falta de potasio, zinc? ¿Caminos de lodo, resbalosos, veredas ocultas por la niebla? ¿Lagunas vacías? ¿Lluvia ácida, agua azul hermosa, pero de bajo pH, incapaz de sostener nada vivo en ella? A lo mejor tengo el antónimo del Alzheimer, Geisenheimer, el nombre de su mujer, Cecilie Simonette Nathalie Geisenheimer.

Cuando uno elimina archivos electrónicos en su computadora, la máquina por simplicidad borra el acceso a la puerta, los primeros números de una larga secuencia. Pero la memoria continúa ahí hasta la llegada de nueva información, cuando la máquina la asigna a esos mismos espacios, tratándolos como si estuvieran vacíos. Tal vez lo que creo haber olvidado continúa ahí y nomás es cosa de encontrar la llave. Aquel aroma, esa visión, una nota, sabor o sensación táctil para entrar de nuevo a mis recuerdos. Las fotos de doña Evita son perfectas. Después de todos estos años no se han oscurecido, perdido brillo, tornado amarillas o cafés… A lo mejor lo que me falta para mis memorias es un elemento fijador. Luego del revelado para hacer negras aquellas regiones expuestas a la luz en un negativo y el proceso revertido en la impresión al papel fotográfico, se utiliza fijador para eliminar los restos de plata, para detener el ennegrecimiento producto del tiempo y la luz ambiente.

Quizás en mi soltería no tengo quien me quite la plata sobrante y por ello mis recuerdos terminan envueltos en sombras. Suena lógico. Sonaría lógico si tuviera plata sobrante. ¿Será la bendición de un cura una cura, retraso siquiera para el Alzheimer? ¿Qué caso tenía anotar el nombre de su güelito Migüelito, de Oswaldo y su número de habitación si las fotos se habían tomado en Saltillo? ¿Serían de él y las quería enviar al Hotel Regis, a aquella habitación? Si así fuera, ¿a quién?

La pregunta se me clavó en la frente como si se tratara de la alcayata de plata de Horacio en Nacapa, la cicatriz implantada por el inSanto crucifijo de mrs. Hawthorne en su frente luego de beber la sangre de Drácula. ¿Mataría con ella al vampiruelo? ¿De dónde sacó Horacio una alcayata de plata?

Cuando tendían las vías del ferrocarril iban avanzando en ambas direcciones para encontrarse en algún punto medio. Ahí terminaba la labor y lo celebraban clavando una última alcayata de oro o de plata. Como tanto una como el otro son metales demasiado blandos para penetrar el corazón de un durmiente de mezquite y además los funcionarios que darían el golpe no muy diestros con el mazo como para acertar en la tarea, primero hacían el hoyo con una alcayata de fierro y luego como que clavaban la de plata para beneficio de las cámaras. No pasaba media hora después de la ceremonia cuando alguien habría ya desclavado otra vez la de plata para clavársela, chance sustituyéndola por una de fierro, si acaso pintada con mercurio para guardar las apariencias.

De ahí, piensan muchos, deviene la "fortuna" del juez Roy Bean en Langtry, Texas. En sus inicios fue un barman dentro de una carpa de lona donde los rieleros gastaban buena parte de su sueldo en cerveza no muy fría.

Horacio conserva aquella alcayata no por su valor, sino por sus efectos, siendo la única forma comprobada para matar a un vampiro. Por el tamaño del murciegalito aquel, la alcayata de Horacio podría aplastarlo, o quizás, en el mejor de los casos, descalabrarlo, pues su corazón es del tamaño de un frijol o una lenteja.

Van Helsing, el héroe del Drácula de la novela, copia del original, acababa con los vampiros perforándoles el corazón con una estaca de madera y remataba cortándoles la cabeza.

Pero el Drácula original no es el del libro de Bram Stoker, sino el muy anterior conde llamado Vlad Tepes, hijo del dragón, Dracul-a, hijo del demonio.

Drac Ullah, del galo, en otra de sus acepciones. Significa mala sangre. Gobernó en tres periodos la región conocida hoy por Transilvania en el siglo XV, sin superar en los tres juntos más de un sexenio, pero sumando alrededor de 100 000 muertos, a quienes clavaba una estaca directa al corazón. Vertical, no horizontal… Comenzando por la entrepierna y terminando en la cabeza, una técnica conocida como empalamiento.

¿O impalamiento? ¿Vendrá del impala, *Aepycerus melampus?* No creo, pues él tiene los cuernos ondulados. Si acaso del Óryx cimitarra (*Scimitar oryx*), pero no sería probable, pues la cimitarra es curva. Quizá del grandote; Bok, Gemsbok (*Oryx gazella*). ¿Será murciégalo o murciélago? A veces de tanto repasar las palabras pierden sentido y con ello significado. Los caminos neuronales se desgastan como cuando entra uno al rancho con la brecha mojada por la lluvia.

El empalamiento resulta una técnica más cara, pues requiere estacas de hasta cinco veces el largo del huésped. Sin duda tiene mucho mayor impacto psicológico cuanto más larga. En América se popularizó el tormento favorito de Drácula un poco más tarde, en el siglo XVI, durante la conquista de Chile, cuando surgió un implacable guerrero araucano de nombre Caupolicán, de quien nos habla Alonso de Ercilla, quizá pariente de las tabletas en que se escribieron los primeros libros en cuneiforme…

Noble mozo de alto hecho,
varón de autoridad, grave y severo,
amigo de guardar todo derecho,
áspero y riguroso. Justiciero,
de cuerpo grande y relevado pecho.

Hábil, diestro, fortísimo y ligero,
sabio, astuto, sagaz, determinado,
y en casos de repente reportado.

Rubén Darío también retrata a Caupolicán como un guerrero de gran valentía y porte cuando dice que llevaba "por casco sus cabellos, su pecho por coraza". Pues Caupolicán fue capturado y condenado a morir por empalamiento. Así describe Ercilla la ejecución:

Le sentaron después con poca ayuda
sobre la punta de la estaca aguda.
No el aguzado palo penetrante
por más que las entrañas le rompiese
barrenándole el cuerpo, fue bastante
que al dolor intenso se rindiese.
Que con sereno y término semblante
sin que labio ni ceja retorciese
sosegado quedó de tal manera
cual si sentado en tálamo estuviera.

"Cual si sentado en tálamo." ¿Así sostendrían en su montura después de muerto al Cid Campeador, don Rodrigo "Ruy" Díaz de Vivar, en el sitio de Valencia durante el año 1099?

Por extraña analogía —caminos neuronales— recordé que a los familiares del zar Nicolás no les cayó bien Alejandra cuando la conocieron. Su madre, la reina María, hija de la gran duquesa Guillermina y adoptada por el gran duque Luis II de Hesse-Darmstadt, para evitar un escándalo cuádruple (sus cuatro hijos menores fueron hijos de un amante), describió a Alejandra diciendo: "Flaca como una tabla y caminaba erguida como si fuera un palo de escoba". Insultos del ayer, halagos del presente. Haré una nota para investigar después, cuando encontremos el origen de la gargantilla de diamantes de doña Evita.

No quedó en sólo eso el tormento de Caupolicán, relata Ercilla…

En esto, seis flecheros señalados
que prevenidos para aquello estaban
treinta pasos del trecho desviados
por orden y de espacio le tiraban…
Y en breve, sin dejar parte vacía
de cien flechas quedó pasado el pecho
por do aquel grande espíritu echó fuera
que por menos heridas no cupiera.

Los flecheros —se les llama así y no arqueros, para no confundir a los aficionados al futbol— eran crueles y entrenaban para no disparar a matar, pues una sola flecha mal colocada, o bien colocada según se quiera ver, acabaría con la tortura cuando lo deseable era prolongar una agonía excruciante… Si se valiera hablar del tormento de la cruz tratándose de una estaca vertical, sin la trabe ni los clavos necesarios.

Este tormento de Caupolicán era considerado entre los indígenas un alto honor postrero, diferente a la vergonzosa suerte infligida a Cuauhtémoc, a quien Hernán Cortés primero torturó sumergiendo sus pies en aceite caliente y luego, durante uno de sus viajes a Honduras, haciéndose acompañar de los prisioneros para no darles la posibilidad de reorganizarse en su ausencia, presa del miedo a la rebelión, decidió ahorcarlo y después dejar su cuerpo mutilado para alimento de las fieras. Así le negaría la entrada al cielo de los guerreros muertos en batalla, el Valhalla de los vikingos cuyo nombre de acá no recuerdo.

El empalamiento practicado por Vlad Draculae era una técnica con visos quirúrgicos. Laparoscópicos, diría. Requería de expertos bien capacitados primero en seleccionar maderas finas. Tal vez alamillo, *Populus alba* o abeto, *Abies alba.* Más el primero por su rectitud, longitud y dureza. Se le usaba también para fabricar los ejes de las carretas. Además, es de rápido crecimiento y abundante en Valaquia.

Buscaban troncos del grosor de un brazo, diez centímetros de diámetro cuando mucho. Lo que alcanzara tocando las puntas de los pulgares e índices de ambas manos en círculo. Soportaban el peso de la víctima sobre la vertical y no había mucho riesgo de romperlos. Después de las primeras horas, la movilidad del sujeto estaba casi reducida a estertores involuntarios. Desprovista la madera de ramas y astillas y afilada la punta —no demasiado—. No menos del ancho del índice y pulgar de una mano cerrados en círculo. Algo roma para evitarle perforar los tejidos más blandos. Se pulían los dos primeros metros y lubricaban con cera de abejas o manteca de cerdos en abundancia. Luego, acostada la víctima boca abajo, se introducía lentamente esta larga lanza por el ano, apoyándose el verdugo con un mazo suave y más o menos ligero. Una pulgada a la vez cada pocos minutos. En alguna fase temprana del tormento se rompía el intestino grueso. Quizás al primer pliegue. Luego el palo debía avanzar sin lacerar nada importante, deslizándose entre los pliegues del intestino delgado, a los lados del estómago y sin tocar el hígado —se notaba porque la piel del sujeto tomaba rápido una coloración purpúrea— entre el corazón y los pulmones, a un lado de la laringe para perforar debajo de la lengua y encontrar una salida natural por la boca. Ahí la mandíbula ayudaría, no pudiendo separarse más, a frenar el deslizamiento del cuerpo una vez en vertical, para sostenerlo en alto como macabro estandarte y evitar que se ahogara por aplastamiento de la tráquea.

A veces fallaba la dirección —si la víctima no cooperaba— y la salida era por el cuello antes del hombro. Esto se consideraba un fracaso y restaba puntos al ejecutor. Afectaba sus ingresos, así como su estatus entre los soldados. También consideraban de mal gusto prolongar la parte angosta de la estaca más de treinta centímetros.

Hubo una batalla en particular: la noche de Târgoviste. Vlad envió a su ejército con disfraces y maquillaje demoníaco a penetrar en el campamento enemigo y secuestrar cientos de soldados, desollándolos e impalándolos luego, dejándolos clavados a orillas del camino, donde el enemigo fuera encontrándolos a su avance del día siguiente.

Kirk Douglas se queda muy corto ante estas escenas en la muerte de Espartaco de la película de Stanley Kubrick hecha en 1960. Amarrado a la cruz con tiras de cuero, una hermosa Jean Simmons le dice: "Oh, my love, my life! Please die! Please die, my love! Oh! Why can't you die?". Claro, Spartacus vivió en el siglo I, cuando quizás el Imperio romano aún no desarrollaba tanta crueldad ni inventaba el cero.

¿Cómo es que, si comenzamos a contar la era moderna desde el nacimiento de Jesucristo, él no nació el primero de enero? Digo, ¿en qué momento decidieron dónde comienza una vuelta del sol y termina la anterior? ¿Por qué no es el perihelio o uno de los dos equinoccios, el afelio o cualquiera de los solsticios? ¿Por qué le llamamos equinoccio y no equidiano? ¿No sería más equi tativo? Los más serios investigadores dicen que Jesús nació alrededor del año tres... No me dejen alejarme de mi historia. ¿Dónde íbamos?

Ah, sí, Târgoviste. En el centro-sur de Rumania, su nombre significa "lugar del mercado". Como capital de Valaquia, aquí reinó Drácula. Él construyó de hecho lo que hoy es el símbolo de la ciudad, la *Turnul Chindiel*, donde guardaba el tesoro del país. Aprovechaba además sus torres para vigilar contra incendios y percibir amenazas de otros ejércitos.

El mito popular cree que el castillo del conde Drácula es el Castillo de Bran, unos cien kilómetros al norte, aunque Vlad haya pasado ahí encerrado apenas siete días...

Por eso digo que en justicia el cereal del Conde Chócula debería ser de salvado; salvado es *bran* en inglés. Un mal chiste, ya sé. Pero cumple con el dogma freudiano de lo que es el humor: un cura disfrazado que va por ahí casando parejas improbables, principalmente aquellas cuyas familias se odian tanto como los Capuleto y los Montesco. Mi mal es monaguillo de este sacerdote y le ha dado últimamente más trabajo.

Parece que Vlad pasó en Bran encerrado no más de siete días... El castillo tal vez tenía techo de paja —de salvado—. Depende de a quién se le pregunte. Yo me inclinaría más por atribuirle a Drácula el Castillo de Peles, en Sinaia, con la ligera desventaja histórica de haber sido construido por el rey Carol I, tío abuelo de nuestro amigo Carol II, hacia finales del siglo XIX, muy tarde ya para Vlad Tepes —a menos que le consideremos realmente un ser inmortal—. O tal vez algún castillo cercano a la norteña Cluj Napoca, capital de Transilvania y segunda ciudad más grande de Rumania.

Jonathan Harker, el joven corredor de bienes raíces protagonista de la novela —¿o sería antagonista?— de Bram Stoker, sale de Múnich el 1º de mayo a las 8:35 de la mañana. Después de Viena y Buda y Pest —dos ciudades divididas por el Danubio azul— llega al Hotel Royale, en la calle Liviu Rebreanu 39 de Klausenburgh, el nombre alemán para la ciudad de Cluj Napoca.

Liviu Rebrenau, cuyo nombre lleva la calle donde está el hotel, fue un escritor nacido en Hungría. De joven cruzó ilegalmente la frontera y las montañas del Cárpato para vivir en Bucarest. Aunque le deportaron una vez cuando menos, regresó para ganar un premio, lugar y reconocimiento en la Academia Rumana de Literatura con su novela *Ion*, un drama no electroquímico sobre la vida de los campesinos a principios del siglo XX. Si no se me olvida, al rato les cuento esa historia, muy conmovedora porque habla del joven Ion, quien aun amando a Florika se casa con Ana, porque su padre tiene mucho dinero y tierras… Recuérdenmelo.

Cluj Napoca —rara vez llamada así, su nombre va quedando más y más en Cluj— quiere decir "paso de montaña". Fueron los comunistas quienes le agregaron el Napoca, como referencia a sus antiguas raíces romanas. Visto desde el aire resulta ser un valle al pie de las montañas Cárpatas de Rumania. Forman una V muy parecida a la del lomerío existente en el Valle de Nacapa, al otro lado del mundo. ¿Coincidencia? No lo creo. También el Taunus de doña Evita tiene relación con el Cárpato.

En el hotel, Harker comió un delicioso *paprika hendl*, pollo a la paprika. Hace en su diario la anotación de conseguir la receta para Mina, su prometida, pero se le olvida con todo lo que pasó después.

Yo la encontré para salvar su palabra: se doran en una sartén con poco aceite dos pechugas de pollo cortadas en cubos. Se apartan. En la misma olla se pone mantequilla, paprika (tres cucharaditas topeadas), cebolla, harina, sal y pimienta, agitando hasta sofreír la cebolla y homogeneizar la mezcla. Se agrega consomé de pollo y agua y luego el pollo, llevándolo a hervir y sosteniéndolo hasta que quede bien cocido —unos veinte o treinta minutos—. Se apaga la lumbre y se agrega un poco de crema agria.

Aunque *hendl* suena más a gallina que a pollo… Vaya, suena más a música acuática.

En su siguiente etapa Harker viaja al noroeste rumbo al hotel Krone (Granicerilor 5) de Bistritz, en donde cena un plato de *impletata* y *mamaliga*… que no es otra cosa que polenta:

atole de maíz a veces acompañado con queso de oveja del llamado *pecorino*.

Como decir desierto del Sahara, cuando Sahara quiere decir desierto. Pecora en italiano significa oveja. Cuando se sirve la *mamaliga*, volteando la olla sobre la mesa y cortándola con un hilo tenso, el comensal ha de observar si aparecen grietas en su porción, pues entonces le espera un largo viaje. La *impletata*, por otro lado, es una berenjena rellena de carne con vegetales picados. Para mí la berenjena no es atractiva ni comestible. Tal receta no despierta mi apetito ni mi interés.

Aquí en Bistrita, Jonathan recibió una carta de Drácula:

> Bienvenido a las Cárpatas. A las tres, mañana, sale la diligencia rumbo a Bukovina. En el Paso de Borgo mi carruaje le espera para traerlo a donde estoy.

Bukovina era como se conocía entonces una región ya en la frontera con Hungría y perteneciente a ambos países, como Rebrenau el novelista. Para llegar hasta ella la diligencia viajaría al noreste, doscientos treinta y seis kilómetros sobre las montañas, bordeando el Parque Nacional Calimani. Para descanso del joven Harker, invitado al castillo a firmar las escrituras de ciertas propiedades adquiridas por el conde en Londres, el *Pasul Bargaului*, donde lo esperaría el último carruaje de su viaje, está a sólo cincuenta kilómetros. Semidescansado, con un sueño inquieto, al otro día, 4 de mayo y víspera de la Fiesta de San Jorge, Harker come algo llamado *robber's steak*, igual para él al *Cat's meat* de Londres y conocido por acá como alambres, siendo trozos de carne, tocino, cebolla y pimiento "empalados en una delgada estaca y asados". Su nombre original es el turco *şiş kebap* y significa, carne asada empalada.

Más o menos a la mitad de su viaje menciona al *Borgo Prund,* desde donde se ve la cima del *Isten Széke,* una montaña localmente llamada *Scaunul Domnului*, el Asiento de Dios, unos veinte kilómetros hacia el sureste y muy cerca ya de la cuna del demonio que era Drácula. Desde ahí también se divisa el panorama cuando empieza a amanecer, igual que en Monterrey.

La subida a las montañas les toma tiempo y cerca de las doce de la noche es cuando encuentran al caballerango con la calandria, encargado de llevar a Harker hasta su destino.

Todos, todos los que saben quién es éste, no quieren dejarle ir. Le han implorado. Se han persignado, le regalaron crucifijos, amuletos o desviaron la mirada. El conductor de la diligencia no lo dejaba bajar. El otro debió robárselo al vuelo. La escena me recordó el dicho de Enrique Jardiel Poncela sobre el suicidio: como subirse a una carroza fúnebre en marcha. Más porque el caballerango le da de beber *slivovitz*, un licor de ciruela muy socorrido como cortesía en los velorios: es el piquete de la cafeteada en San Buena.

Todo este seguir del recorrido de la novela de Bram Stoker es para decir que no entiendo cómo la gente puede creer que el Castillo de Bran es donde vivió Drácula, pues está a un cuarto de millar de kilómetros al sur de nuestro viaje con Harker. Los otros, Târgoviste y Sinaia, están aún más al sur, aunque no mucho. Como cuando los descendientes del General Hipólito Charles vienen a buscar la hacienda donde vivió su tatarabuelo alrededor de la estación Reata, sabiendo que estuvo a la orilla del Arroyo de Patos a treinta kilómetros de ahí. Tales referencias no les van a decir nada tampoco, pero quería desahogarme. Andan tan perdidos como doña Evita cuando le cayó el pato sobre su auto.

28. Geografía de Drácula

Aquí se aclara cómo Drácula, en sus viajes por el tiempo, se hizo cuando menos de uno de los ojos de Shiva.

Cuando el doctor Van Helsing y los demás antagonistas de Drácula logran echar abajo sus planes de instalarse en Londres y el conde sale huyendo, se embarca dentro de su ataúd desde el Doolittle's Wharf en un vapor llamado Czarina Catalina, aquella amante de Potemkin, el acorazado con su bandera pintada de rojo por Sergei Eisenstein. El barco sale del río Támesis el 4 de octubre; de ahí baja a Gibraltar y tres semanas después se reporta en Dardanelos, para cruzar Turquía por Marmara y entrar al Mar Negro.

Sus perseguidores toman el tren desde la estación Charing Cross rumbo a París, en donde abordan el Expreso de Oriente, de tanta fama gracias a mi colega Hércules Poirot, el detective de Agatha Christie. Esta vez no matan a nadie en el tren y llegan al hotel Odessus en Verna, Bulgaria (Blvd. Slivnitsa # 1) a esperar el barco del conde.

Tal era el ánimo. Aunque superiores en número, el colmillo —valga decirlo— de Drácula era mucho más largo que las fuerzas de sus némesis: el doctor Van Helsing, de setenta y cuatro años de edad, sabiéndose incapaz de lidiar con el monstruo y su fuerza acumulada durante siglos de beber sangre. Wilhelmina Harker, Mina, habiendo ya cedido y bebido la sangre de Drácula, cada día más cerca de su total, aunque involuntaria subyugación, y su marido, desesperado por salvarla y ciego de amor. Los otros tres, Arthur, el doctor Seward y Quincey, movidos por el deseo de vengar la horrible doble muerte de Lucy Westerna, se sentían como el joven ejército búlgaro en aquella famosa batalla de Slivnitsa en 1885, contra los serbios, conocida como "Capitanes contra generales". Les reconfortaba el hecho de que, en aquella ocasión, ganaron los búlgaros.

El príncipe Alexander Battenberg luchaba —contra Serbia y otros— por la reunificación de Bulgaria, haciendo enojar a sus aliados rusos, quienes retiraron del país a todos sus oficiales, dejando al ejército búlgaro prácticamente sin mandos superiores. Se dice que los capitanes ganan las batallas, los generales las guerras. Aun así, ésta la lucharon valiente y hábilmente y al final, en 1886, infligiendo a los serbios bajas de tres a uno, Alexander logró el Tratado de Bucharest, mediante el cual Bulgaria volvió a ser una. Los rusos no lo perdonaron, sin embargo, y meses después, lograron quitarle el control del país.

El barco guiado por Drácula, en la novela, se sigue directo hasta Galatz, ya en Rumania, entrando por el Danubio. Toca puerto cuatro días más tarde. El conde, suponen, subirá por el río Sereth hasta su afluente el Bitsritza y navegará por éste para acercarse lo más posible sobre el agua al Paso de Borgo, aquel donde Harker subió a la calandria del conde al inicio de la novela.

Es decir, ambas rutas hacia el castillo de Drácula lo ubican muy al norte, mucho más que el Castillo de Bran. Además, los historiadores descubrieron un pasaje que Bram Stoker eliminó al editar la novela…

> Una terrible convulsión de la tierra nos hizo sacudirnos de un lado a otro y caímos de rodillas. En ese mismo momento, con un rugido que pareció estremecer al mismo cielo, todo el castillo y las rocas e incluso la colina misma en que estaba,

pareció levantarse en el aire hecho pedazos mientras que una poderosa nube de humo negro y amarillo de grandes revuelos, crecía a borbotones y se disparaba hacia arriba con inconcebible rapidez. Desde donde estábamos pareció que aquella única explosión volcánica había satisfecho la necesidad que tenía la naturaleza de que el castillo y la estructura de la colina se hundieran para siempre en el vacío...

Fue el 6 de noviembre de 1897, cuando vencieron a Drácula. Pudo haber sido uno o dos años antes, pues éste es el año en que se publicó la noticia.

Me pregunto si así será la convulsión final de mi memoria que devolverá la materia gris del castillo, colina y estructura de mis recuerdos más íntimos, sagrados y queridos al vacío que demanda la naturaleza para dejar todo en el olvido. En el futuro seré como los turistas en sus viajes a Rumania o al Valle de Nacapa; preguntaré por el castillo de Drácula o la hacienda en donde nació mi bisabuelo, para que un guía de turistas bobos o un historiador charlatán me apunte hacia Bran o hacia Reata en uno u otro caso para decirme que ahí estuvo lo que nunca fue. Y yo le diré: "Mucho gusto. Mi nombre es Shiva, dios responsable de la preservación del universo".

Con tan enigmática frase vamos a retroceder ciento tres años en el tiempo —¿en qué otra cosa podríamos retroceder?— para remontarnos a la India y continuar con mi informe sobre el verdadero origen de la gargantilla de doña Evita...

Pauta para un par de observaciones. La primera es que Drácula puede viajar en el espacio y en el tiempo. Es un ser eterno, inMuerto desde quién sabe cuándo... Bueno, de ser un inMuerto entonces lo es desde el día en que nació. Según la historia, circa 1430. Para él no son años, meses, días sino un continuo en el que se mueve con cierta soltura, aunque siempre en las tinieblas, siempre de noche. Viajando en el Czarina

Catherine, lo acompaña una niebla misteriosa y va rompiendo récords en línea recta hasta la desembocadura del Danubio para proteger a su vulnerable pasajero. Durante el viaje contrario unos meses antes, en el barco Demeter, también aprovecha y crea vientos favorables para llegar hasta Whitby, aun con toda su tripulación muerta. No es factible creer que sean éstos los únicos viajes de Drácula. Quizá fuera antes responsable de lograr que el Inspector Dew —¡nombre delator: Dew es neblina!— a bordo del Kroonland pudiera rebasar al Montrose en que viajaba el doctor Crippen rumbo a América. Es mi contención que Drácula, *sommelier* y *connoisseur* de sangre humana, odiaría con la misma intensidad que al ajo a quien envenenara su alimento predilecto y robara su gargantilla de diamantes.

Pudo también toparse alguna vez, camino a un spa a orillas del Mar Muerto, que en sus tiempos perteneció a Rumania —por lógica podemos asumirlo como uno de los lugares favoritos del conde—, con aquel capitán manco cuando recién acababa de comprar el ojo de Shiva al desmembrado miembro del templo cercano a Madrás.

*

Era de por sí una imprudencia extrema viajar a tal velocidad envueltos en la densa niebla. El capitán había ordenado velas desplegadas en sus tres mástiles y el barco avanzaba a su máxima velocidad, que como todos saben es de 2.4 nudos por la raíz cuadrada de la eslora de flotación; es decir, el largo del barco.

Verán, una nave se desplaza desplazando agua hacia abajo y hacia los lados —¡eureka!—. Va abriendo una ola de proa —su parte delantera— y le empuja el retorno del agua a la superficie en la ola de popa —su parte trasera—. Ya la mueva un buen viento de cola o popa, barlovento o sotavento; un motor de vapor, gasolina, diésel, eléctrico o nuclear —caso del Nautilus, la nave de Julio Verne en *20 000 leguas de viaje submarino*— la velocidad óptima de una embarcación es aquella en que ambas olas coinciden; es decir, la ola de proa mide de cresta a cresta lo mismo que el largo de la embarcación en la línea de flote. Ir más rápido significa disminuir la eficiencia en el consumo de combustible.

Es como ponerle a un coche llantas más grandes atrás para que siempre avance de bajada; en el agua el truco sí funciona y el barco se desliza sobre una ola de proa aumentada por la ola de popa. La energía se consume en quitar el agua de enfrente para que el barco avance. ¿Por qué no es una relación directa, sino que va en función de la raíz cuadrada de la eslora? No lo sé. Es un conocimiento demasiado técnico y nunca lo supe. O si lo supe ya lo olvidé y olvidé que lo olvidé. Se debe en parte, sospecho, a la diferencia en las densidades del aire y del agua.

En fin, regresemos al principio. Visto que en el Mar Muerto —donde el agua tiene una densidad mucho mayor debido la cantidad de sales disueltas en ella— una embarcación se hunde menos, pudiera pensarse que navegaría más rápido. Pues no. Sucede lo contrario: la mayor densidad del agua frena más al cuerpo en desplazamiento. Lo mismo pasa con la temperatura. El agua es más densa cuanto más fría, con la maravillosa y notable excepción de los cuatro grados Celsius. Abajo de cuatro grados Celsius el agua se vuelve menos densa. De ahí que los hielos floten. Gracias a esto se ha preservado la vida sobre la Tierra, pues así, por más frío que haga sólo se congela la superficie de un cuerpo de agua, con mayor o menor grosor, sí, pero los peces y la vida de abajo se salvan. De cualquier modo, un barco navega entre uno y dos porciento más rápido en agua dulce y cálida.

El contramaestre no sabía si estaba enojado con el capitán o asustado, pues le sostuvo la orden a pesar de la densa niebla que les envolvía desde su salida a mar abierto. Navegaban a ciegas y de oído, esperando la sensatez en los demás barcos de hacer sonar sus campanas y bocinas con suficiente frecuencia para no chocar. Aun así, mandó al más experimentado de sus navegantes —para con quien su autoridad era más moral que auténtica, pues iba a bordo como piloto de puerto— subir al carajo y tratar de ver si tenían al frente algún obstáculo. Así siguieron en zozobra varias horas… Varios días no hacían costumbre y el peligro vivía en sus entrañas, allá afuera.

Kraaienest. Así se llama al tope del mástil de los barcos holandeses. Nido de grajo. El grajo es un pariente de los cuervos, *Corvus frugilegus*, y estrella del dicho castellano: "Cuando el grajo vuela bajo, hace un frío del carajo". Yo me inclino más bien a pensar que en el carajo anidaría una gaviota, un albatros, una fragata… *fregatfuglnest*, 'tonces. Un ave pelágica.

A pesar de los muchos orígenes que don Camilo José Cela le da en su *Diccionario secreto* a la palabra carajo, puede que de ahí, del holandés, venga el término, que en este caso designa una canastilla para el observador de un barco, en la parte más alta posible del mástil. Me mareo sólo de imaginar lo que se menea uno allá arriba. Por ende, mandar a alguien al carajo es castigarlo feamente. Y no le escarbo más porque nos adentraríamos a las referencias fálicas de las que conscientemente me he querido mantener alejado.

Serían las cuatro y media de la mañana cuando todo se detuvo. Las velas languidecieron, el mar se serenó y la neblina se disipó, todo de un instante a otro. El contramaestre miró hacia arriba y vio en el puesto del vigía, recortándose contra la luz nebulosa de la Vía Láctea, una silueta larga y esbelta en nada correspondiente a la de su marino —el muchacho le quería bien—. A veces le decía tío.

Sonó tras de sí y muy cerca una sirena gorda, hosca. Le asustó. Frente a ellos cruzaba una nave en curso de colisión.

De alguna manera la repentina calma —sin afectar al otro buque— les salvó de un choque y de la navegación en vertical. El contramaestre volteó de nuevo al carajo y lo encontró desierto. La neblina les envolvió otra vez, ahora sin viento y no antes de escuchar el grito: "¡Hombre al agua!".

El muchacho debió intentar bajar deslizándose por una cuerda; al final ésta chicoteó y le derribó por la borda. Pudieron rescatar el cuerpo porque aquella cuerda se enredó irremisiblemente alrededor de su chamorro, con un nudo tan fuerte que le hubiera cortado la circulación de haber tenido algo de sangre todavía en sus venas.

En el puente, el capitán escuchaba en silencio los gritos de las maniobras del rescate, de pie y con una botella de whiskey en la mano, bebiendo pequeños sorbos. Estaba acostumbrado a recibir durante la noche visitas de gente que no viajaba con él. Diablos, algunos ni siquiera eran contemporáneos. Así mantenía la cordura durante las largas horas de vigilia al mando de su nave, negado a delegar. Tenía para sus visitas un banquito de tres patas amarrado a un poste del barandal frente al timón. Ahí, entre la neblina y sin poder precisar cuándo, cobró de pronto forma la esbelta figura del conde. Con un pie arriba del banco y la mano descansando sobre su rodilla, el intenso rojo del interior del cuello de su capa iluminaba dos largos colmillos. Sus ojos brillaban, podría decirse, más que la más brillante de las estrellas, el más brillante diamante.

Sin hablar, preguntaba. ¿Cómo podía aquella nave detener su viento, disipar la neblina por él creada? El capitán comprendió con claridad el mensaje y sin decir nada puso con su mano izquierda —su única mano— entre las del conde el tercer ojo de Shiva. ¿De verdad creyeron que el ratón Niguelito había robado uno nada más? Era un diamante negro precioso, protector de sus custodios, mientras se le mantuviera al aire libre, pues su carácter explosivo ardía al quedar encerrado en cualquier joyero. Así fuera espectacular, su venganza no se hacía esperar y era terrible.

En siglos sucesivos, todos sus dueños habrán de morir de forma trágica, violenta y, cuando no, lanzándose desde lo más alto de increíbles rascacielos tras haber cometido el error de resguardar esta temperamental gema en la helada oscuridad de una caja fuerte.

Ya verán. Ahora era de Drácula. Siempre fue de Drácula. Pasado, presente, futuro. Una auténtica Trinidad en uno solo, conocida sólo por él, ser inmortal, conocida. Regalo de buena fe que salvó la vida al capitán del Spiegelretourschip Amsterdam.

Un rato al menos: vimos ya su descabezado final a manos de Saffrás. El barco también, en su siguiente travesía u otras dos más, no recuerdo, se topó con infinita inclemencia en el Canal de la Mancha y tocó fondo el 26 de enero de 1749. Ahí sigue.

29. Preámbulo

Donde conocemos más a la monarquía de Rumania y cómo la reina María no llegó a ser de Inglaterra y además nos enteramos de que también doña Evita parece viajar en el tiempo.

Quiero ordenar mi mundo antes de que desaparezca. Antes del golpe final de mi enemigo, el epílogo de mi *amnemesisia*. (La palabra *amnemesisia* es una combinación de los términos "amnesia" y "némesis". Forma parte de la teoría de la gramatemática, la ciencia de las palabras exactas. Según ésta, por ejemplo, un vestido a cuadros rojos y negros es un *ajedress* y dos callos que están en el mismo pie son *tocallos*.)

Las fechas me obsesionan... Y me confunden. ¿Cómo van retrasadas y los años 1400 corresponden al siglo 15 y los 1800 al siglo 19? ¿Tuvimos alguna vez en la historia, no un horario, sino un calendario de verano que adelantaba retrasaba un siglo a nuestros años?

Todo en la vida sería más simple si los egipcios hubieran conocido el cero. ¿O sí lo conocían?... Quizá no lo hayan descubierto, pero lo usaron, hay ejemplos de ello. No me quiero poner a discutir. Ya no más. Si fue descubrimiento o invento, si fueron los hindúes, los árabes o los mayas. No importa. El cero existe y es la nada. Eso es todo.

Si tuviera que apostar quién inventó el cero apostaría a los mayas... Y apostaría un cero.

Ya antes hablamos del 14 de enero de 1892. Murió el príncipe de la Corona, Alberto Víctor. ¡Viva el príncipe de la

Corona, Jorge! Habría que casarlo. Pronto y asegurar la descendencia y la estabilidad del reino. La continuidad, la gran ventaja de la monarquía. Acá nos cambian de presidente y cancelan, destruyen y abandonan todo lo que trató de hacer el anterior. Si avanzamos será en brinquitos sexenales, nada sexy. Un paso adelante y dos pa'trás.

En una cena de gala, Jorge conoció a su prima hermana María de Sajonia. Los jóvenes se enamoraron y pensaron en casarse. Tenían la bendición de su feliz abuela, la reina Victoria. Peeero… A ninguna de las posibles consuegras les gustó la idea, por motivos religiosos del lado del novio y germanofóbicos por la mamá de la novia —la madre de Jorge era hija del rey de Dinamarca.

Para convencer a su hija que debía renunciar a la posibilidad de ser reina de Inglaterra, su madre veloz le buscó otro príncipe heredero. Encontró a Fernando de Rumania, con quien la casó, a los diecisiete años.

La reina Elizabeth de Rumania, esposa del rey Carol I, también andaba a la caza de una novia para su sobrino Fernando. Meses atrás le había encontrado una entre las damas de su corte: Elena Văcărescu. Los presentó y el tímido Fernando sintió el escozor del amor por primera —quizás única— vez en su vida. Avanzaron los planes para la boda tanto como tardó el rey en enterarse. Elena no era una dama aceptable para la Corona según la Constitución de Rumania. Hubo de cancelarse todo. ¡Oh! La reina hizo un berrinche. Su palabra quedaba por los suelos entre sus cortesanas y sufrió un ataque de nervios. Carol hubo de mandarla al exilio a curarse. Y la cura llegó con María.

Cuando Fernando llevó a su nueva novia a visitar a la reina, quien creía desde hacía tiempo no poder caminar y yacía en cama, toda vestida de blanco y dedicándose a la pintura —sí, pintaba en la cama y no, no sé cómo se cuidaba de no manchar su ropa blanca—, María describe la escena como una fantasía:

> Se levantaba el telón, dándome un vistazo hacia un mundo totalmente desconocido para mí, en donde todas las cosas tenían otros nombres, otros significados. Un mundo irreal que sólo existía mientras ella hablaba, disolviéndose como la niebla al alejarme de su cama.

Igualito que la niebla en que viajaba Drácula. Fernando y María se casaron el 10 de enero de 1892. Poco antes de cumplir ella los dieciocho años, María tuvo a su primer hijo, Carol. Tendría cinco hijos más, quizá más —de otros padres y dados en adopción o encargados en algún orfelinato—, pero Carol era el único de Fernando, a decir de los rumores. Entre sus numerosos amantes se contó a Barbu Stirbey, por algunos meses ministro rumano del Exterior —pero muy en el interior— y a quien ya en la adolescencia Carol llamaría "el doctor", pues seguido al regresar de sus propias parrandas se lo topaba abandonando las habitaciones de su madre, ya sin mucho cuidado de no ser descubierto por el personal del palacio.

Se sospecha que los dos hijos menores de María fueron de él. Aun estando muy vigilada por los omnipresentes espías del rey Carol I, María se las ingenió para contratar a uno de sus amantes como instructor de gimnasia para Carol. Tuvo una relación con otro alto miembro de la milicia rumana, además. Durante una peligrosa tifoidea que sufrió Fernando, ya siendo rey, la reina se fue con sus hijos a visitar a la familia imperial de Rusia y tuvo allá un romance con un primo del zar. Se le vinculó así mismo con el magnate Waldorf Astor durante una estancia en el Palacio de Windsor... Podían haber ido a su hotel.

Llegó un momento en su matrimonio, sostenido hasta la muerte de Fernando en 1927, en que esta retahíla de amantes parecía ser un valor entendido. El rey también participó, pero a él siempre le criticaron su preferencia por mujeres plebeyas y no de cuna y sangre real —ya ven, uno como hombre es de gustos más simples.

Con todo este desmadre de su madre, sería lógico pensar que el pequeño Carol, de rizos rubios y enormes ojos azules, crecería con un raro concepto del amor y la fidelidad.

No. Como protesta, cuando Carol se enamoraba, se entregaba por completo y sin pensar en las consecuencias... Tal vez no lo hacía con la persona adecuada, si por adecuada pensamos en lo que prescribía la constitución para el príncipe heredero de la Corona. Y hubo varias como a continuación veremos. Antes, debo terminar algo que dejé pendiente en mi narración.

Haría un par de aclaraciones, dije. La otra es la misma, pero en un tiempo diferente. Al principio de mi relato, vemos a doña Evita salir de San Buenaventura, Coahuila, en su Taunus azul rumbo a Monclova, porque no consiguió en La Espiga las hojarascas verdes tan de su agrado. No había porque el panadero estaba en una boda y fue arrestado al asustar a una parvada de chinitos que comían moras, haciéndolos defecar y orinar —en los pájaros una sola función y orificio, llamado *cloaca*— su colorida y maloliente mezcla sobre las mejores galas de los invitados. Esto nos sitúa en la primavera: en abril es cuando las moras tienen moras.

Cuando va cruzando la Muralla, 150 kilómetros al sureste donde está la piedra con el perfil del chichimeca, le acompañan en su migración anual las mariposas monarca, volando hacia el sur hasta los bosques de Michoacán, donde pasarán el invierno. Esto ocurre en Coahuila a principios de noviembre.

Luego, la encuentran un par de cazadores en la presa de Las Esperanzas, unos treinta kilómetros más adelante, donde se perdió por tratar de llegar a Nacapa, en temporada de patos. Para entonces ya sería enero o febrero.

Descartado el viaje a la velocidad de la luz en razón a los cuatro cilindritos del coche, ¿cómo es que el tiempo pasa con tal lentitud para doña Evita en su Taunus? ¿La protege la gargantilla de diamantes que lleva al cuello? ¿Tiene ésta entonces su origen en la atemporalidad donde cuando menos desde el siglo XV vive, o inVive, el conde Drácula, Vlad Tepes?

Eso insinúan las historias que narran los petroglifos de la zona. En ellos aparecen Tláloc, el dios de la lluvia, el diablo como borrego cimarrón, Venus, la estrella del amanecer y del atardecer —por ende, diosa de la atemporalidad y de la vida eterna—. Vemos ahí círculos concéntricos: simetría y equidad. Ondas que representan el karma, la justicia. Valor, agua y sangre. Sangre en el nopal con su cochinilla grana; sangre en los ojos del camaleón (*Phrynosoma cornutum*) cuando llora, sangre en la raíz de la *Jatropha dioica,* sangre de drago, dragón, dracul, draculae. No son pruebas irrefutables, lo sé. Ni siquiera muy claras como evidencia, pero envidio a Horacio cuando lo pienso en su rincón y su silla. Sobre todo, me da envidia su alcayata de plata.

30. Primera Guerra, primera

Donde sabemos de los primeros escarceos amorosos de Carol, el príncipe heredero ya en edad de merecer.

"La vida sería muy dura sin el amor verdadero", escribió el príncipe rumano Carol en su diario la primera vez que se vio enamorado, en 1913. Así se vería con cierta frecuencia durante su vida. Más que repetida, apasionadamente.

Aquella intensidad adscrita a nuestras acciones en que el cerebro se subyuga a cualquier otro órgano de nuestro cuerpo. Un príncipe hermoso a quien le entregaron el mundo en bandeja de oro durante toda su niñez, entra en la adolescencia y de golpe le llega el dolor de tener que alejarse de alguien quien por cualquier motivo también lo quiere a él.

"No es un querer entregarse, es entregarse sin querer", dijeron Ortega y Gasset… Los dos. Aunque Carol ya conocía los delirios del amor y era aficionado a la guerra de las flores, porque en aquella época los jóvenes paseaban por la Avenida de la Victoria en Bucarest lanzando flores a las jóvenes y ellas, las más atrevidas, las devolvían.

En Saltillo, los jóvenes también pasean por la calle de Victoria, entre la Plaza de la Nueva Tlaxcala y la Alameda Zaragoza. No se lanzan flores, pero intercambian miradas y, a espaldas, risitas delatoras. Hay venta de gardenias, a veces rosas… Tulipanes en temporada y chapulines de Oaxaca.

En Bucarest, el carro de Carol día tras día quedaba sepultado entre multicoloridos ramilletes. El primer gran amor de su vida se llamó Ella Filliti, su bella e inteligente *pasarica* (pajarita), amiga de Elisabetha, su hermana, y a quien pronto le estaría escribiendo ardientes cartas…

> *Cum ți-am spus, dragostea mea este complexă:te iubesc ca prietenă, te iubesc ca pe o soră, te iubesc ca pe o mamă, te iubesc ca pe un copil, te iubesc ca amantă, te iubesc ca pe îngerul meu păzitor, te iubesc ca pe Dumnezeul meu!*

> Como te he dicho, mi amor es complejo: te amo como a una amiga, te amo como a una hermana, te amo como a una madre. Te amo como a mi hija. Te amo como a mi amante, te amo como a mi ángel de la guarda. ¡Te amo como a mi dios!

Tantas formas de amar y no podía amarla como quien era: Carol, príncipe heredero de la Corona de Rumania… Porque la Constitución lo prohibía, no siendo ella de noble cuna. Bueno, le prohibía *casarse* con ella, no amarla. ¿Quién gobierna sobre un corazón?

> ¿Tiene alguien derecho a robarse mi felicidad? ¡No! ¡No! Quiero ser feliz. Siento que mi vida estaría perdida si no te tengo junto a mí. Estoy loco por ti.

¡Dios! ¿No vio nadie venir la rebeldía de Carol? ¿No presintió alguien la tempestad ya próxima? Nubarrones, viento, truenos, olas altas, resaca… Náusea, repulsión, amotinamiento.

*

Lona en la cubierta del Potemkin. Significaba una cosa: el odiado *impolite*, Ippolit Giliarovsky, segundo de a bordo, planeaba fusilar a todos los rebeldes. No le había sentado bien que a los marineros no les sentara bien el *borscht*, un caldo de remolacha preparado ese día en la cocina. La carne, dijeron, estaba agusanada. ¿Certificada por el médico de a bordo? Sí, pero no la iban a comer. Eran gusanos y no chapulines de Oaxaca. Decidieron atacar primero. Cayó primero el segundo de a bordo, luego el doctorcillo y otros dos, tres... Creo que seis en total de los veinticinco oficiales contra seiscientos setenta marinos. Tomaron control del barco, izaron la bandera roja que por dramatismo Eisenstein alza y pinta en el puerto y se dirigieron a Odessa, ciudad en huelga. La película es muy buena, pero el drama de la vida real es mejor: complicada situación. Se les vino toda la flota del zar encima con órdenes de disparar hasta hundirlos. Sus hermanos de otros barcos los tienen en la mira, pero se niegan a apretar los gatillos. Otro barco se les une en la deserción, el Georgiy Pobedonosets. De haber tenido un nombre menos difícil para los occidentales de seguro se habría hecho famoso también, quizás en una película de Polanski. No pueden salir del Mar Negro porque Turquía es aliada del imperio y el Estrecho de Dardanelos sería la ruta. Van a parar en Constanza, Rumania, sin agua para beber ni carbón para sus calderas, a principios de julio de 1905, diecinueve años antes de que naciera la soprano Elena Cernei.

No piden caridad. Los marineros tienen en el fondo del barco un fondo con dinero suficiente para pagar su abasto. El rey Carol I está en problemas. Su relación con Rusia no es la mejor, pero los marineros tienen el apoyo popular. Como ocurre en la política, no es una decisión clara o fácil. Sin dejarlos llegar a puerto, anclados en la bahía, el rey les manda al vapor Elizabetha para que negocie las provisiones. La comisión pregunta en cuánto les venderían el Potemkin. Los marineros se ofenden. Su contraoferta es comprar el Elizabetha. Es turno de ofenderse para los rumanos. No hay opción. Carol les pinta el panorama: otra cosa es la muerte segura. Ofrece darles trato de testigos protegidos: dejarlos desembarcar, prepararles una nueva identidad y permitirles desaparecer en su país, o cualquier otro al oeste. Si regresaran a Rusia los colgarían. Los colgaron, a los que regresaron. Promete no extraditarlos. No tiene tratado con Rusia, les dice. Los marineros aceptan. Rinden el barco y lo entregan. Se reparten el dinero entre ellos. Carol custodia al Potemkin bajo la bandera rumana hasta pactar la devolución con el zar, quien lo rebautiza como Panteleimon ("campesino maleducado").

Nueve años después, Nicolás, Alejandra y sus hijos viajarán a Constanza explorando una muy conveniente alianza matrimonial con Rumania. Por su parte, el príncipe de la Corona Fernando y su esposa María ordenan a su hijo Carol presentarse en el puerto el 1º de junio de 1914, para recibir a las visitas. Querían que se volviera a reunir con la Gran Duquesa Olga, reconsiderara la posibilidad de rendirse si no a su belleza, cuando menos a la del Standart, el magnífico yate imperial de color negro, coronado en su proa por el águila dorada con dos cabezas del escudo del zar.

Las cuatro princesas rusas sabían cuál era el plan y decidieron amotinarse un poquito ellas mismas pintándose de rojo... Durante la travesía se asolearon todo el tiempo y lograron un tono para su piel nada favorable, más elevado que el rosa de sus vestidos. Con ello pretendían ocultar en lo posible su belleza natural. Olga guardaba en el pecho la promesa de su padre: no la obligaría a casarse si ella no quería. Y no quiso. El príncipe Carol tampoco, pues seguía enamorado de Ella. De la otra Ella. De la auténtica Ella, Ella Filliti.

Dos semanas después de la visita del yate imperial Standart a Constanza, el archiduque de Austria Francisco Fernando paseaba por Sarajevo en un automóvil Gräf and Stift de cuatro cilindros como el Taunus y tuvo la "mala suerte" de perderse en una esquina, toparse de frente con un jovencito de diecinueve años, llamado Gavrilo Princip, quien sacó una pistola FN calibre 7.65, número de serie 19704 y le disparó, reventándole la yugular. Un segundo disparo mató a su esposa, la princesa Sofía.

Gavrilo dijo después, cuando no le hizo daño la píldora de cianuro que se tragó, ni logró que se lo tragara el río lanzándose a él, lamentar esta segunda muerte, pues había sido sin querer.

En cuestión de semanas, Austria-Hungría declaró la guerra a Serbia. Rusia puso en movimiento a sus tropas y flotas e invadió Alemania. Alemania pidió a Francia que permaneciera neutral, aunque apenas días más adelante le declararía la guerra. Luego a Bélgica, por negarse a permitir el paso de las tropas alemanas a través de su territorio. Esto llevó al Reino Unido a salir en defensa de Bélgica y declarar la guerra a Alemania. Por supuesto, metieron en el ajo a la colonia que les quedaba en América: Canadá. Ya se encargarían de calentar a los Estados Unidos y terminar de armar la Primera Guerra Mundial.

Rumania trató de hacerse ojo de hormiga y guardar neutralidad. En Bucarest, Carol aprovechó la calma para enamorarse de una chica llamada María Martini. Su amor fructificó. El bebé se entregó a un orfelinato. Los jóvenes sin embargo siguieron encontrando la manera de encontrarse hasta que Rumania intervino en la guerra, en 1917.

Una vez dentro del conflicto, fue invadida por tropas alemanas, austrohúngaras y búlgaras. Como en tiempos de Vlad, se había roto el delicado equilibrio entre sus vecinos. La familia real huyó al noreste, hasta Iasi.

Y así, Carol se reencontró con Ella. No con María. Con Ella, su anterior novia. Ahora casada, vivía en un pequeño departamento, donde Carol comenzó a frecuentarla haciendo amistad también con su marido. Los padres de Ella invirtieron esta vez toda su fortuna para enviar al matrimonio a vivir en París y evitar las consecuencias que adivinaban de esta situación.

Ya para entonces Carol tenía un romance sustituto… "Es tan largo el amor", diría Neruda. Carol se entregó por completo y de lleno al estudio de la Constitución…

31. La Odisea de Odessa

Donde veremos el azaroso matrimonio de Carol con Zizi Lambrino y la posibilidad de que le retiren de la línea sucesoria al trono. Veremos también cómo un canadiense amante de la reina trata de recuperar las joyas de la corona casi perdidas con la Revolución rusa.

...En busca de un artículo o ley que pudiera interpretarse a su favor y vencer la oposición legal al inmensurable deseo de casarse con su nuevo amor eterno, Ioana Marie Lambrino, Zizi, una chica de dieciocho años, quien se convertiría en el siguiente dolor de cabeza para los reyes y la élite gobernante por la obstinación de Carol.

Para Carol el dolor fue de pierna, pues cuando intentaron separarlo de Zizi enviándolo de gira a Japón, como habían hecho con su padre cuando el romance con Elena Văcărescu, y con Nicolás cuando Matilde, Carol se cayó de su caballo. Para su desgracia, el doctor echó por tierra sus imaginarios huesos rotos. Entonces el príncipe optó por darse un balazo.

¡Ah!, el amor y las balas. El mal de Werther, lo bautizó Goethe. Años atrás otro joven príncipe... Bueno, no tan joven. Rodolfo de Habsburgo tenía treinta años. Para complicarlo todo más, estaba casado, con Estefanía de Bélgica, hija del rey Leopoldo II.

Rodolfo entregó su alma a una joven común —común para los demás, diría si le preguntasen—, descartándose para la sucesión.

A diferencia de la novela de Goethe, en este caso la Lotte de Rodolfo, María Vetsera, de apenas diecisiete años, sí que estaba enamorada perdidamente —mente perdida— del *kronprinz*. El heredero, antes de arremeter contra toda la maraña de enredos que le supondría defender su amor y sus políticas liberales, muy contrarias a las de su padre, disparó la mañana del 30 de enero de 1889 contra su amada y luego contra él mismo, en una cabaña a donde habían ido de cacería. De sí mismos.

La caza era una afición compartida por la familia. Se calcula, por ejemplo, que su tío el archiduque mató en su vida más de 1 500 ciervos. Días antes, Rodolfo le había regalado a María un anillo de diamantes con la inscripción *In liebe vereint bis in dem tode*: "Juntos en el amor hasta la muerte". Lo encontraron oculto en el joyero de María y envuelto en una densa tela negra, donde lo ocultó ella, tal vez temerosa de la reacción de su madre, quien ya albergaba sospechas de la relación.

María dejó una carta para su hermana Johanna: "No te cases si no es por amor. Partimos alegremente". Rodolfo también dejó varias cartas de despedida. Una para Valeria, su hermana menor: "Muero a pesar mío".

La causa de este llamado suicidio doble fue cuestionada por muchas investigaciones desde entonces junto a declaraciones de testigos y descendientes...

Por ejemplo, el carpintero contratado para realizar reparaciones en la cabaña la describió como una escena de guerra. Había sangre por todos lados y muebles destrozados por balas y espadas, aseguró. El reporte de la autopsia —desaparecido— decía que el príncipe se disparó con la mano derecha, siendo que era zurdo. Se supo que una mano del príncipe había sido cercenada y el cadáver llevaba un guante relleno para reemplazarla. El cargador de la pistola de Rodolfo, luego del suceso, estaba vacío...

Con motivo de este suicidio y siendo Rodolfo el único hijo varón del rey, la sucesión de Austria pasó al padre del archiduque Francisco Fernando. Así fue como él se perfiló para la corona, la cual perdió junto con la vida en Sarajevo. Sissi, madre de Rodolfo, nunca se recuperó de la muerte de su hijo y tampoco su matrimonio. Lo continuó, pero hueco, sin alma corazón o vida. InMuerto.

Ella misma buscó una amante para su marido y dejándolo en buenas manos se dedicó a viajar por el mundo. Dejó de usar todo tipo de joyas y se ocultaba tras vestidos casi siempre negros. El 10 de septiembre de 1898, cuando ya había cumplido sesenta años de edad, se encontraba en el hotel Beau-Rivage de Ginebra, lugar tan lujoso como famoso porque veinticinco años antes había muerto ahí el escandaloso y colorido Charles II de Brunswick, dejando toda su fortuna —veinte millones de francos— a la ciudad.

Un empleado reconoció a Sissi y alertó a la prensa, rompiéndose así su anonimato. Durante un paseo, Luigi Lucheni, anarquista que pretendía esa misma mañana matar al Duque de Orleans, pero no lo encontró, se enteró leyendo el periódico de la visita de la reina y decidió que un magnicidio era un magnicidio era un magnicidio. Como cualquier otro.

Se acercó a Sissi y le clavó una larga lima en el corazón. Lucheni se puso furioso durante su juicio, al enterarse de que en Ginebra no existía ya la pena de muerte. Demandó trasladar su proceso a otro lugar, donde sí pudieran convertirlo en mártir.

Antes de darse Carol aquel balazo, dentro de lo que cabe con mejor tino que Rodolfo, pues se lo dio en el pie y no en la cabeza, ya lo había intentado todo. Hasta el matrimonio.

Sí. Por cinco años el romance con Zizi prosperó, sin que la familia ni la policía secreta le dieran mucha importancia. Era uno de tantos. La joven tenía las paredes de su cuarto tapizadas con fotografías del príncipe, pero todos pensaban que sería una de muchas recámaras así en el reino. Ésta era especial, sin embargo, pues Zizi se las arreglaba para tener ahí, a menudo escondido, al modelo original. El de por sí enamoradizo príncipe seguía en shock con la noticia del asesinato de la familia imperial de Rusia y el inicio de la Revolución. Creía con fe que la monarquía de Rumania pronto iba a convertirse en una democracia socialista. La familia real estaba condenada y nada iba a salvarla, así es que, ¿por qué no dar rienda suelta al amor?

En la neblinosa y fría madrugada del 2 de septiembre de 1918, Zizi fingía dormir. De pronto, un ansiado guijarro golpeó contra el cristal de su ventana. La risa y los nervios le fueron difíciles de contener. Creía morir de emoción. No esperó un segundo guijarro, ni el tercero acordado. Aventó las cobijas y se descubrió ya vestida, con la luz de una vela encendida sobre su tocador a San Sergiyev Posad.

San Sergio, su santo favorito. Un hombre envuelto en el misterio de quien se sabía muy poco. Pasó años de su vida frente a los demonios de la soledad y la nieve, acompañado por el viento helado y manadas de lobos salvajes y hambrientos. Hermano del sol y de la luz, domesticaba a las fieras con una señal de su mano. Se hermanó con las aves y con los osos —nada extraño, pues no tenía a nadie más con quien platicar—, compartiendo con ellos su aspecto rudo y su descomunal tamaño. Era más que nada hermano de los lobos, como el domador de *El Salvaje*.

Zizi se arregló un poco el peinado y la ropa. Después, abrió la ventana con rapidez para que no rechinaran los goznes, como precaución extra pues los había engrasado esa misma tarde. Abrazó en el balcón a Carol, quien subió hasta ella por una escalera de albañil. Un abrazo largo, completo, temeroso y feliz. Lo besó muchas veces a pesar de que Carol intentaba apremiarla. Y premiarla: muchos años antes, su abuela Elizabeth le dio un día una bella gargantilla con un enorme diamante azul profundo para su futura prometida. Había sido aquel regalo entregado por Napoleón Bonaparte a la madrina de su hija, Fanny Beauharnais, madrina de Hortensia de Beauharnais, hija de Josefina. Sí, Josefina tenía ya una hija cuando se casó con Napoleón.

Otro día quizá, si me lo recuerdan, les puedo contar todo este mitote, para no distraernos más por ahora y arriesgarnos a que descubran la fuga de esta joven pareja. Básteme con decirles que don José de Tascher, padre de Josefina, estaba muy enfermo y para proteger a la familia intentó casar primero a una, luego a otra de las dos hermanas menores de Josefina con Alejandro de Beauharnais. Al morir una de ellas y enfermar la segunda, en 1779 ató el lazo con la mayor. La pareja alcanzó a procrear dos hijos, Hortensia y Eugene, antes de que Alejandro muriera bajo la guillotina por un lío de guerra. Y pasaron dos años antes de que Josefina rehiciera su vida al lado del conquistador Napoleón Bonaparte. Su cuñado Luis se convertiría luego en su yerno al casarse con Hortensia, pero eso, podríamos decir, es otra historia.

Carol puso alrededor del cuello de Zizi la hermosa joya y la besó justo abajo de donde caía el diamante. Zizi, con lágrimas en los ojos, tomó al vuelo una mascada blanca y cubrió su cuello, por el frío y por el miedo al viaje que estaba a punto de emprender. Hacia Odessa y por la vida. Un chofer esperaba abajo con un coche rentado. Zizi le lanzó su maleta —ojalá ligera— por la ventana y, ayudada por Carol, descendió.

De inmediato arrancaron hacia la frontera. Peligrosísimo viaje nocturno de unos 700 kilómetros, por una carretera en malas condiciones, tan plagada de bandidos como la ruta de Tampico a Matamoros, Tamaulipas, en sus mejores días, sin un Vlad que empalara a los bandoleros y para colmo, la segunda mitad a través de territorio enemigo. Estaba ya avanzada la Primera Guerra Mundial. El teniente Hendri Cerdici les había conseguido pasaportes falsos y viajaba con ellos. Tanto él como Carol vestían ropas de civiles: como catalizador para el peligro, tal acto equivalía a una deserción y los condenaba a muerte.

No llegarían muy lejos. Aún no rompía el alba cuando se rompió la flecha de su coche. Con mucho esfuerzo pudieron medio repararla, pero el chofer venía escuchando las conversaciones y, asustado por las posibles consecuencias de esta aventura, se negó a continuar. Con amenazas, lo obligaron a conducirlos hasta una pequeña estación, donde abordaron el tren. Al llegar a la frontera, un soldado alemán reconoció a Carol; lo había visto al frente de su regimiento en la guerra. Los detuvo. No les permitiría cruzar.

Carol exigió que le llevaran ante el comandante. Presentó su caso. Dijo viajar en secreto porque asistiría a la boda de un amigo. El oficial no quiso decidir y los remitió hasta el cuartel regional en Cetatea Alba —Ciudadela Blanca—. Esta ciudad, en la costa del Mar Negro, en la boca del estero Dniester, ha conservado su nombre en distintos lenguajes durante su historia... Asprokastron, Akkerman. Desde tiempos inmemoriales ha pasado de estar bajo el control de Rusia, Ucrania, Moldavia, Rumania, Rusia otra vez, Ucrania... En 1991, creo, pasó a control de Ucrania. Fue aquí donde nació la famosa mezzosoprano Elena Cernei, aquella que me cantaba Norma al principio y... Nos desviamos. Nos desviamos más que los viajeros con rumbo a Odessa.

Para ahora, el desmoralizado trío había perdido casi las esperanzas de realizar su plan y decidió dejar de mentir. El general Zeidler, comandante militar de la región, entre azorado y divertido lanzó los pasaportes al fuego. Zizi rompió en llanto; la última de sus ilusiones se desvanecía con el humo de la chimenea. No sirvió de consuelo saber que en esos tiempos las cubiertas de los pasaportes eran de cuero, no de plástico, por lo que el aroma no fue tan chocante.

En realidad, era una buena señal. Tratar de cruzar con pasaportes falsificados les hacía incurrir en un delito extra por el que también podrían ser fusilados. El general les ofreció transporte y escolta hasta su destino. Les consiguió hospedaje en el Hotel Bristol (calle Pushkins'ka 15, Odessa Oblast, Ukraine, 65026) y también les ayudó a encontrar un cura ortodoxo que aceptara casarlos —a cambio de una limosna de 50 000 *lei*, de la que él conservó la mitad—. Era una oportunidad extraordinaria para dejar en ridículo al rey de Rumania.

Días más tarde, Carol I recibiría un telegrama:

> Me he casado con Zizi. ¿Regreso a casa o continúo rumbo a Francia?

Ni siquiera iba en clave, como aquel famoso telegrama enviado por Arthur Zimmermann, secretario alemán del Exterior, el 9 de enero de 1917: prometía ayudar a México a recuperar los territorios vendidos por Santa Anna. ¡La excusa perfecta! Permitió a los ingleses jalar a Estados Unidos a su guerra.

Como no querían ni enterar a Alemania de que sabían descifrar sus claves, ni a los americanos de que los ingleses escuchaban sus conversaciones transatlánticas, filtraron el telegrama a través de su embajada y dejaron que un criptógrafo experto de ellos, Charles Jastrow Mendelsohn, lo descifrara de nuevo.

O ese otro telegrama, más corto y enigmático, en el que Victor Hugo preguntaba a la editorial la suerte de las 1 090 páginas de su novela, *Los Miserables*...

?

Éste obtuvo una también corta como entusiasta respuesta,

!

El telegrama de Carol causó enorme revuelo en la élite gobernante rumana. Había quien insistía en relevarlo de su posibilidad de ascender al trono y nombrar príncipe heredero a Nicolás, su hermano menor y quienes defendían a Carol, conminándolo a renunciar al matrimonio y regresar a cumplir con sus verdaderas obligaciones.

Nadie nunca aceptó la posibilidad de apoyarlo en su deseo de hacer una vida normal con su nueva esposa. Zizi habría de desaparecer y todos enfocaron las baterías a lograr esta meta nacional.

La respuesta al telegrama de los recién casados, si no oficial, parece venir del padre de la literatura rusa moderna. Aquel que viviera en y cuyo nombre tomara la calle del hotel donde los recién casados se hospedaban en Odessa, Aleksandre Pushkin:

> Más vale quedarse aquí y esperar. A lo mejor se calma la tormenta y se despeja el cielo y entonces podremos encontrar el camino siguiendo las estrellas.

Todas las reuniones que tuvieron con Carol diversos enviados, amigos, miembros del gobierno, tutores y parientes, terminaron con resultados similares: un determinado y doble No No a regresar sin Zizi. La mejor librada de todas ellas fue su madre, con quien Carol se reunió en secreto a bordo del tren imperial. La reina le imploró esperar cuando menos a que terminara la guerra antes de renunciar al trono y aceptar por ahora el castigo de cárcel impuesto como desertor. Carol negoció los términos de este arreglo con un nuevo amante de su madre, el aventurero canadiense conocido como Klondike Joe: Joe Boyle.

Joe Boyle, descrito por la reina cuando lo conoció como un auténtico Jack London, era un cuarentón que no tenía edad ya para enlistarse como soldado y optó por convertirse en espía para la Corona británica. Formó una red piramidal bastante efectiva, ganándose la confianza de varios gobiernos. Sin aprender nunca otro idioma fuera del inglés —o quizá francés, siendo canadiense—, ayudó a Rumania a negociar el rescate de unos setenta aristócratas atrapados en Odessa, lo cual hizo con gran habilidad diplomática, salvándolos cuando menos dos veces de ser fusilados.

Al dejarlos en Rumania, las familias le dieron tratamiento de héroe pues, a decir suyo, los daban por muertos. La reina le impuso la Gran Cruz de Rumania: una enorme medalla de plata con ocho picos y decorada en el centro por un hermoso diamante redondo, para protegerle y guardarle en todas sus acciones.

En julio de 1918 le pidieron deshacer, dada su experiencia con el transporte, el famoso nudo gordiano de viejos trenes acumulados en Moscú, que impedía el libre movimiento de abastos para los ejércitos.

Cuando Alejandro Magno tuvo ante sí el dilema de deshacer el original nudo gordiano, lo cortó en dos con su espada y dijo: "Tanto monta cortarlo como desatarlo". Lo mismo hizo Boyle con los trenes. Utilizó grúas para, sin miramientos, echar los carros a un lado de las vías y, algunos dicen, hasta explosivos, despreocupado ante las quejas de los dueños. Se ganó así el beneplácito del gobierno bolchevique entrante, que le permitió seguir operando dentro de Rusia en plena revolución, ya eliminada la familia imperial. Por esos días recibió un nuevo encargo de la reina. Su reina, por supuesto, María de Rumania.

Al término de la visita de la familia imperial a Constanza en junio de 1914, Fernando y María pidieron a Nicolás y Alejandra que, aprovechando el viaje y la seguridad otorgada por cuatro *destroyers* y el crucero Almaz —que significa "diamante", escolta del yate imperial—, resguardaran en Moscú los más grandes tesoros y joyas de la Corona de Rumania. El clima de guerra ya se respiraba y temían por su seguridad. Les entregaron una enorme cantidad de papel moneda, £25 millones en oro y todas las joyas de la Corona. Carol, ya lo sabemos, reservaría aquel regalo hecho por su tía abuela para su novia. En ese momento creía que pronto le pertenecería a Ella. Lo demás, quedó resguardado en el Kremlin.

En julio de 1917 la situación del Imperio ruso se deterioraba con rapidez. Había que rescatar aquello cuanto antes y reintegrarlo al tesoro de Rumania, pues los bolcheviques necesitaban dinero para continuar con la lucha y podrían confiscarlo o desaparecerlo.

Joe Boyle fue quien, repartiendo entre oficiales y guardias lo mejor del oro, logró el permiso para devolver "los archivos" a Rumania. Preparó un tren espacial con cuatro vagones, uno de ellos blindado y con las joyas ocultas en su doble fondo de acero inició el viaje de 1 500 kilómetros hasta la reina, en Iasi. Una travesía plena de bandidos, soldados blancos y rojos y facciones en pugna para quienes estos tesoros serían un dulce premio capaz de, tal vez, paliar meses de sufrimientos, carencias y congojas producidas por la guerra. Descarrilar un tren para robar la leña que llevaba como combustible era una empresa atractiva y redituable para cualquiera en esos abundantes tiempos de escasez. Aquellos salvajes quizás optarían por calentarse los pies con los Rubens, Grecos, Van Dycks, Caravaggios, Raibolinis, Picassos —Picassos no; todavía no pintaba… bueno, sí pintaba, pero no era el favorito— Tintorettos, Monets, comprados y detallados por el rey Carol I en su testamento.

Podría decirles sin titubear mucho que el único Picasso que ha pisado Rumania no fue un Picasso: en 2018 se encontró enterrado cerca de Dobruja la cabeza de *Arlequín*, un cuadro pintado por Picasso y robado en 2012 del Museo de Kunsthal, en Holanda. Al poco tiempo de anunciar el descubrimiento, los dramaturbios Yves Degryse y Bart Baele admitieron que se trataba de una falsificación, hecha para promocionar una obra suya sobre el valor de la verdad y que el destino del original sigue siendo un misterio. Pero no quiero desviarme de mi historia…

Vamos de nuevo con el tren de Boyle. Con los vagones del tesoro viajaban de incógnito un par de banqueros rumanos, quienes certificarían todo el proceso y vigilarían que el canadiense amado de la reina correspondiera con lealtad absoluta a su cariño. Los cuatro carros se engancharon al final de otros coches de pasajeros, pues viajarían más seguros, se determinó, con una corrida regular del ferrocarril.

La locomotora era de construcción francesa, una U-280 de diez ruedas de 1 700 mm y dos cilindros… Los cilindros en un motor de vapor no son iguales a los de un motor de gasolina, en el sentido de que no son iguales; es decir, son de diferentes tamaños. El primero es estrecho y aprovecha la mayor temperatura y fuerza del vapor; el segundo es más amplio, para utilizar la energía restante de la mejor manera. Fueron diseñadas por Alfred de Glehn y construidas en la planta de Bryansk… Divago…

Por extraña analogía me vino a la cabeza el rostro del actor Omar Sharif. En 1965 hizo con Julie Christie una película sobre un doctor en Rusia, poco antes de la Primera Guerra Mundial… No me acuerdo del nombre.

De lo que quería hablar —¡*Dr. Zhivago*!— es del sistema de acople de los vagones. No era otra cosa que un gancho retráctil vertical y con candado. Debido a su curvatura, bajaba cuando hacía contacto con el eslabón del coche contrario y mediante un resorte lo atrapaba como anzuelo al pez, en el agua. A veces, los vagones se aseguraban con cadenas de ambos lados para prevenir un accidente, como el que tuvo el tren imperial el 17 de octubre de 1888…

En ese tiempo Alejandro III era el zar, el padre de Nicolás II. A él no le correspondía heredar el cetro, pues tenía un hermano mayor, Nicolás. Quiso el destino que Nicolás enfermara de meningitis unos meses antes de su boda con la princesa Dagmar de Dinamarca, hermana menor de quien fuera la reina Alejandra de Inglaterra, esposa de Eduardo VII.

Nicolás, en su lecho de muerte, tomando de las manos tanto a su prometida como a su hermano, les pidió casarse por el bien de Rusia. Su boda, por cierto, se apresuró debido al asesinato del zar Alejandro II, el 13 de marzo de 1881.

Tres miembros del movimiento Narodnaya Volya ("La voluntad del pueblo") esperaban a la comitiva en la calle, con pequeñas bombas ocultas entre sus ropas.

El primero, Nikolai Rysakov, lanzó la suya a las patas de los caballos del coche en donde viajaba Alejandro. Explotó. Era un carruaje regalo de Napoleón III, tal vez el primer vehículo a prueba de balas en la historia que salvó a su ocupante de un atentado.

Alejandro bajó en medio del humo y, desoyendo los consejos del jefe de la policía —quizá sordo a causa de la explosión—, quien le pedía con urgencia alejarse de ahí, se acercó a los heridos. Fue el mismo caso con el archiduque… En vez de resguardarse a las órdenes de su detalle de seguridad, insistió en ir al hospital a visitar a los heridos en la explosión. Y lo mataron en el trayecto. Ahora, con Alejandro, un segundo perpetrador, Ivan Yemelyanov, lanzó un grito: "¡Es muy pronto para dar gracias a Dios!", y otra bomba a los pies del zar. Ésta le voló las piernas, le destrozó la cara y expuso sus intestinos.

Nomás no aprendemos. En el caso de Francisco Fernando en Sarajevo los periódicos habían publicado la ruta del desfile "para que la gente fuera a vitorearlo". El zar Alejandro en San Petersburgo hacía el mismo recorrido a la misma hora todos los domingos, acompañado de dos trineos con su guardia personal. Moriría en su estudio minutos después del atentado, bajo la mirada atónita de su pequeño nieto Nicolás y otros de los Romanov, así como de su nueva esposa, Catherine Dolgorukov.

Oh, la reina María había muerto nueve meses antes, luego de una prolongada enfermedad e indispuesta para la vida en pareja. Pactó con gran civilización con su marido la posibilidad de adoptar una amante y él lo hizo obediente, dócil y sin rezongar. A la muerte de la reina se casó con ésta, legitimando así a los cuatro hijos nacidos durante su romance. Una hermosa película da cuenta de esta aventura. Se llama *Adorable Sinner*, con Curd Jürgens y Romy Schneider. Nacida ella en Viena, aunque interpretando a la amante del zar destaca por su belleza, se hizo más famosa en el papel de la emperatriz Elizabeth de Austria, la queridísima Sissi, tía del archiduque Francisco Fernando asesinado en Sarajevo, asesinada en Ginebra. La película empieza con un montón de palomas que obedientes como su marido escriben su nombre en el piso de la Plaza de San Marcos en Venecia, imagino.

No iba a ser Sissi quien se casaría con su primo hermano Francisco José, sino Elena, su hermana mayor. Pero cuando este par se conoció —Sissi tenía apenas quince años—, el amor anidó de manera instantánea. Sissi en este caso, Zizi en el de Rumania. El positivismo del nombre lo dice todo. Su compromiso fue dado a conocer ese mismo día. Sissi y su marido tuvieron cuatro hijos; un varón, Rodolfo, quien sería el heredero de no haberse suicidado.

En fin. ¿En qué íbamos? Permítanme terminar con Sissi antes de regresar a Romy Schneider y a la amante adorable de Alejandro; el accidente del tren imperial y la odisea del tren de Boyle cargado con las joyas de Rumania que cruzaba raudo por territorio enemigo. En el caso de Sissi el asesino actuó solo, a diferencia del atentado de Alejandro II, en el que la policía descubrió en sus investigaciones, luego de arrestar a los dos primeros, la existencia de un tercer conspirador, Ignacy Hryniewiecki, listo por si las dos primeras bombas no tenían éxito. Quizás hubo más.

Regresemos ahora al viaje de Boyle. Unos ochenta kilómetros en las afueras de Moscú, dos de los pasajeros se levantaron de sus asientos. Caminaron hacia al fondo del tren y aprovecharon una ligera pendiente negativa para desenganchar los vagones rumanos con un mazo que habían dejado escondido bajo uno de los asientos.

La máquina se vería forzada a disminuir un poco la velocidad por la bajada… La pendiente máxima de ascenso o descenso de un tren puede ser, en vías planas, de hasta 6% (seis centímetros por cada metro). Lo normal es 1.5%. Entonces, la inercia de los carros posteriores hace que se "afloje" el enganche y con uno o dos certeros golpes, luego de desprender el candado de seguridad y las cadenas, se logra soltar casi cualquier vagón.

Desprendieron el candado de seguridad y las cadenas. Uno de los ladrones, de gran tamaño y fuerza y tal vez acostumbrado a estas labores siendo empleado de los ferrocarriles, levantó el mazo mientras el otro vigilaba, pistola en mano. El golpe lo sorprendió desde atrás. En silencio, Boyle había abierto la puerta del vagón. Lanzó su cuerpo contra el de la pistola y con la ventaja de su tamaño lo derribó hasta el monte. Cayó sin hacer ruido sobre el manto de nieve y se perdió para siempre haciendo angelitos con las manos en su intento por levantarse. Su compañero no alcanzó a reaccionar cuando el mango de un pico contra incendios le alcanzó de lleno en la cara, derribándolo en medio de las vías.

El ruido del tren y el viento ahogaron sus gritos. Las ruedas le pasaron a la altura de la pelvis, aunque casi no derramó sangre, algo común en las heridas producidas por las pesadas ruedas de un tren. Boyle regresó a su vagón, pero destacó seis hombres a la vigilancia continua del convoy.

El viaje les tomaría ocho días. La velocidad máxima de esa máquina era de treinta kilómetros por hora, a diferencia del tren imperial que circulaba con dos locomotoras y mucho menos peso. No pensaban detenerse más que para abastecer leña y agua.

Un caballo puede galopar durante cierta distancia a cincuenta kilómetros por hora. Así fue como Nikolai Andreievich Orelov pudo abordar el tren en que viajaba Alejandro III de Crimea a San Petersburgo en 1888. Con una daga desenvainada irrumpió en el vagón comedor. El zar narraba a sus cinco hijos y a la reina la historia de Catalina la Grande y tenía el cetro imperial en la mano. Sin dudar, lo lanzó contra el intruso, haciéndole perder el equilibrio sorprendido. Alejandro entonces se abalanzó sobre él, logrando dominarlo y recibiendo una no muy grave herida en la espalda, a la altura del riñón. En eso, el tren, viajando con sesenta y cuatro ejes en vez de los cuarenta y ocho permitidos como máximo por las regulaciones vigentes, se salió de las vías. El ruido de las maderas al romperse y los fierros retorcidos, humo y chispas, fuego y gritos de los pasajeros, heridos además por los cristales rotos de todas las ventanas, fue infernal. Veintiún personas murieron ahí. Alejandro sostuvo sobre sus hombros el techo del vagón que amenazaba con aplastar a sus hijos y a la reina, parado al mismo tiempo sobre el cuello de Orelov con todo su peso. Les gritó que salieran y todos pudieron ponerse a salvo. La noticia dio la vuelta al mundo y se elevó el estatus del zar como héroe nacional, aunque del asesino jamás se supo nada. Hasta los primeros años del siglo XXI un videojuego llamado *Assassin's Creed* rescataría esta parte de la anécdota con el nombre de "El incidente Borki".

Ahora Boyle no pasaría por la estación de Borki, pues viajaban más al norte. Llegarían a Bryansk y de ahí tomarían hacia Kiev... Si no lo evitaban los soldados que resguardaban la estación. Les habían anunciado por telégrafo la orden de detenerse para ser revisados.

El maquinista realizaba los procedimientos de frenado; la estación a la vista y la guardia bolchevique estaban esperándolos con rifles en mano y en estado de alerta. De pronto, al otro lado de la vía, comenzaron los disparos. Dos, ocho, veinte... Demasiados fogonazos para contarlos ya. En el andén también abrieron fuego. Corrieron a guarecerse, gritaron órdenes, trataron de auxiliar a sus compañeros caídos, algunos sobre las vías y con el tren aproximándose. A como iban, la locomotora se detendría justo en medio de la acción, entre el fuego cruzado de ambos bandos. Y los nuevos, soldados blancos casi con seguridad, no estaban ahí para salvarlos. Disputaban el botín, eso era todo. En cualquier caso, estarían perdidos si se detenían. No lo pensó mucho el ingeniero. Pidió a los dos paleros rellenar la caldera y aceleró a fondo. Jaló la cadena del silbato, echándose al suelo de la máquina.

Así, sin detenerse y bajo un coro de balas silbando a diestra y siniestra, atravesó la estación para perderse de nuevo en la noche, dejando atrás la batalla. El carro de Boyle era blindado, pero entre los pasajeros adelante hubo alrededor de cuarenta heridos.

32. Carmen Sylva

En el cual me atacan quienes me dejarán moribundo con una bolsa amarrada sobre mi cabeza, buscando la gargantilla de doña Evita.

> *Cuando una mujer se enamora entrega todo su mundo. El hombre, en cambio, cree que recibe sólo un juguete. La mujer piensa haber entregado una eternidad, el hombre acepta sólo el placer de un momento.*
>
> Carmen Sylva

La reina Isabel de Rumania, nacida como Paulina Isabel Otilia Luisa de Wied, fue hija de Guillermo Carlos de Wied y María de Nassau.

No el Nassau de las Bahamas, invadido por John Long Silver y el capitán Flint en *Black Sails*, sino el original, en Alemania. El nombre de este principado viene de la palabra *nass*, que significa mojado, pues, aunque no llueve demasiado, la probabilidad es constante cualquier día del año y se calculaba —antes del calentamiento global— en veintiocho porciento. Diría que quizá por ello la terminación *au* pudiera venir del francés "agua", pero no quiero sobreextenderme en mis conocimientos.

Fue aquí donde, en 1850, el químico Constantin Fahlberg, analizando los compuestos del carbón —la actividad primordial de la región es la minería de lignita y hierro— descubrió el sabor dulce del ácido anhidroortho-sulfaminebenzóico, compuesto que se comercializa con el nombre de sacarina, un edulcorante de bajo valor calórico utilizado en bebidas dietéticas.

Por un tiempo en los años sesenta se prohibió en Canadá, México y otros países, al demostrarse que en altas concentraciones era capaz de producir cáncer en las ratas.

No es que sea mutagénico, no. Su presencia en exceso provoca cambios en el pH de la orina y lesiona la pared de la vejiga, obligando al sistema inmunológico a realizar constantes reparaciones y éstas, a veces, se salen de control, convirtiéndose en cáncer.

Los doctores colocan ahora el riesgo de un evento de este tipo en las cantidades que podría consumir un humano, cercano al cero —que ya inventamos— o, cuando menos, no mayor que el del azúcar. Como la sacarina era el endulzante del precursor de la Coca-Cola dietética, Tab, este refresco no se conseguía en México y se abrió un interesante mercado negro para los contrabandistas. Era el refresco que le traía yo al tío Andrés.

El tío Andrés. Me soñaba esa noche de cacería en Bermejillo, Durango, con él. Hacía un frío intenso y yo había perdido el campamento. Daba vueltas y vueltas en círculos con la lámpara Coleman en la mano y él aparecía de pronto con un bastón largo, como el de un distinguido caballero y me daba con él en plena cara… "¡Era mía!" Yo caía al suelo. Frío, duro, congelado.

El dolor intenso me despertó. No era sueño. Cuando menos el golpe era real. Mi nariz sangraba y estaba junto con todo yo en el piso… De mi departamento. En la penumbra apenas distinguí a un hombre largo de tez muy blanca que me cogió del cuello y me arrastró hasta una silla. El hombre tenía los ojos inyectados de rojo y largos colmillos visibles en su estúpida sonrisa. Poniendo su mano bajo mi quijada me levantó y de un empujón me dejó sentado.

Isabel tuvo una infancia libre y feliz, interesada en las letras desde pequeña, la música y la pintura. Al casarse con Carol I de Rumania tomó con placer y entrega sus tareas de soberana, en particular el trabajo con personas discapacitadas.

La población llegó a adjudicarle poderes mágicos para curar y fue en general muy querida. Aparte de María, su pequeña hija, quien alcanzó a cumplir tres años y cuya muerte Isabel nunca pudo superar, hubo en su vida otros dos grandes amores: su marido y la literatura. Utilizó dos seudónimos. Algunos escritos los firmaba con el simpático nombre de Ditto et Idem. Los más, como Carmen Sylva. De haber sido francesa, los reyes y no el pueblo le hubieran cortado la cabeza por sincera cuando escribió:

> Debo decir que me simpatizan los socialdemócratas, especialmente debido a la inacción y la corrupción de los nobles. Después de todo, quieren lo que la naturaleza provee: igualdad.

De hecho, a lo mejor fue por esto y no por haber alentado el romance de su sobrino Fernando con la Văcărescu, que el rey Carol las exilió a ambas. No juntas, pues Elena Văcărescu se fue a París y la reina a su casa en Neuwied, cerca de Koblenz, la marca de mi aspiradora, aquella que compuse.

> La cabeza humana es una caja de sorpresas. Tiene adentro buenos y malos espíritus, atendidos y defendidos por los ojos y los oídos, traicionados por la boca.

Con el cable de esa aspiradora me amarró. Lo rompió jalándolo —otros dos días de trabajo, pensé— y lo enredó con fuerza alrededor de mis pies y manos, anudándolo al final. Volvió a golpearme en la cara. Entonces se encendió la luz. Una lámpara sobre mi cara. Aun así pude distinguir, tras del tipo que me golpeaba, la figura de Rosa Oranday.

¿Dónde está la gargantilla de mi abuela?, preguntó la mujer, con una voz áspera, cacofónica, irreconocible. Otro golpe. Muchos más. Como si ni siquiera les interesara la respuesta que pudiera darles.

Fabricar en nuestros días —que estaban terminando para mí esta noche— una joya como la gargantilla de diamantes de doña Evita no es sencillo. Multiplique la dificultad por quince en la Edad Media, con herramientas manuales y sin sopletes de gases como los modernos. Tan sólo para hacer una cadenita, por ejemplo: primero se tiene que convertir la ductilidad del oro en un alambre, haciéndolo pasar una y otra y otra vez por el hoyo del diámetro deseado hecho en una cercha de acero. El alambre entonces se enreda sobre una varilla recta, como resorte, en espiral. Luego se corta todo a lo largo y cada una de las vueltas se convierte en un eslabón. Se van entrelazando y soldando de uno en uno, torciendo un poco para darle cuerpo y tal vez metiéndole forma con pinzas y martillo. Hay que hacer el diseño del broche y fabricar cada una de las piezas, calentando el carbón con un fuelle que inyecta aire y eleva la temperatura al proveer más oxígeno como combustible.

Se necesitan alcanzar casi los 1 067º Celsius, el punto de fusión del oro. Hacer laminillas, recortar, usar limas, taladros, cinceles, habilidad y paciencia, mucha paciencia.

Con las joyas es lo mismo. Un genio matemático debe primero determinar el volumen máximo obtenible de una piedra en bruto y precisar la dirección del corte para perder la menor cantidad posible de peso y tamaño y lograr una gema simétrica, con la angulación correcta de sus facetas para reflejar la mayor cantidad de luz.

Simétrica. ¿Qué tan importante es la simetría? *Symmetrikos*, iguales medidas. A veces es una pena lo que se pierde al buscarla. El diamante Koh-i-Noor tenía originalmente casi 800 quilates. Ahora pesa 105.

Pero hay que hacer el corte. Con mucho talento, tacto, paciencia. Había que considerar en aquellos tiempos que se jugaba uno la cabeza, o la cabeza de su cónyuge y de sus hijos, porque si bien eran piezas de gran valor, los soberanos reconocían también el inmenso valor del artesano cortador, en cuya educación y manutención quizás habían invertido ya el precio de muchas de esas joyas. No lo sacrificarían por un error… a él. A su familia, tal vez sí.

Luego habría que escoger al mejor de los diamantes como elemento primordial en una pieza. Y hacer una especie de maridaje —*harmendizaje*, porque eran muchas y de categorías disímiles— para encontrar aquellas dignas de acompañarle. Aquí se necesitaba simetría en todos los sentidos… Forma, color, peso, pureza, claridad. Además, diseñar para cada piedra una montura que luciera sin obstruir y sin canibalizarse entre sus vecinas. Sobre todo, limpiar, darle pureza y esplendor a la joya principal. Como la Academia de la Lengua, sí. Y como a la Academia, a veces se les escapa un Méjico.

Otro golpe hizo que regresara al presente. Ya sentía la cara empapada, entre sudor y sangre. Tenía los dientes flojos. Dos o tres costillas rotas, diría, aunque los brazos de la silla no permitían que los golpes fueran en el abdomen bajo. Protegían mi hígado.

Esas sillas habían sido de la sala de espera de papá y en los años treinta del siglo XX los ebanistas trabajaban con ébano, no como los de ahora que apenas tocan el pino y nomás con máquinas eléctricas. Las usaba de escalera igual que para sentarme. Tenía una dentro de la regadera y seguía igual de sólida o más, que las demás. Recordé una vez que don Luis Jaime, en una visita a Nacapa, dijo que la madera sumergida en el agua adquiere una dureza y belleza increíble. Preguntó a Horacio si alguna vez había hecho algo con los troncos de los mezquites inundados por la presa en tiempos de lluvia. Dijo que sí.

—Casas para los pescados.

—¿Sí? ¿Cómo las haces?

—Los dejo en el agua y los pescados se meten.

También le dio la mejor receta que recuerdo, quizá la única, para hacer una carpa al horno. Pero supongo que estarán ustedes más interesados en saber de la golpiza que me estaban propinando que en ponerse a cocinar en estos momentos, así es que, si me lo recuerdan, luego se las comparto.

Es una receta que nos dio un amigo chino, experto en cibernética, finanzas, vida nacional y salud holística, en el Café Viena: para cocinar una carpa al horno:

> Tomas tabla, pones encima calpa. Cubles con cebolla, zanaholia, papa, calabacita, ajo. Aceite de oliva. Mucho aceite. Metes holno. Veinticinco minutos. Sacas holno. Tilas calpa, comes tabla.

Doña Evita me había hablado de la gemela de Rosa… Otra flor. Azucena, ¿verdad? Azucena. ¿Y si ésta era Azucena y no Rosa? Me hubiera gustado más, mucho más que ella fuera Rosa y la muerta Azucena. Rosa no me estaría golpeando. Rosa era mi cliente y yo le diría dónde tenía escondida la gargantilla porque era suya y no mía.

Supe entonces por qué me había llamado la atención aquella nota del periódico sobre los soldados en la carretera. El muerto, el que tenía un balazo igual al que en la foto mostraba Rosa Oranday el día de su muerte, no tenía un balazo igual al de Rosa. Lo vi así porque el muerto era el hermano mayor de Marcos, el inMuerto del campestre, hijo de la tía Eliza. Era Azucena quien estaba ahora dándome de bofetadas y puñetazos por proxy, a través de quien, supuse, era la pareja con la cual huyó en el Super Bee de los federales.

Me equivoqué. Cuando dije que el dolor más intenso que podía sufrir alguien era una piedra en el riñón, no consideré tener medio palillo de dientes incrustado bajo la uña del dedo anular. Éste era el sexto —el tercero porque eran mitades—, tres en cada mano. Primero el dedo meñique, luego el anular, ahora el de en medio: ¿medular?

¡Si pudiera levantárselos, este dedo, los de las dos manos, a este par! Tenía que seguir evadiéndome. Los empujaba aquel tipo con mis pinzas, aquellas que guardaba en la caja de fusibles para cambiarlos cuando prendía el microondas, el tostador y la televisión al mismo tiempo. Maldije mi afición a coleccionar mondadientes. Me los robaba del Restaurante Arcasa cada vez que desayunaba ahí y tenían sabor a menta.

Debajo de las uñas no se apreciaba. "Dinos dónde la tienes y nos vamos. ¡Si ni siquiera es tuya, cabrón!" Un cuarto palillo bajo el dedo índice. ¿Nadie oía mis gritos? ¿Mis vecinos, en la calle? Se escucharían hasta el palacio de gobierno, donde hay policías toda la noche. ¿Tendría que tragarme los calcetines que me habían metido en la boca? ¿Me descompletarían los pares? Si decidiera decirles, ¿cómo contestarles sin poder hablar? Todo lo que hacía era mirarla a ella, mirar al otro. "Estábamos escondidos en la casa, pendejo. Vimos que abriste la caja fuerte con tu estetoscopio. ¿Dónde la tienes? ¿No te quieres morir, o sí, carnal?" Supuse que lo de *carnal* era por los palillos bajo las uñas.

Ahí va el octavo ¡ummmmpfff! ¡mmmmmmmm hmmmpff mhhh, mmmmmmmmmmmmargh! Resoplaba. Sentía cómo me brincaban las venas en las sienes. Lágrimas en mis ojos, lágrimas de sangre como los camaleones. Sangre en la nariz. La boca seca y el dolor, como choques eléctricos viajando desde la punta de la punta de los dedos por el túnel carpal hasta el codo. Como si me hubiera golpeado el codo y el hombro y la nuca. Un dolor agudo que no se diluía. Un dolor insoportable, ocho veces insoportable y no podía decirles nada. Dos dedos nomás ya. ¿Seguirían los de los pies? Tenía la maña de dormir descalzo. No aguanto los calcetines. Prefiero arriesgarme a pisar así una cucaracha.

Fue Matías Corvino el que hizo la réplica de la gargantilla. En su biblioteca hay registro de todo. No les iba a decir. El tormento sirvió para decírmelo a mí mismo, ya no sabía. No era yo. No sabía que sabía. Y no quería decírselo a Azucena. Ahí la tenía ella, la réplica. Aunque con un ojo vendado, era igual a su hermana. La réplica de Rosa Oranday y la réplica de la gargantilla de doña Evita. Igual de hermosas las dos, apenas diferenciables si les iluminaba uno el alma. Ésta era un monstruo que la otra no era y blandía la joya que no era frente a mis ojos gritándome. Azucena era en estos momentos la maldición del diamante, afamada por el Koh-i-Noor, pero aplicable a todos.

> Quien posea este diamante dominará el mundo,
> pero también conocerá todas sus desgracias.
> Sólo Dios, o una mujer, pueden llevarlo con impunidad.

¿¡Dónde está!? Tamborileaba Azucena sobre mis uñas, los palillos de mis uñas, mis extensiones dactilares con cada sílaba de la pregunta. *¿Dón-des-ta?* y su variante: *¿Dón-de-es-tá?* Tomé el avión en Monterrey, volé a México. Cancún, Barcelona, Budapest. €1 300. Cincuenta y tres libros de los más de dos mil que tuvo la Biblioteca Corvinniana siguen en Hungría. Cincuenta y tres de las más de cien mil millones de neuronas que tuvo mi cerebro siguen vivas. Sin el calcetín en la boca le hubiera gritado, ¿Dónde está? ¡Austria, Francia, Bélgica, Alemania, Italia, Estados Unidos! ¡Trágatela, cabrona! La enterré con tu hermana. En la tumba de tu tatarabuelo, en Nacapa. En La Espiga de San Buena. En la plaza de Abasolo. Lo único que no iba a decir era donde estaba, como la huella de no polvo bajo los Lladró de doña Evita. Y tampoco diría que estaba con ella. ¡La matan! No pienses en ella no voltees para allá. Que no vean las llaves del Taunus, que no encuentren sus fotos. El quinto dedo. La uña estaba morada y me la arrancaron nomás con las pinzas. No jalaron, le dieron vuelta. Como cuando se saca el cogollo de la lechuguilla en el campo para tallar la fibra del ixtle y hacer una cuerda para ahorcar al doctor Crippen. Empuja tuerce y jala. Allá va mi uña. Yo contenía la respiración, pero no la taquicardia. ¿Dón-de es-tá?

33. Prohibición

Donde Boyle llega a Rumania con las joyas y termina la guerra.

El 16 de enero de 1920 se aprobó en Estados Unidos la Decimoctava Enmienda a la Constitución, que prohibía la manufactura, venta y transporte de bebidas alcohólicas. Inició así la era de la prohibición. Durante casi catorce años causó un violento caos en las calles porque los ciudadanos se vieron forzados a vivir a base de pan y agua, como presidiarios.

El zar Nicolás se les había adelantado seis años. En Rusia, el decreto que hizo ilegal el alcohol se publicó el 31 de julio de 1914 con la idea de que el excesivo consumo de vodka estaba paralizando la economía del país y dificultaba en extremo la necesaria movilización de soldados en los inicios de la Primera Guerra Mundial. Fue uno de los elementos precipitadores de la caída del imperio, porque, como era de esperarse, la medida afectó poco a las clases privilegiadas, quienes seguían importando y consumiendo sus abundantes inventarios.

Fue de las pocas cosas que el régimen revolucionario continuó con las reglas del zar e hizo todavía más estrictas las penas.

En México, Pancho Villa les llevaba más años todavía de ventaja. Fusilaba a cualquiera de los soldados de la División del Norte que descubriera alcoholizado. Él era abstemio y consideraba la tomadera como el peor de los vicios para un ser humano.

> El deber de la Guardia Roja incluye la lucha contra la embriaguez, para no permitir que la libertad y la Revolución se ahoguen en vino.

Sentenciaba en Rusia el nuevo gobierno rojo. Los soldados tenían la obligación de permanecer siempre "sobrios y leales a la Revolución". El Consejo de Comisarios nacionalizó la industria del licor y declaró propiedad del Estado todas las existencias. La cava completa de vinos en el Palacio de Invierno, valuada en millones de rublos, se tiró al drenaje —o eso dijeron.

Además de confiscar todo el equipo y las propiedades de quienes cometieran el nefasto crimen de desviar la producción de granos alimenticios para elaborar cualquier tipo de destilado, serían multados y encarcelados por un mínimo de cinco años con trabajos forzados. Las personas que fabricaran, transportaran o comerciaran con contenedores de cualquier tipo y aquellos que bebieran en público o se mostraran borrachos, serían encarcelados por no menos de un año.

Reconociendo los beneficios del alcohol para la salud, se permitió al Estado producir bebidas con un contenido de hasta ocho porciento de alcohol —en efecto, inventando lo que hoy conocemos como cerveza *light*—, porcentaje que al no disminuir para nada la cantidad de destilerías clandestinas, fue aumentando al doce, catorce, veinte porciento, sin cambio observable en el sentir y hacer de las poblaciones.

Los inspectores caían con mucha frecuencia en la corrupción y el vicio; ellos mismos avisaban a los destiladores cuando se planeaba una expedición punitiva. A la llegada de la policía, encontraba una habitación con un fuerte aroma, inaceptable como evidencia. Si algún alambique se rompía y consideraban imposible repararlo, los productores lo entregaban a las autoridades locales, quienes reportaban haberlo confiscado como resultado de sus operativos. Ganar-ganar.

De ser un delito de orden económico, lo calificaron como crimen en contra de la Revolución. Bien pronto se quedaron sin cárceles. Tenían, pero llenas. Los juzgados pedían botellas más pequeñas de muestra como evidencia porque no había lugar para guardarlas y tuvieron que utilizar el sistema de Abasolo, Coahuila (el hoyo en el techo de paja, la cuerda para bajar por la campana de la Independencia...) y así acelerar la rotación de sus huéspedes.

Había lugares, por ejemplo, en las provincias del este donde se conseguía vodka con 80 grados sin problemas. Esto pretendía evitar las importaciones chinas de baijiu (licor de arroz, trigo, maíz y sorgo) y la fuga de los muy necesarios capitales.

El destilado y los ingredientes para su fabricación se convirtieron en una divisa más fuerte que el rublo. La gente se negaba a trabajar si la paga no era en litros. La receta más común pedía 1.5 poods de patatas, 8 libras de harina, 6 libras de malta y un poco de levadura.

Los poods, como saben quienes practican CrossFit, equivalen a 36.11 libras. El término viene desde el siglo XII. Apareció como *phut*. Luego cambió a *pund* y poco después a *pound*, devaluándose con cada transformación. El consumo de alcohol en Rusia, casi en su totalidad compuesto de destilados clandestinos, se duplicó durante esos años. Para 1925 se dieron cuenta de la inutilidad de las medidas y se pronunciaron por inutilizarlas.

En los inicios de la prohibición la gente se amotinaba en su descontento y desesperación. Todavía en 1917 era frecuente ver saqueos de plantas y almacenes de vodka. A veces los mismos propietarios o trabajadores desempleados incendiaban las fábricas, antes que entregarlas al Estado.

Una de éstas fue con la que se toparon en su cuarta noche de viaje en el tren de Joe Boyle. En parte para tratar a los heridos de la balacera en Bryansk y en parte para tranquilizar a los nerviosos pasajeros, al ver las llamas y la gente acarreando cajas, botellones y barriles de vodka, los maquinistas, sin preguntar, detuvieron el tren.

Los vagones quedaron desiertos salvo por Boyle y los banqueros —y un agente secreto británico de apellido Hill, nada tonto, amigo y compañero de Boyle—. Nunca en todo el trayecto estuvo la encomienda en mayor peligro que esa noche, mientras se cargaba todo el vodka posible en los espacios y asientos que no venían ocupados.

Llegaron a Kiev luego de un largo viaje. Tensos y cansados. Boyle no había pegado un ojo en esos días y el tren haría una parada obligada, porque cambiarían de locomotora, enganchando sus vagones al siguiente tren con rumbo a Iasi. Boyle y Hill decidieron ir al Hotel Continental a darse un buen baño caliente. O eso dijeron, porque cada uno regresó por separado. Quizá tenían por ahí unas novias.

A pocas cuadras del hotel, a su vuelta, una fuerte explosión lanzó a Boyle por el aire contra el ventanal de una tienda. Cayó dentro entre fragmentos de vidrio, ileso en buena medida gracias al frío y al pesado abrigo canadiense que llevaba para evitarlo. Aturdido, enfrentó al tendero, quien viéndolo extranjero le exigía pagar los daños causados a su aparador en vez de ofrecerle atención médica. Antes de que llegara la policía o los soldados, distraídos por los mayores daños calle abajo, Boyle neutralizó la situación comprando un pavo relleno ya listo para meter al horno, con el cual llegó a la estación. Pronto estaban de nuevo en marcha y disfrutando la cena.

En la siguiente estación se toparon de frente con otra locomotora puesta ahí para cerrarles el paso. Una patrulla de soldados abordó el tren y su capitán exigió los papeles de cada uno de los pasajeros y de toda la carga. Cuando llegó a los vagones de Boyle los encontró bajo llave.

Boyle y Hill alegaron inmunidad diplomática, pero invitaron al oficial a beber con ellos ahí adentro. Lejos de la vista de sus subordinados y después de compartir con él unos tragos, le permitieron llenar sus bolsillos de oro. Así, ordenó retirar la locomotora que les cerraba el paso y les permitió seguir.

Boyle y Hill cometieron un error. No cortaron los cables del telégrafo al salir. En la siguiente estación los detuvo otro contingente de soldados. Esta vez, más cerca de la frontera, se mostraron por completo intransigentes. Desengancharon los vagones especiales y arrestaron a toda la comitiva de Boyle. Al día siguiente serían llevados ante su comandante. Durante la cena, Boyle les pidió permiso para beber un poco del vodka, abundante en los vagones de pasajeros. Ofreció compartirlo con ellos. No les dijo que era abstemio. Los soldados, al ver la abundancia de vodka, cayeron. No en sentido figurado. Cayeron de borrachos en unas cuantas horas —quizás ayudados con alguna pócima que Boyle pudiera haber agregado al licor—. Todos.

En esa estación, para fortuna de los viajeros, había por orden imperial siempre dispuesta una locomotora. Boyle y Hill la robaron, engancharon de nuevo sus carros y huyeron sin recibir ni hacer un solo disparo. Avanzaban nerviosos a toda máquina. Esperaban represalias antes del amanecer y, sí, las encontraron. Ahora los soldados habían improvisado una barricada, atravesando algunos durmientes y dos coches en las vías para obligarlos a detenerse. Boyle supo que, de hacerlo, sería su fin.

Ordenó sostener la marcha y tuvo que empuñar su pistola para convencer al maquinista, quien creía que descarrilarían.

No fue así. Cuando vieron saltar llantas y astillas y el volante de uno de los coches les rompió el cristal de la locomotora, sin detener su marcha ni perder el rumbo, todos gritaron de gusto y se colgaron de la cadena del silbato, dejando atrás la estación y a los soldados. Un piquete quiso perseguirlos a galope de caballo, pero pronto los disuadieron con algunos certeros disparos de fusil.

La próxima barricada habría de ser más fuerte. Los soldados estarían prevenidos y alertas ante la peligrosidad de estos viajeros. Otra vez a la vigilia. No dormir, hacer de tripas corazón. Siempre viendo hacia adelante tratando de adivinar dónde, cómo, intentarían detenerlos. Sus vidas pendían de un hilo y el hilo se rompió con la facilidad del de los telégrafos esta vez.

En la madrugada, aún en penumbra, avistaron una nueva barrera sobre la vía. Rocas y tierra. Un montículo del alto de la locomotora. Imposible de romper. Hubo de imperar la prudencia. Soltar el vapor, detener la marcha. Poco a poco, el tren perdió velocidad y comenzó a verse flanqueado por soldados a ambos lados de la vía. Pero… sus uniformes, eran diferentes. Eran… rumanos.

Unos kilómetros atrás, habían cruzado la frontera. Boyle pudo telegrafiar a la reina que —no lo dijo así, por supuesto— pronto estaría de nuevo en sus brazos. Y con regalos: era la Navidad de 1917.

Quedaba un pequeño detalle en todo este enredo. Las joyas de la corona estaban de nuevo en Rumania, pero la reina María había visto que Zizi usaba esa gargantilla con el diamante azul profundo de Napoleón, de la bisabuela de la abuela de Carol su hijo. Zizi, su nuera que no era.

María visitó a Carol en su encierro y salió de ahí destrozada por el sufrimiento de su hijo. Era después de todo o antes que todo una madre. Consideraba a Zizi un ave de presa o mejor —peor— de rapiña. Seguía exigiéndole a su hijo la anulación del matrimonio. Para ella, su deber para con la Madre Patria era mayor que las promesas hechas a la Lambrino.

En la undécima hora del undécimo día del undécimo mes… del décimo octavo año… 11 de noviembre de 1918, se firmó el armisticio que puso fin a la Primera Guerra Mundial. Muchas fichas estarían aún por caer. Desaparecerían imperios, dinastías como la de los Romanov, los Habsburgo, los

Otomanos. Aparecerían países nuevos. A Rumania le fue bien, pues se anexó algunas regiones que siempre había buscado. Apareció Yugoslavia de lo que habían sido Serbia, Croacia y Eslovenia. Bohemia se convirtió en Checoslovaquia. Rusia perdió Finlandia, Estonia, Lituania, Latvia y se convirtió en la Unión de Repúblicas Soviéticas Socialistas, URSS. Se autorizó la creación de Israel y con ello la aparición de otro conflicto que, aún hoy, no se resuelve.

De todos modos, era el fin de la guerra. Hubo celebraciones, desfiles. María de Rumania montó un hermoso caballo con nombre de elefante: Jumbo. Carol al frente de su regimiento, pero taciturno, distraído, molesto. Lejano a la gente y por ella, menos por Zizi, correspondido. No le dejaban verla. Ese día se lo permitieron, después de que firmó una carta solicitando la anulación su matrimonio.

Seguía la tensión militar y enviaron a Carol a la frontera con Hungría. Se hablaba de una posible invasión. Carol seguía creyendo en la república por venir, cada vez más cerca.

Surgió una importante complicación. Zizi estaba esperando bebé. Carol pensó en renunciar a la renuncia de su matrimonio. Zizi se lo exigía. Como manera de presión, María cortó los ingresos que Carol I había heredado a su nieto. A Carol pareció no importarle. Estaba protegido.

Su abuela, la reina Elizabeth se conmovió siempre por la rebeldía de Carol y en secreto, lo apoyaba. Como Carmen Sylva, la famosa escritora, su *nom de plum*. Aquel diamante para su novia más otras joyas, obras de arte, propiedades, dinero en el extranjero, estaban ahora bajo el secreto control de Carol. No era mucho, pero sería bastante. Tendría que ser. En cuanto a la gargantilla de Napoleón, Boyle se encargó de convencer a Zizi para que la regresara.

34. Verdugo

De pájaros empaladores, vampiros y la crueldad del verdadero Drácula, muy superior a la del vampiro.

Ludovicus Prim D Gratia Rex Bo. Mi moneda, la moneda de Carol. Rumania, Transilvania, la tierra de Drácula. En el camino de entrada a Nacapa vimos sobre un quiote de maguey un pájaro. Al acercarnos se echó de clavado y voló rasando el suelo para al final subir casi en vertical hasta la punta de una albarda. Me detuve a observarlo. Doña Evita venía dormida y no se dio cuenta.

El pájaro tenía su nido en un huizache cercano. Había en él tres polluelos ya creciditos, cerca del día en que iban a lanzarse a volar. Curioso, los alimentaban tres adultos. Eran los papás y un polluelo del año anterior. A veces sucede en esta especie, *Lanius ludovicianus.* Los cachorros del pasado se quedan con los papás y los ayudan con sus hermanitos, antes de decidirse a buscar una pareja y hacer su nido propio.

Dependiendo a quién le pregunte uno y dónde, le dirán que se llama chico cabezón, o verdugo. Verdugo, ¿por qué? El *Lanius* es un gran depredador. Caza insectos. También reptiles, roedores, otras aves, siempre que todo sea pequeño. Por eso le gusta pararse en las ramas altas, en los quiotes, pues le permiten lanzarse en picada para tomar velocidad y convertirla en fuerza de impacto para atrapar a su presa con el pico. Se parece mucho al cenzontle, el *mocking bird*, imitador del imitador que me imitaba a mí en el panteón sobre la tumba de Rosa Oranday. El cenzontle tiene los mismos colores; negro, blanco, gris. En los billetes mexicanos de $100 lo mencionan unos versos de Acolmiztli Nezahualcóyotl:

Centzontótotl icuic
Amo el canto del cenzontle,
pájaro de cuatrocientas voces.
Amo el color del jade
y el enervante perfume de las flores,
pero amo más a mi hermano: el hombre.

Quizá no está en la naturaleza del verdugo ser depredador. Quizá quería ser cantante como el cenzontle. No comer otra cosa que insectos. Abejas, hormigas... Sus patas no son muy fuertes. No tienen tres dedos adelante con uno posterior opuesto y más largo para matar... Bueno, sí, sí los tienen, pero no son muy fuertes. Con un búho hay que cuidarse de las garras. Con un *Lanius*, del pico. En las patas no tiene mucha fuerza y entonces, cuando caza un animal que no podrá comerse de un solo bocado, o quiere repartir entre sus hijos o hermanos menores, lo lleva a una espina de maguey o mezquite y ahí, lo empala. Luego lo despedaza con su poderoso pico. Lanius el Empalador. Como Vlad. *Lanius Tepes.*

Hay quienes dicen que la leyenda de Drácula como vampiro se debe —además de su crueldad— a que padecía púrpura (*Trombocitopenia inmunitaria*), una enfermedad cuyos síntomas son a veces un color muy blanco en la piel y el fácil sangrado de las encías. De ahí el aspecto macabro. En un estudio muy serio, el doctor Pedro Gargantilla —quizá pariente de nuestra joya— atribuye su apariencia a otra enfermedad similar que reduce los niveles de hemoglobina en la sangre: la porfiria. Era el mal del rey Jorge III; le producía intolerancia a la luz —como a los vampiros—. México la sufrió por treinta y dos años antes de la Revolución, pero a nosotros no nos resultó tan mal —si no consideramos a las víctimas del sistema feudal y esas minucias—, pues fue tiempo de estabilidad y crecimiento.

O tal vez, el mal de Drácula y otros vampiros fue la simple y horrible rabia. La rabia también produce sensibilidad a la luz y otra característica de los míticos vampiros: la hipersexualidad. El doctor Gargantilla ha demostrado coincidencia entre las leyendas de apariciones de vampiros en la historia con los brotes epidémicos de rabia.

Los vampiros de a deveras no son hipersexuales. Ni siquiera los falsos. Los vampiros reales, los que comen sangre —¿se alimentan de sangre, toman sangre?, ¿cómo será correcto decirlo?— son tres especies nada más. Ninguna vive en Transilvania. Ni siquiera en Europa. Todas son americanas; de la mitad de México hacia el sur. Ninguna de ellas "chupa" la sangre. Ninguna desangra a sus víctimas.

Las encuentran porque su ecolocalización ha evolucionado para detectar el ritmo de la respiración y los latidos cardíacos de los animales dormidos. Como los mosquitos, pero con dos colmillos. Los mosquitos detectan la concentración de dióxido de carbono de la respiración de sus víctimas y viajan hacia ellos. Al picarlos les inyectan un anestésico e irritante. Obligan a sus víctimas a rascarse y aumentar el flujo de sangre cerca de la superficie de la piel. Los mosquitos y los vampiros tienen receptores infrarrojos. Con ellos pueden ver los puntos donde hay más sangre dentro de un cuerpo cerca de la superficie. Los vampiros ahí hacen una pequeña incisión quirúrgica, no muy profunda. Luego se dedican a lamer la sangre que fluye y fluye sin parar porque los vampiros reales, debajo de la lengua, llevan una enzima. Algún biólogo con sentido del humor la bautizó como draculina, poderoso anticoagulante.

No "muerden" en el cuello, sino en los talones o detrás de las orejas, ahí donde les gusta a los gatos ser acariciados. Éstos no son hipersexuales. La mayoría tienen sólo una cría al año y la familia extendida es muy unida, al grado de que las tías ayudan a amamantar a los pequeños y los adoptan si alguna mamá ya no regresa... La encontró una serpiente, lechuza, gato, tarántula halcón, cuervo chico, chico cabezón... y la hizo su cena. A veces —quisiera que hagan un esfuerzo mental por grabar esta escena en el rincón más indeleble de sus cerebros— la mamá y la cría duermen juntos, abrazados por las alas del papá. Mi especie favorita ni siquiera es un vampiro de a de veras, sino un falso vampiro (no es hematófago, no come sangre), sino carnívoro —entonces sí come sangre—. Se alimenta de ranas, ratones, lagartijas. Su nombre es espectacular y es el único de su especie —pinches científicos locos—. Se llama *Vampyrum spectrum*. El sólo decirlo me produce calosfrío.

La carga de crueldad que acompaña a la leyenda de Vlad no tiene igual en la historia de la humanidad. Puede haber algo de hipérbole en las descripciones, en el cúmulo de acciones que se le atribuyen. Ahí están las crónicas. Cuando subió al trono de Valaquia por primera vez, duró menos de un mes. Entre octubre y noviembre de 1448. No perdió el tiempo. En ese breve periodo acabó con la pobreza del reino:

Reunió a todos los mendigos, las personas sin hogar, sin fuerzas para vivir, sin ocupación ni medios. Los pobres, viejos, enfermos, minusválidos. Con ellos, sumó a muchos otros inútiles o perjudiciales a la sociedad: malandros desobligados para quienes la vagancia era un negocio. Mandó traerlos. Carruajes y caballos recorrieron las calles del reino repartiendo licor e invitándolos al palacio.

Los bañó. Atendió sus dolencias con los mejores médicos. Les dio ropas nuevas y les sirvió un abundante banquete. Sin límite. Todo lo que pudieran comer. Un día con su noche; el día siguiente y hasta bien entrada la madrugada. Entonces, cuando la mayoría dormían, cerró las puertas del enorme salón donde los había congregado y le prendió fuego.

Durante su segundo reinado cobró terrible venganza contra aquellos nobles cuya inacción había contribuido al tormento de su hermano Mircea, sepultado vivo, boca abajo. Un domingo de resurrección los reunió en el palacio junto a sus familias en una alegre fiesta abundante en muslos y lomos de las mejores vacas. En algún momento antes del postre, sometió a los hombres, los hizo ir al bosque a cortar cada uno una estaca de tres veces su altura y el ancho de su brazo sobre la cual, afilada la punta y engrasada, los empaló y los colocó aún vivos a lo largo de los muros del palacio, como advertencia para todos los nobles que pensaran no en oponerse a él, sino no hacer nada por defender su reino. La famosa regla de oro de la Biblia: Si no estás conmigo, estás contra mí.

Tampoco dejó ir a las familias. A las mujeres y a los niños los mandó a las ruinas de un castillo cercano y los hizo trabajar para reconstruirlo, hasta que sus lujosas ropas de Pascua y ellos mismos fueron quedando reducidos a harapos y a la postre, malolientes cadáveres.

Vlad limpió las carreteras de bandas de ladrones. O las ensució, depende de cómo lo vea uno, pues les hizo una valla de estacas con cuerpos empalados, delicia de cuervos y zopilotes. *Eye candy* también para los viajeros y comerciantes que las habían sufrido. Formó un ejército no de soldados ni de mercenarios, sino de víctimas. Gente con el coraje en el alma de su padre, esposa, hermana, madre, hijo, asesinado, violada, mutilado, desaparecido… A quienes nada les importaba, sino la venganza y qué mejor que el empalamiento como tal.

A un ladrón de caballos le regaló cuatro hermosos y fuertes corceles árabes. Todo lo que tendría que hacer para llevárselos era sostenerlos con pies y manos mientras eran azuzados rumbo a los cuatro puntos cardinales.

Ni su tamaño ni la dureza de su rostro, de sus acciones de guerra y justicia, indicaban que pudiera haber en Vlad ternura.

Y sin embargo era lo más dulce y cursi que hay en este mundo cuando posaba sus ojos verdes sobre Prasha, su mujer, o el pequeño Minhea, orgullo máximo y amor de su vida. A ella y sólo a ella se mostraba Vlad en toda su humanidad, sin la coraza impenetrable de su cargo como *voevode* de Valaquia.

35. Sófocles

Donde con una Martini, Carol olvida a Zizi y se casa con Elena, pero conoce a otra Elena...

> *Para obrar virtuosamente el hombre debe aprender a ser autónomo y gobernarse por sí mismo, mediante la conciencia racional.*
>
> SÓCRATES

No les dije nada. Podría dejar dos, tres, cinco, veinte hojas en blanco después de este párrafo con todo lo que no le dije a esa pareja. Azucena y su novio. Azucena y su desayuno. Abanicaron los palillos bajo mis uñas. Las dejaron como los triángulos que hacen los limpiaparabrisas en el parabrisas que limpian. Golpearon mi cara, el hígado. Conectaron lo que restaba del cable con que me habían amarrado, la parte de la clavija y me enredaron los extremos pelones en los testículos. Luego me empaparon. Me acordé de Fernando, de sus piernas quemadas. El olor. ¿Sobreviviría yo también? ¿Al dolor? ¿A los golpes? ¿A la electricidad? No a su último truco, ya de salida. Como fregadera de pilón, el novio apurándola en la puerta, Azucena tiró en el fregadero los panes para hot dogs que cada noche cenaba yo con la esperanza de soñar con Laura Elena. Me la puso en la cabeza. La bolsa; Laura Elena ya estaba. Apretada. Por atrás de mi cuello le hizo un nudo ¡Me choca que le hagan nudo a las bolsas, les digo en el supermercado! Apretada. Apretado. Sofocante. Sófocles.

Hace dos mil quinientos años Sófocles escribió *Antígona*, una tragedia como sería mi final. Antagónica, la antigua Antígona, condenada a ser sepultada en vida como Mircea el hermano de Drácula, por querer enterrar a su hermano muerto. Condenado él a no recibir sepultura por traidor a la patria, igual que condenó la iglesia ortodoxa a Drácula cuando lo excomulgó por haberse convertido al cristianismo. ¿Qué pensará Jesús Cristo de las tantas facciones en guerra con él mismo como líder? ¿Guerra civil o guerra religiosa? Crearon al vampiro inmortal en el instante en que maldijeron a Drácula: "A tu muerte, tu cuerpo quedará completo e incorruptible…" Parecería una bendición. Muchos santos católicos lo envidiarían, si no hubieran prohibido sepultarlo… La orden era dejarlo en el campo de batalla si en ésta moría, como alimento de las fieras. InMuerto. Su cabeza estuvo en exhibición cuando cayó en una trampa. Decapitado por el disparo de un cañón cargado con cadenas. Y yo, sofocado a la media noche con una bolsa de medias noches.

Diría que Azucena es más joven que su pareja, diría a la policía si viviera. Le lleva unos cinco años. Igualita a Rosa Oranday, pero hecha de otra madera, otra frecuencia latitud amplitud. El chavo, de su tamaño, el doble de ancho. Cabello con corte militar todavía. Ojos cafés, sucios. Rojos en sus bordes. Droga, alcohol, malas noches, pesadillas de seguro. Tez muy pálida, demacrada y amoratada. Se veía enfermo. Me golpeaba, pero el que sangraba era él, de la boca. Una cicatriz vieja, pequeña, vertical encima del cuarto final de la ceja derecha. Hace que se le caiga un poquito el párpado. Le vibra cuando se enoja y estaba enojado esa noche. Cojea un poco. Quizá lo mordió un dóberman. Estuvieron en la casa.

Toda la noche pensando qué hacer conmigo. Me vieron abrir la caja. ¿Por qué no me asaltaron entonces, ahí mismo si pensaban que de ahí había sacado la gargantilla? La traía.

Acababa de dármela doña Evita. No. Mi última visita fue la del Cal-C-Tose. La tía Eliza. Lo que traía era el pequeño diamante. ¿Se lo habrían llevado? Lo probé en la gargantilla y quedaba en tamaño, pero no era de su clase, se veía. No lo dejé. Lo dejé, pero no con ella. En mi mesita de noche. Ya casi era de día. ¿Seguiría ahí? ¿La mesita de noche al llegar el día y el diamante en ella?

¿De qué color es una sandía por dentro antes de partirse? El doctor Daniel Gómez, quizá la persona más inteligente que conozco en Saltillo y en el mundo, asegura que es negra. Yo insisto en que tiene razón parcialmente, en lo relativo a las semillas. Él menciona teorías matemáticas como prueba y me dice que, aunque me lo explicara no lo entendería y entiendo perfectamente lo que con eso me está diciendo. Menciona el principio de Heisenberg y fórmulas matemáticas con letras griegas que para mi bien podrían estar en chino. Yo le respondo que si le hacemos un agujero no la estamos partiendo y ya vemos que es roja. La rojedad no le viene del reflejo de la luz, sino de su estructura molecular. En todo caso el color no importa. Lo que importaría sería saber qué tan dulce está antes de partirla. Ése sí que sería un avance científico significativo. Aunque dado que el Güero, mi frutero, me regala una sandía nueva cuando me quejo del sabor de la que le compré, tampoco esto importa realmente. Lo que importa es que el tiempo se me acaba y estoy por terminar de asfixiarme.

Así debió sentirse Carol, el segundo. Asfixiado por la monarquía, sus obligaciones. Volvió a terquearle a su matrimonio con Zizi Lambrino. Quería anular la anulación.

Para separarlo de ella, sus papás le pusieron una trampa. Contrataron a otra de sus exnovias, María Martini, para que como un clavo que saca a otro clavo le sacara a Zizi de la cabeza. Y lo logró, pero de nuevo salió embarazada. "Shaken, not stirred", hubiera dicho Bond. Entonces, le buscaron un marido y con él la mandaron a vivir al extranjero, tras su buena indemnización.

El siguiente paso de la estrategia real fue enviar a Carol a una gira mundial, planeada por Klondike Boyle. Ahora no hubo balazo en la pierna, a pesar de que en Estados Unidos Carol visitó la compañía Winchester y compró un montón de rifles para cacería. Quizá como a Nicolás en Japón un nuevo Tsuda Sanzo le decapitaría y ahorraría a sus padres nuevos dolores de cabeza.

En su ausencia, la familia negoció con Zizi el exilio, con una impresionante dote que le depositarían mes tras mes, siempre que ella se comprometiera a no regresar nunca más a Rumania. La tormenta al parecer había pasado.

Seguro, Carol seguía atado a su familia y a las restricciones impuestas sobre su vida como yo a mi silla, pero él podía cuando menos respirar un poco. Al menos hasta el 10 de marzo de 1921, cuando le pusieron el equivalente a una bolsa de medias noches amarrada sobre su cabeza.

Se casó con Elena de Grecia, hija de Sofía de Grecia, también nieta de la reina Victoria, como la madre de Carol. Su hermana Elizabetha se casó días antes con el hermano de Elena, Jorge, príncipe heredero. Dobles cuñados. Gramatemáticamente cucuñados.

"Carol está salvado", escribiría la reina María en su diario, con palabras muy halagüeñas para su nuera. Yo no. Yo sigo amarrado a mi silla y no estoy salvado. *I am not bran*, diría Drácula, lejos de su castillo.

No fue un matrimonio por amor, ambos lo sabían. Elena no quería regresar a Grecia porque acababa de morir su adorado hermano Álex y le parecía imposible enfrentarse a los recuerdos. A Carol lo habían desgastado ya hasta sus límites las presiones de su familia y del gobierno. Escribió a Zizi:

Resistí hasta lo último y sólo fue cuando me vi solo que me declaré derrotado.

¿Sería también mi hora de declararme derrotado? ¿Exhalar, como Luis Buñuel, mi último suspiro? Parecía que todo saldría bien para Rumania. Había pasado la época difícil del príncipe y se encaminaba a establecer su familia, darle un heredero a la Corona y quizá pronto tomar el papel de Fernando, cuya salud decaía tan rápido como la mía dentro de esta bolsa de medias noches. Al poco tiempo Elena anunció su embarazo. Miguel nacería el 25 de octubre de 1921 e iba a ser, a la postre, el último rey de Rumania.

"Comenzaba a sentir que amaba a Carol", escribió Elena en su diario.

Luego, ya saben, *the seventh year itch* le cayó a Carol con la velocidad de un viaje en el Czarina Catherine, apenas cuatro años más tarde.

La visita de su suegra y varios de sus parientes políticos se prolongó hasta hacerse eterna. El hastío con el rígido carácter de su esposa, en parte debido al que ella sentía por la frivolidad de su marido…

En 1925 se estrenó en la Fundación Carol I la película fantástica de Fritz Lang, *Die Nibelungen*.

Los nibelungos son un pueblo mágico. Vive bajo la tierra dedicado a la extracción de diamantes. Sigfrido va en su búsqueda para robar el más bello anillo y con él lograr el amor de su amada Kriemhild. En el camino se desvía como yo y mis narraciones y mata a un dragón con una maravillosa espada forjada por él mismo. Al instante se da cuenta de que por su acción ahora comprende el lenguaje de los pájaros —yo nomás el de los pericos— y ellos le revelan que, si se baña en la sangre del dragón, se volverá invisible. Perdón, invencible.

Invisible será luego de que en otra lucha reciba la manta mágica, a cambio de perdonar la vida a su rival vencido. Habrán de suponer que Sigfrido no se baña bien, obviando un punto en su hombro sobre el cual cayó una hoja de lima. El talón de Aquiles es en esta historia el hombro de Sigfrido. La historia original se documenta en un poema del siglo XII. Fue convertida en ópera por Wagner y estrenó en el Festspielhaus de Bayreuth del 13 al 17 de agosto de 1876.

Sí, es así de laaaarga. La película de Fritz no dura tanto; unas cuatro horas. De todos modos, cuando la recibieron en la fundación, Carol quiso verla antes del estreno y el proyeccionista, un fotógrafo de nombre Postmantir —el anterior había sido Mantir, supongo— se durmió durante la función. Casi quema la cinta y el teatro con el príncipe adentro. Fue despedido en caliente.

Conociendo la debilidad de Carol por las mujeres, Postmantir se presentó al estreno con una bella amiga de cabello rojo como el fuego —error táctico que, por fortuna para él, e infortunio para el reino, no tuvo consecuencias— de nombre Elena Lupescu. Por supuesto, Lupescu lo pescó. Carol sintió quizás el amor más intenso de su vida y tal vez, tal vez, tal vez, por última vez. Aun conociendo la historia, pues era al fin y al cabo su historia, Carol la repitió casi a pie juntillas, una expresión que pretendo se entienda como la "postura propia del que se afirma y se arresta".

Se arresta... Cuando Radu cel Frumos y su amante, el sultán Mohamed, hijo de su viejo amante y captor, Mahud II, venció a su hermano Drácula y le arrebató el trono de Valaquia, el príncipe lo perdía por segunda ocasión. Drácula trató de refugiarse en el reino cristiano de Hungría, ahora bajo el mando del joven Matías Corvino. No le ayudaron ni su primo en Moldavia ni el propio Matías, a pesar de haber recibido dinero del papa Pablo II con la orden de apoyarlo en su cruzada contra el Imperio otomano: además, lo arrestaron al llegar.

Lo liberarían algunos años más tarde, o lo cambiaron de celda… Aceptó casarse —y ella con él— con Justina Szilágyi, prima del rey. Otro matrimonio arreglado. La mujer quería hijos. Vlad se los dio. Dos. Ya había tenido uno, Mihnea, con su amada Prasha… Eupraxia. Poco se sabe de ella. Se dice que murió de melancolía, la peste negra, depresión posparto. O quizás, al enterarse de la crueldad en el estilo de gobierno del hombre con quien se había casado. Defenestrada.

Desde su habitación, Prasha podía ver el panorama del bosque que levantó Drácula para desmoralizar a las tropas enemigas cuando esperaba la llegada del ejército de Radu. Se dice que sumó veinte mil soldados empalados. Se desmoralizó ella también y decidió unírseles.

Como relámpago para no distraernos de mi historia, les contaré algunas de las historias que se cuentan del carácter del conde Vlad como gobernante:

Una delegación de embajadores del Sultán se negó a descubrirse en su presencia, porque no era su costumbre. Para ayudarles entonces a guardar la tradición, Drácula hizo que les clavaran sus turbantes a la cabeza. En su defensa, he de decirles que no usó clavos muy largos y no mató a ninguno.

Obligó a unos ladrones a regresar la bolsa robada a un comerciante, en el preciso lugar donde la sustrajeron. Luego, empaló a la víctima porque no reportó que la bolsa llevaba un ducado más de los que en un principio le quitaron.

Prometió a un espía del sultán que no habría de temer a la muerte si le revelaba todo lo que sabía del campamento enemigo. Durante horas bebió con él, conversando. De pronto el espía se desvaneció, muerto. Como no vio venir a la muerte, dijo Drácula, nunca la temió…

36. Montaña de Luz

Contaremos cómo Carol escapó de una Elena para caer en los brazos de otra.

Pudiera haber hablado a mis ladrones de dónde viene la joya y que el primer ladrón de diamantes, antes que ellos, fue Allauddin Khillji, allá por el año 1500. Una colina, una montaña. La colina del pastor, la montaña de luz. Golla Konda, la colina del pastor. Poderoso fuerte medieval en el sudeste de la India, en cuya bóveda se guardaban las joyas encontradas a lo largo de todo el río Krishna, como el diamante más grande del mundo, llamado Koh-i-Noor, en persa, Montaña de luz, que en un principio era de 787 quilates.

Lo encontró cerca del mar el rey Satrajit y creyéndolo regalo del dios Sol, Mitra, lo entregó al señor Krishna.

En su historia ha pasado de mano en mano, guerra en guerra, pagado como tributo o sin más robado. De India a Persia, luego Afganistán… Ahora descansa, a la cuarta parte de su peso original, "arreglado" por expertos, como joya en la corona de Isabel en Inglaterra, pese a las solicitudes de devolución de la India. Es su penacho de Moctezuma, supongo.

Igual que el imperio, también a la cuarta parte de su tamaño original. Prisionero de guerra. Reclamado por su patria a oídos sordos, ojos ciegos, inmóviles manos. Encerrado en la Torre de Londres. Como Drácula en Buda, el Conde de Montecristo en el Castillo de If, si acaso. Eduardo V ahí mismo, misma torre, mismo encierro, misma injusticia. ¿Desaparecerá algún día? ¿El diamante o la injusticia?

Hay un solo diamante en el mundo y de él todos los que conocemos. Lo volveremos a ver como uno el día del juicio final. Ésa sí que va a ser una montaña de luz. Condenará a todos los que lo codiciaron a la eternidad diamantina de la litósfera, al centro de la tierra. Al más profundo, caliente, apretado y oscuro de los infiernos. Ahí, con la presión adecuada, todos nos convertiremos en diamantes.

Por ahora son símbolo, deseo, tentación. *Diamantes de sangre*, dice la película dirigida por Edward Zwick en 2006, con Leonardo DiCaprio y Jennifer Connelly. Aquellos eran de Sudáfrica, pero todos los demás y en todas partes han atraído a la sangre y la sangre les atrae. Como al vampiro, son uno. Sangre y diamante. Vida y muerte. Eso pude decirles a los ladrones.

¡Ah!, y la perfección. Corte, Color, Claridad, Peso. *The four Cs,* dicen en inglés. *Carats* por peso. Eso siempre aumenta su valor... Hasta terminar por destruirlo.

Así era Elena para Carol. La esposa perfecta, la princesa perfecta, la madre perfecta. Demasiado perfecta. Cero conductividad eléctrica, me hubieran dicho los aparatitos de Fernando.

Su nuera daba demasiada importancia a las cosas superficiales, opinaba la reina María. La casa impecable, el peinado, la ropa, el andar, las palabras. Le daban ganas de mesar su cabello, lanzarla a una fuente, revolcarla en el arenero donde jugaba el pequeño Miguel.

La otra Elena, Elena Lupescu, estuvo casada con un oficial del regimiento de Carol, Ion Tâmpeanu. Un año, parece, entre 1919 y 1920. Luego ella se dio a la sociedad, de donde le vino el apodo de Magda, como María Magdalena. Una vez, sin embargo, que conoció a Carol, su vida cambió. El príncipe no tuvo ningún disimulo respecto a su romance. Ni se cuidó por guardar las apariencias.

Pronto le había comprado una casa. La puso a nombre de Constantin Schloim Lupescu, hermanito de Elena. Elena la toleraba al principio. Cualquier cosa por evitar los avances de su marido. Al fin, ya tenía al heredero y eso sería todo.

Sin embargo, algo había en Elena diferente a las demás. Carol adoraba su cocina, su excepcional *mamaliga.* No era todo cuestión de sexo. Con ella, Carol se sentía completo. Tenía un hogar, las cosas simples de la vida, apapachos y mimos, camaradería, calidez. Elena trató de separarlo de Elena en el verano, llevando a la familia de vacaciones a Sinaia. Pronto llegó Elena también.

El carro de Carol comenzó a dejarse ver con demasiada frecuencia cerca de la pequeña casita donde se hospedaba Elena y Elena lo sabía. Carol anunciaba su llegada lanzando piedritas a la ventana de su recámara, como hiciera antes con Zizi y tal vez con María y con Ella. Quizás a ella, a Elena, no le lanzaba piedritas, sino diamantes, porque Elena lo amaba. Lo amó con sinceridad y lo siguió, en las buenas y en las no tan buenas —en realidad nunca fueron muy malas— hasta la muerte. Cuando Elena se dio cuenta de que su marido estaba en serio enamorado de Elena, comenzaron las discusiones. Los gritos.

Una vez incluso encerró Elena a Carol en su habitación durante la noche. Carol, terco en reunirse con Elena, se escapó. Se lanzó por la ventana y se rompió el tobillo. Ahora sí, se salió con la suya por ir a ver a quien no era la suya.

Quizás Elena hubiera ganado no la batalla, la guerra, aunque Elena estudió mucho todo el expediente de Zizi, con la esperanza de no repetir sus errores. Elena pretendía cansar a Carol de la nueva Elena, apenas tres años menor que ella, o esperar a que él mismo se cansara, como ¿se había cansado? de las anteriores.

El 20 de noviembre de 1925 murió en el Palacio de Windsor su tía abuela Alejandra, nuera de la reina Victoria y esposa de Jorge VII, aquel amante de miss Langtry, la novia del juez Roy Bean en Texas.

A pesar de las súplicas de la reina María y de Elena, quienes advirtieron que si Carol salía de Rumania nunca más regresaría, el rey Fernando comisionó a su hijo como representante de la casa real de Rumania al sepelio. Mal había despedido Elena a Carol en el Expreso de Oriente rumbo a Londres, partió Elena en el siguiente tren rumbo a París. A pesar de estar viajando con su suegra Sofía, reina de Grecia —aunque para esas fechas, habiendo enviudado, la reina era ya su nuera Elizabetha, hermana de Carol—, Carol se escapó a París una semana más tarde, donde se encontró con Elena.

Enamorarse de una mujer con el mismo nombre de su esposa me parece obra de un genio, aunque en este caso haya sido un golpe de suerte.

Días después, el rey Fernando recibió desde Viena una copia de la vieja carta que le había mandado Carol desde Odessa, suplicando se le permitiera renunciar al trono, a su esposa Elena, a su hijo y a todos sus derechos como príncipe heredero, jurando no regresar a Rumania nunca más y solicitando un nuevo nombre e identidad, con el fin de perseguir la felicidad en su por lo menos tercer intento de encontrar al único amor verdadero. Enseguida tachaba con un Sharpie el nombre de Zizi Lambrino y escribía abajo el de Elena Lupescu. Y firmaba, Oswaldo Elizondo Zambrano.

37. Indeleble

Donde se cuenta cómo Carol planea un golpe de Estado contra su hijo y cómo acaba en Veracruz.

No, no es cierto. La carta de Carol no era una copia de aquella que mandó desde Odessa luego de casarse con Zizi, ni la firmó con el nombre de Oswaldo, el mi güelito de doña Evita. Tampoco tachó el nombre de Zizi Lambrino y escribió el de su nuevo amor eterno, Elena Lupescu, con un Sharpie.

El Sharpie es un marcador de tinta indeleble inventado por la compañía Sanford Ink, Inc. Fundada en 1857 por Tom Sharp, *et al.* Ahora los fabrican bajo la marca Newell Rubbermaid en Tijuana, Baja California, México. Se volvieron famosos en todo el mundo porque, además de ser los favoritos de los astronautas —famosos, 'tonces en todo el universo—, debido a su capacidad para funcionar en cualquier posición y en gravedad cero, el 14 de octubre de 2002, Terrel Owens, receptor de los 49s de San Francisco —en realidad son 53, de los cuales 46 participan en el juego y 11 pueden entrar a la cancha en un momento dado, igual que en el *soccer*, con once jugadores entre los cuales debe haber un portero—, sacó de su media un Sharpie para firmar el balón con el que acababa de anotar su *touchdown* y luego regalárselo a un admirador en las gradas. Ese juego lo ganaron los 49s 21-28, que suman 49. El mismo Terrel anotó otro *TD* en el primer cuarto.

Desde 1964, el Sharpie se vende como un marcador de tinta indeleble. En realidad, no lo es. Lo mismo creía de mis recuerdos.

Tampoco lo son. Los borra la acetona, afasia, gel para las manos, vapor, apraxia, alcohol isopropílico, agnosia, borradores de hule, psicosis, alcohol desnaturalizado, represión de las emociones, apatía, obsesión, epilepsia, pérdida del dolor ¡al fin sin dolor!

¿Quién soy ya?, ¿quién fui?, ¿quién está en el espejo? Incontinencia, inconsistencia... Le llaman Alzheimer como el doctor y no como el paciente, el caso cero: Auguste Deter (16 mayo 1850–8 abril 1906). Me faltan dos años para alcanzar su edad.

La manera más fácil de borrar un Sharpie es rayar sobre lo escrito con él con un marcador seco para pizarrón. Eso levanta la tinta del Sharpie. Auguste Deter. Deter-ioro.

*

Este... Lupescu. Carol envió una carta formal al rey Fernando, pidiéndole que aceptara su abdicación. La firmó como príncipe heredero Carol. Esta vez, Fernando no tuvo más remedio. Se prepararía una regencia, el pequeño Miguel ascendería al trono a su ya para entonces inminente muerte: Fernando no tenía más remedio, literalmente. Sufría un cáncer en el intestino, en esa época, mortal. Moriría dos años más tarde, el 20 de julio de 1927. Sus últimas palabras: "Sunt atât de obosit" (Estoy tan cansado...).

"Jamás", "nunca", "ni por todo el oro del mundo". Carol ya comenzaba a renegar de estas múltiples promesas hechas acerca de su regreso a Rumania. Quizá le pesaba un poco la última, pues no pensó muy bien las cosas cuando se quedó en París con Elena Lupescu. No tenía una buena colcheta económica. Después de estar en Milán y Viena, los tórtolos regresaron a París y volvieron a instalarse en el Hotel Chambord. No era barato. Optaron pronto por rentar una casita. Elena hacía las compras en el mercado y preparaba la comida. La policía secreta de Rumania podría tratar de envenenarlos, creían.

Ptolomeo XIII corrió con mejor suerte que su hermano Ptolomeo XIV, quien murió envenenado por su hermana, Cleopatra, en el año 44 a. C., con aconita —una planta cuyo nombre en griego es *akònitun*—, que quiere decir planta venenosa. Cleopatra era también su esposa, y como sabemos por la película de 1963, Elizabeth Taylor, y amante de Julio César. Cuando eres tú Brutus mató a Julio César, Cleopatra mató a su hermano y esposo, cuñado de sí mismo, para dejar en el trono al hijo que tuvo con su amante, Ptolomeo XV César, bautizado así por ella en honor a su esposo, a sus hermanos y a su amante. Era mala, mas no ingrata, a la Catalina la Grande.

En el año 338 a. C., Bagoas envenenó al rey Artaxerxes III. Dos años después envenenaría al heredero, Artaxerxes IV. Enseguida, ese mismo año le tocó morir envenenado al mismo Bagoas. Claudius en el año 54 murió luego de comer hongos venenosos cocinados por su esposa, Agripina. Juan Ponce de León… No sé si contarlo porque a él lo envenenaron con una flecha. Alan Turing, el inventor de las computadoras. Himmler se suicidó con cianuro luego de ser capturado. El miedo al veneno debe venir en la cartilla de los gobernantes.

Carol y Elena la nueva tenían algunos problemillas extra. Elena de Grecia logró el divorcio un año después y declaró: "Por fin me he liberado de esta pesadilla". Zizi Lambrino demandó a Carol por daños morales. Pedía 10 millones de *lei*.

Con su nuevo nombre, Carol Caraiman pensaba de todos modos en regresar a reclamar su trono. No le faltaban adeptos y con cierta razón, pues la historia, decían, no ha sido benévola con las naciones cuando sostienen regencias muy largas. Contaba otra vez con el apoyo de su madre, molesta porque Elena no le permitía ver al nieto. Al poco tiempo de la muerte del rey, el poderoso primer ministro Ion Brătianu, obstáculo para el retorno de Carol, moriría también, de complicaciones por una laringitis… Dicen.

Y a la voz clásica de: "No puedo negarme al llamado del pueblo", Carol regresó a Rumania a finales de la primavera de 1930, a escenificar un golpe de Estado contra su pequeño hijo Miguel.

Sería un reinado, el de Carol II, de muchos cambios, turbulencia, drama. Se hicieron grandes esfuerzos para que Elena anulara la anulación de su matrimonio y, cuando por fin aceptó, pensándolo conveniente para ella y para Miguel, Carol se negó a aceptarla. La otra Elena, su Elena, se había infiltrado de nuevo en Rumania y al mismo palacio, donde permanecía escondida. El chef de la corte observó extrañado un aumento de la noche a la mañana en los gastos del mandado de la cocina real.

Poco después Carol le compró otra casa a Lupescu. La visitaba seguido, la recibía en el palacio. La escuchaba.

En una de sus campañas de modernización, por ejemplo, Carol instaló calefacción y aire acondicionado en el palacio, pero ni una ni otro funcionaron nunca. Una investigación del administrador reveló que el contrato se había otorgado, con un precio más alto de lo cotizado por empresas más calificadas, a un primo hermano de Elena.

Corrupción rampante en todo el mundo, en cualquier sistema político. Monarquía, democracia, comunismo. No importa. Domina la presencia —o ausencia— del espíritu humano. Poder y dinero son los ejes sobre los que el mundo gira. Hubo durante el mandato de Carol intriga, veneno —espiritual y orgánico— balaceras, bombas, conspiraciones, festejos, crisis, catástrofes, logros, endeudamiento, confrontación. Surgió como en los alrededores de su patria un movimiento nacionalista extremo, fascista: la Legión. Autocracia, simulación, multiplicación de partidos políticos. Cuatro, dieciséis, treinta y tres. Abandonado el idealismo, la idea misma de una patria madre y pensando en no otra cosa que el poder. Todos querían poder y llegaban hasta donde podían.

Mientras Carol malabareaba con el gobierno, Elena, con apoyo de uno o dos empleados de la corte se dedicó a proteger su unión. Escogió las mejores alfombras, muebles de muy buen gusto para dos, tres casas no oficiales. Las adornó con pinturas, pinturas ocultas tras de un marco modesto, una tela humilde, un tesoro escondido. Acumuló joyas, oro, dinero en el extranjero. Acciones en industrias y bancos locales y foráneos. Un paracaídas de oro por si acaso, cuando acaso, si llegaba el ocaso.

No había mucho en un país en crisis en medio de una depresión mundial interguerras, pero Carol seguía pensando, como su abuela, que la monarquía tenía los días contados en su patria.

Montaron las presiones. La terquedad con que defendía su derecho a conservar a su amante no tiene igual en el mundo. Es la más grande y absurda historia de amor jamás contada. Cualquier opción, plan, desarrollo que implicara separarse de Elena estaba descartado. Era un *deal breaker*. Incluso el trono. Nada es más importante que Elena para Carol y llegado el momento, que llegó el 6 de septiembre de 1940, tras entregar poderes dictatoriales al general Ion Antonescu a cambio de garantías para salir del país, Carol firmó un tercer decreto de abdicación y partió al exilio, de nuevo en brazos de Elena Lupescu.

*

Igual que Drácula a aquel espía del sultán, Antonescu había hecho una promesa a Carol, quien salió de Bucarest con una réplica del tren de Boyle, cargado de cajas, bultos, rollos, pinturas, baúles como el del desván de mi abuela, maletas, joyas en un doble fondo. Varios automóviles. Un tesoro. Horia Sima lo denunció. Ion Antonescu le dijo: “Lo sé, pero hice una promesa”. También dijo: “Pero tú no”. Horia comprendió. Se giraron órdenes y el comandante de Timişoara los estaba esperando. Detendría el tren y confiscaría todo aquello que pudiera pertenecer al Estado. Tenían tal vez la esperanza de armar un pleito y que en él pudiera morir Carol. Quizá, cuando menos o incluso, Elena.

Carol lo sospechó. Lo sospechó o le informaron. Ordenó que el tren no se detuviera. El comandante apenas comenzaba a dar instrucciones para bloquear las vías cuando la locomotora cruzó por la estación a toda velocidad. Los persiguieron, pero antes de darles alcance habían cruzado ya la frontera. Ahora estaban en un país llamado Yugoslavia, un nombre que existe en los recuerdos de cada vez menos de nosotros, el Alzheimer mundial; la geopolítica de los cañonazos.

El tren siguió marchando. Le otorgaban derecho de paso y protección en el camino las autoridades de cada uno de los países que iba cruzando, pero no le daban la bienvenida para quedarse. Era una situación complicada y nadie quería verse en medio de un conflicto político en tiempos de guerra, con un ambicioso y vigilante Hitler. Llegaron hasta Barcelona y ahí... Ahí sí se detuvieron.

Fueron detenidos. Carol quería seguir hacia Portugal. No lo dejaron. Los días se prolongaron convirtiéndose en meses y ahí seguían, sin permiso para partir. Sus carros desenganchados, ellos en un hotel. El Hotel Terramar en Sitges. Aburrido, furioso, inquieto. Ni siquiera le contentaba saber que en Sitges estaba uno de los primeros autódromos de Europa, inaugurado en 1923.

En marzo del siguiente año, desesperado, Carol decidió huir. Ocultos él y Elena en la cajuela de un coche, cruzaron hacia Portugal. Dejaron casi todas sus posesiones atrás.

Luego vendrían a Cuba. Desembarcaron en Veracruz el 29 de junio de 1941.

38. Mânăstirea Snagov

Donde contamos cómo la bella nieta de Drácula recibió la joya heredada por su abuelo y Matías Corvino ordenó copiarla para quedarse con la original.

La época más feliz que recordaba Ruxandra en su vida fue cuando se le cayeron los incisivos superiores y se quedó sólo con ambos colmillos, largos como los de su abuelo.

Ruxandra tenía el cabello quebrado y abundante, como su abuelo aparecía en las imágenes. Y unos profundos e increíbles ojos verdes, aunque no la tez tan oscura, a pesar de lo mucho que pasaba al sol, practicando y admirando los ejercicios militares del ejército de su hermano, Mircea III Dracul, quien subió al trono en la primavera de 1510, cuando Dimitrije Iakšić apuñaló a su padre Mihnea cel Rău, *voevode* de Valaquia, al salir de misa, con el más puro estilo del *Padrino II*.

Siempre había suplicado a su madre que la llevara a Snagov, donde los pocos amigos de su abuelo aún con vida decían haberle sepultado, aun contra los deseos de la Iglesia. Tal vez por ello Ruxandra no soportaba los crucifijos ni las imágenes icónicas de santos y vírgenes y prefería lucir el rubí que había adornado el casco favorito de Drácula dentro de una estrella de ocho picos. Eso cambiaría este día. Esta noche.

Conmovida, en la capilla, estuvo un largo rato abrazando una columna lateral al pie de la cual se dice está la tumba. Con su frente pegada a ella, más que orar parecía estar escuchando. Sonreía, Ruxandra, y asentía con la cabeza y con los ojos.

Al salir de ahí pidió a su escolta acompañarla por una vereda, alejándose de la lancha en que llegaron a la isla. Los llevó hasta un pequeño claro del bosque y les pidió esperar. Era una noche sin luna, cubierta de nubes. Soplaba una suave brisa. De pronto y sutil, a unos cincuenta metros surgió una luz del suelo. De color verde. Ruxandra con calma se levantó y caminó hacia ella. Los dos hombres de su escolta le pidieron detenerse y ellos en sí no acertaron más que a empuñar con fuerzas sus espadas.

Asustados, no se explicaban el fenómeno. La llama envolvió a Ruxandra en una espiral de fuego muy luminosa, para luego desaparecer como llegó. Junto con Ruxandra. Los soldados corrieron hacia el lugar. No había nadie. Y no la encontraron hasta cuando ella los llamó, desde donde ambos habían quedado esperándola. Custodiada por cuatro enormes lobos, en sus manos tenía una extraña bolsa de cuero negro. Los dos sin titubear la reconocieron como aquella de la leyenda que narraba cómo Drácula había cazado un día un enorme jabalí, apuñalándolo con una daga oculta siempre en su cabellera.

La llevaba ahí desde los tiempos cuando, de joven, tuvo necesidad de detener los avances sexuales con que el sultán pretendía dominar su espíritu salvaje y convertirle en un humilde vasallo. Nunca lo logró. Su hermano Radu sí se quedó al lado del sultán hasta el final de sus días y pasó como herencia a su hijo.

Ruxandra condujo a su escolta de nuevo hasta la lancha, mientras los lobos los seguían a corta distancia. Sólo en la ribera los dejaron. Aterrorizados, los custodios remaron en silencio todo el camino de regreso sin quitarle la vista de encima. Ruxandra lucía más feliz que de costumbre y su cuello iba adornado por una gargantilla de diamantes, la primera vez que aparece esta joya en mi historia.

A su madre, la princesa dijo la verdad: era un regalo de su abuelo guardado para ella en Snagu Mânăstirea. Además, venía con una promesa: nunca nadie le haría daño, mientras la llevara puesta.

La misma historia se viene pitiendo, repitiendo y tripitiendo desde hace quinientos años. Una niña hermosa de visita en la tumba de su abuelo y luego el mismo miasma. Vapores flamables de los cuerpos en descomposición, dicen. Siempre acompañados por lobos guardianes y la extraña bolsa de cuero negro del jabalí apuñalado por Drácula.

En ella, la gargantilla. Cinco o seis generaciones más, se pierde la huella de los herederos de Drácula, de Ruxandra. Las gargantillas se separan y a veces se juntan. Una poderosa fuerza las atrae, parece. Iván el Terrible la tiene, Catalina la Grande. A veces en Rusia, a veces Inglaterra, Francia, Alemania, Austria, Portugal, España. Otra vez Inglaterra.

Tal vez robada por alguna dama de la corte como la Corona de San Esteban, u otorgada en pago por algún valioso silencio, cae en manos del doctor Crippen. Su esposa la guarda, no la usa más que en contadas ocasiones y muere envenenada. Se viene a América con su novia. La rescata Boyle y la devuelve a la mamá de su amante. Elizabeth, Carmen Sylva, quien tiene ahora las dos. Las entrega a Carol II para su novia. La tiene Ella, María Martini, Zizi Lambrino. Otra vez Boyle la rescata. Nunca la tiene Elena. Luego Elena, siempre sí, pero otra Elena. Dos gargantillas, dos Elenas. Ninguna de ellas necesitaba la protección de los lobos, la primera no pudo impedir que el lobo se comiera a su caperuzo.

Cantaban los Hermanos Cantú con sus saxofones de émbolo en Cadereyta, Nuevo León…

Aquella loba, sería una oveja…
Qué tan malvada no serás tú.

Ruxandra creció y se casó con Bogdan III. No le hubiera caído nada bien al abuelo, aunque quizá fuera un buen tipo.

Aprendió pronto la lección. Tenía deudas. Su alianza con Hungría la mantuvo en el trono de Valaquia a la muerte de su suegro, pero requería el pago de cuatro mil monedas de oro al año para las arcas del rey. Más extras.

Matías insistía en tener pintores, orquestas completas, escultores, escritores en su nómina, todo pagado por sus "aliados". Hizo mucho por la cultura, siempre anduvo en busca de dinero. Cuando vio la gargantilla de diamantes de Ruxandra, la quiso tener. Se enamoró de ella, de la joya. La princesa dijo que nunca se la quitaría; ni por el rey ni por el reino. Entonces Matías ordenó a su mejor orfebre copiarla con piedras baratas como la de mi anillo cuando me casé. Bogdan administró un día un poderoso somnífero a Ruxandra y dormida trató de hacer el cambio. No se daría cuenta. Se acercó a ella. Se sentó en su cama. En cuanto puso sus manos tras de su cuello en el broche para desprenderla, le explotó el más pequeño de los diamantes de la gargantilla. Desistió entonces y terminó confesando todo a Ruxandra, implorando perdón en nombre de sus hijos. Cuando ella murió, la sepultaron con la gargantilla de su abuelo y nadie nunca se atrevió a profanar la sepultura. Bogdan pasó a la historia como Bogdan al III-lea cel Chior (Bogdan III, el de un solo ojo).

39. Coyoacán

Donde se cuenta sobre la estancia de Carol y Lupescu en México.

> Durante 1943 se exportaron productos agropecuarios por valor de más de trescientos ochenta y tres millones y medio de pesos. Los principales renglones de exportación fueron henequén, ganado vacuno, café, chicle, ixtles de palma y lechugilla, plátano, cera vegetal, guayule, arroz y jitomate.
>
> INFORME DEL PRESIDENTE MANUEL ÁVILA CAMACHO

Oswaldo no se levantó como todos los días con el canto de la primavera. No la estación, el pájaro así llamado porque aparece en marzo todos los años. Una de las aves gandalla, las que ponen sus huevos en nidos ajenos y así los cuidan otras, otros les dan de comer. Comienza a cantar cuando aún no hay luz. Visible. Para nosotros. Y no es que estén parados arriba de los árboles; sienten otras vibraciones. Luz infrarroja o ultravioleta. Antes del amanecer el frío arrecia porque el sol calienta primero allá arriba. Provoca un vacío abajo y el aire helado lo llena primero. Ya irá pasando, pero por lo pronto el calorcito generado por la sangre caliente brilla con mayor intensidad y la primavera canta para también agandallar novia, novio antes que los demás, porque hasta a su especie agandalla si puede.

Es la naturaleza. Su canto estridente, claro, potente y viajero. Oswaldo lo escucha a lo lejos, atrás de la loma. A veces se acerca para agandallar los granos de maíz de las gallinas. Hay un resorte en el cerebro de Oswaldo. Lo despierta en cuanto comienza a cantar la primavera.

Ahora no funcionó. Se siguió de largo luego del triste canto de las palomas, del gorrión, dulce, melodioso, constante. Los pericos.

¿Pericos en el desierto? Pos los que traen los vendedores al pueblo. Las doñitas los compran enjaulados. Luego de unos meses les agarran confianza y los sacan a una silla porque ahí están nomás paraditos, parloteando y pidiendo galletas. De repente no amanecen. Se arrancaron dos o tres plumas como evidencia para culpar al gato y se fueron volando. Se juntan en parvadas. Dos, cuatro, seis especies y anidan en las plazas o en las huertas. En la mañana pasan gritando a robarse las nueces de los nogales, los piñones de los pinos. Con ellos despertó don Oswaldo.

Ya para entonces su mujer había ido y venido al molino con la masa para las tortillas y estaba en la cocina. La leña prendida en la estufa, el café hirviendo en la olla, las gorditas listas para rellenarse con el huevo recién salido del corral, con chorizo de Múzquiz que ella misma hacía ahí, en Villa de Patos. Queso fresco de cabra cuajado con la semilla del trompillo, *Solanum elaeagnifolium*.

Su mujer, de la que poco sabemos excepto que se llamaba Reyes y una vez la mordió una víbora de cascabel que se encontró debajo de la leña, al pie del calentón y quiso sacar al patio empujándola con el pie…

Oswaldo no tenía su camioneta y todavía vivían en el rancho, en Nacapa. Cuando la encontró en la cocina y vio a la víbora y los hilillos de sangre en su empeine, tuvo que caminar cuatro kilómetros al ejido y ofrecerle un cabrito a su primo Chito para que los llevara al hospital. Cuando regresaron por ella la vieron a lo lejos, tirada en el suelo frente a la casa cerca de un enorme maguey al que todos los días salía a echarle agua. Oswaldo se bajó corriendo hacia ella y gritando su nombre. ¿Estás bien? ¿Estás bien? Ella se levantó como si nada, furiosa porque no la dejaban dormir una siesta.

No dejó que la llevaran al hospital, pero le dio el cabrito a Chito. Se había curado, dijo, masticando la raíz del trompillo, al que su abuela comanche llamaba "buena mujer", y poniendo esa pasta sobre la herida luego de unir ambos puntos con un cuchillo filoso.

Hay otra planta, conocida como "mala mujer", sumamente venenosa. Bueno, ni tanto. Eso sí, muy, muy muy muy, muy urticante. Y con el agravante de que tiene hojas mucho más grandes y suaves que el resto de aquellas con las cuales comparte el hábitat. Por esto, quienes no la conocen en el campo tienden a usarla en el papel de papel higiénico. En algunos ranchos he oído que le llaman "hinchahuevos".

No recuerdo su nombre científico. Tiendo a confundirla con otra, la tullidora, una planta que da unos frutitos morados muy dulces, pero casi todo semilla. Ésta sí que es venenosa. Causa síntomas parecidos a los de la poliomielitis, aquella enfermedad que dejaba a miles de niños con sus piernitas en arneses de fierro y condenados al uso de muletas para desplazarse. Lo curioso es que la tullidora enferma nomás a las cabras nuevas, las que compra uno que no nacen aquí y hay una razón muy simple, me contó Horacio: las cabras locales saben que no deben masticar la tullidora y chupan el juguito, desechando las semillas enteras. El veneno está en las semillas. Ésta se llama, en latín, *Karwinskia humboldtiana*.

Es increíble la cantidad de especies alusivas al nombre de este señor, Alexander von Humboldt. El último hombre renacentista, decía mi abuelo. Describió más de dos mil plantas, insectos, aves, mamíferos… Hay un pingüino que lleva su nombre, el *Spheniscus humboldti*. Hay una película, documental: *Humboldt en México*, dirigido por Ana Cruz Navarro en 2017.

Cuando Humboldt llegó a Venezuela, la Nueva Andalucía, se hospedó en una casa rodeada de nopaleras, bosque con la función de protegerlo de intrusos, tanto animales como indígenas hostiles.

Además, las nopaleras eran habitadas por abundantes víboras de cascabel, describe en su diario, como cocodrilos en un lago alrededor del castillo. Reyes tenía nopaleras alrededor de su casa, también. Más que por protección, por sus tendencias vegetarianas. Por eso no cuajaba el queso con la panza de un cabrito o conejo que le guardaba don Oswaldo. Insistía en usar la semilla de la "buena mujer". Ahora se sabe que no es recomendable, pues es un poco tóxica.

Sobre los nopales se daba una curiosa simbiosis. Los cuitlacoches (*Toxosoma recurvirostra*) un pájaro narigón que tiene el pico curvo hacia abajo, perforan las tunas para comerse sus semillas. Detrás llegan los colibríes, a quienes les encanta chupar el jugo de la tuna, pero no podrían perforarla. A cambio, como son muy territoriales, protegen el nopal para *su* pájaro perforador. Ya comenzaban a madurar las tunas, en junio. La cosa es cortarlas temprano, cuando el rocío de la noche ha domado a las espinitas. Reyes las cortaba y las barría con un cepillo de ixtle. Eran lo que llevaba Oswaldo como lonche.

Cuando vivían en el rancho. Desde hacía un año se habían venido a vivir en General Cepeda, el nombre que le habían dado a San Francisco de Pato, cuarenta y nueve años atrás, luego de la derrota de Maximiliano. Ellos le seguían diciendo Villa de Patos. Vivían en la huerta grande junto al arroyo que va a dar hasta Hipólito y luego a llenar la presa de Las Esperanzas, allá donde encontrarían a su nieta Evita muchos años después los cazadores.

Este día no tenía para qué levantarse con la primavera. Desayunó con toda calma y luego tomó la maleta que ya tenía preparada y su maletín con los papeles para irse caminando despacio hasta la estación de camiones y venir a Saltillo. Iba a viajar en el tren esa tarde al Distrito Federal, pero, en lugar de ir a la estación, pidió un coche y bajó frente al Palacio de Gobierno. Ahí, esperó en la antesala del gobernador unos minutos. Lo anunciaron, y lo hicieron pasar. Un chofer ofreció llevar su maleta al auto que los conduciría a la estación. Oswaldo prefirió quedársela. Dijo que llevaba algunos regalos para otros miembros del gabinete y aprovecharía para dárselos.

El tren llegaba a la Ciudad de México tras de dieciocho horas. Viajarían en el carro especial que tenía el gobernador, ya enganchado. Desayunarían al otro día con Marte R. Gómez, Secretario de Agricultura.

Oswaldo había comenzado tallando ixtle con su abuelo. A los seis años se levantaba igual, con la primavera y aún a oscuras. En el invierno lo despertaba el gorrión (*Carpodacus mexicanus*). Acompañaba a su abuelo en largas caminatas hasta los campos de lechuguilla, donde con un anillo de fierro forjado a golpes, de unos tres centímetros de diámetro, montado en la punta de una garrocha de sotol o vara de mimbre curada a fuego, arrancaban el cogollo —las hojas centrales que aún no desdoblan— de las plantas. Llenaban tres huacales grandes que cargaba su abuelo y dos pequeños que le dejaba sudar a Oswaldo, orgulloso de la disposición y entrega del chiquillo.

Más grandecito comenzaron a quedarse a dormir allá tres, cuatro días seguidos. Tomando aguamiel de maguey y cazando conejos, ratas de campo a pedradas o con un tirador: una buena horqueta de mezquite y un par de tiras de caucho sacadas de la cámara vieja de una llanta o tubos hechos con la goma cocida del guayule (*Parthenium argentatum*).

El caucho era en aquellos primeros años del siglo XX casi todo brasileño, la resina del *Hevea brasiliensis* natural. Se comenzaba a experimentar con algo sintético, pero no sería hasta mediados de la Segunda Guerra Mundial que despegaría su producción y uso, cuando las potencias del Eje y luego Japón controlaron todas las áreas de producción en Asia y, en África, el Congo, bajo el horrible control del rey Leopoldo II de Bélgica, papá de la esposa que Rodolfo dejó viuda al suicidarse con su amante. En un afán por aumentar la productividad, Leopoldo enviaba a su ejército a cortar las manos de aquellos que se quedaban cortos en sus cuotas, o bien, para no afectar el rendimiento del obrero, la mano de su esposa o alguno de sus hijos. Ni así se daban abasto con la necesidad de neumáticos para los vehículos del esfuerzo de guerra. Estados Unidos trató de restablecer la explotación en los caros bosques naturales brasileños. Henry Ford construyó en la jungla del Amazonas una ciudad modelo llamada Fordlandia con fines productivos, pero era imposible competir con las condiciones en que la planta se aprovechaba en el resto del mundo, con semillas robadas al Brasil. Para los usos civiles, entonces, se recurrió a la explotación de este arbusto del desierto chihuahuense, el guayule, con tanto éxito que para todo fin práctico se considera ya extinto.

Para tener aguamiel que beber, el abuelo detectaba una buena planta ya madura, a punto de echar el quiote. Se lo notaba porque concentraba entonces todas sus fuerzas en las hojas y se hinchaban más. La "quebraba" cortándole dos o tres pencas para entrar hasta el centro y agujeraba el corazón. Lo tapaba con una piedra y esperaba. A los pocos días el agujero en el centro estaba ya lleno de aguamiel. Lo raspaba con una cuchara filosa y sacaba el aguamiel, absorbiéndola con una jícara agujerada a la que llamaba ococote, la colaba en un paliacate y la hervía. A Oswaldo le gustaba así, recién salida y caliente como café.

La carne que conseguían la hacían en barbacoa. Esto no les quitaba mucho tiempo del día, para aprovechar al máximo la luz en la recolección y tallado de cogollos. En un pozo del tamaño de una olla grande forrado con piedras porosas grises, hacían brasas de madera de mezquite o huizache. Por la tarde metían ahí la carne dentro de un costalito de ixtle envuelto en pencas de maguey para que no se quemara. Le ponían orégano que ahí mismo recolectaban luego de las lluvias. Casi nunca tenían sal. Lo tapaban con más pencas y tierra y lo dejaban toda la noche, haciendo otra hoguera arriba. Les servía para darles calor mientras dormían.

Ya que juntaban diez guacales en los primeros de esos días, dedicaban el resto a tallar los cogollos. Sentados en el suelo junto a una estaca bien clavada, hacían en ella un hueco con la punta de un cuchillo con no mucho filo y sobre una laja de piedra o una madera dura y plana, quitaban la carnita, el "guiche" de la planta, hasta dejar limpia la fibra, de uno y otro lado del cogollo. La extendían al sol en la mañana para secarla y transportar lo que iban a vender y no toda el agua y la pulpa de la planta.

Es lo mismo que hacen los murciélagos vampiros. Chupan la sangre y sus riñones la procesan con mucha rapidez, para eliminar hasta el sesenta porciento que contiene de agua y no volar de regreso a su madriguera con algo que no van a usar.

Cuando Oswaldo cumplió diez años, su abuelo pudo comprar una burrita que les cambió la vida. Podían ir y venir más rápido porque el animalito, a la que querían mucho y bautizaron con el nombre de Nube, porque era muy blanca y no parda como otras, los ayudaba a cargarlo todo. Aumentaron su producción y sus ingresos.

Fue el año en que mataron a Carranza. Dos años más tarde los federales acribillaron a su abuelo por defender a la Nube. Se la llevaron y ni siquiera para que les ayudara a cargar nada: para secar su carne y comérsela.

A Oswaldo lo mandaron a Saltillo con una prima de su mamá para que estudiara. Le fue bien en la escuela, le encontró el gusto. Luego entró a la Normal para profesores. Tomó clases con Apolonio Avilés. Matemáticas y Pedagogía. Nunca trabajó de maestro. En la clase de carpintería inventó un tambor con clavos chatos para tallar la lechuguilla. Se le ocurrió moverla con el papalote para el agua cuando en el rancho se secó la noria. Entonces se dedicó a comprar cogollos a todos los de los alrededores. Y los tallaba diez veces más rápido en su máquina.

Al rato tenía cuatro máquinas más. Las movía con el motorcito de un carro Ford modelo T que compró accidentado, inservible y que él hizo caminar de nuevo. Destilaba su propio aguardiente del maguey, una especie de mezcal, que usaba en vez de gasolina. Cada mes sacaba los pistones para limpiarlos porque tenía demasiada azúcar y se amelcochaba dentro de los cilindros.

Compró una camioneta. Con ella recorría a diario los ranchos comprando fibra. Los campesinos la tallaban con máquinas fiadas por él. En cuanto se las pagaban podían vender a quien quisieran, pero seguían vendiéndole a él porque él iba por la fibra. Llegó el momento en que tenía demasiada fibra y no podía vender más. Entonces se le ocurrió exportarla. Ya hacía muchos años un señor Narro de ahí del pueblo lo había hecho. Vendía a Inglaterra, además a Alemania. Con la guerra y el desorden, el miedo, todo se cayó. El gobierno de México ponía trabas; no querían llamar la atención al extranjero.

A eso iban a ver al señor secretario. Que les ayudara con la Secretaría de Comercio a agilizar todos los permisos. Oswaldo no se despegaba de su maleta. Iba llena de cepillos de ixtle de todas clases. Finos, para rasurarse; ásperos para lavar las llantas de los coches. Estropajos para exfoliar la piel durante el baño… En un doble fondo como el de mi maletín de los cigarros llevaba dinero. Mucho dinero para engrasar las ruedas del mecanismo burocrático del México moderno.

Lo primero que hizo don Oswaldo, después de registrarse en el Hotel Regis, fue ir a ver al gerente, quien como siempre se encontraba en la entrada resolviendo de la mejor manera. Le pidió guardar su maleta en la caja de seguridad del hotel. Carcho Peralta, que no gerente sino dueño, no juzgó la vestimenta elegante pero provincial de su huésped y lo llevó a la bóveda para mostrarle hasta el último rincón ocupado con los valores de otros huéspedes. Era una situación inusual, ya que nunca en la historia del hotel se había dado. Oswaldo, perspicaz, pudo ver que todo estaba etiquetado con el número 1109.

La reunión con los secretarios y el gobernador fue ahí mismo. En un salón privado, don Oswaldo como vendedor de cepillos, de pie detrás de su maleta abierta sobre la mesa, sacaba producto tras producto explicando las propiedades de la fibra: abrasiva, diversos grados de dureza según la edad de la planta; su origen, de la punta o base del cogollo; color, resistencia. Demostró la manera de torcerla para hacer cordón, mecate, cuerda. Incluso dogales para los condenados a la horca, aunque "pica un poco", dijo. Tejerla para fabricar tela, costales... Vendiendo no fibra o cepillos, sino toda una industria en el corazón más pobre de México, el desierto mal llamado chihuahuense.

Si me preguntaran, yo le pondría desierto de Humboldt. De una vez por todas. El agave lechuguilla, clamaba don Oswaldo, era el "oro verde" para los campesinos de su región, como el henequén en Yucatán.

Eso y los regalos que el gobernador le ayudó a definir —él tendría el suyo también en casa, por supuesto— hicieron el truco: la propuesta fue aceptada por unanimidad de todos los contentos presentes. Restaba el visto bueno del presidente, pero él, le aseguraron, confiaba en el reporte de los miembros de su gabinete.

Aquella noche era la gran premier, en el Cine Regis, de la película *Sangre y arena*, con Tyrone Power y Linda Darnell, dirigida por Rouben Mamoulian. Ya en 1922 se había estrenado otra versión, con Rudolph Valentino, dirigida por Fred Niblo.

La novela de Vicente Blasco Ibáñez poseía enorme popularidad todavía y las audiencias demandaban una nueva narrativa. De hecho, en 1989 Sharon Stone estelarizaría una tercera toma de la misma historia. El personaje de la dama fatal, por cierto, se llama Carmen como en la ópera, la más española de las óperas, escrita por el francés George Bizet. Oswaldo, ávido taurino, no se la podía perder. Tardaría quizá dos años en llegar a Saltillo. El gobernador y los secretarios traían su plan aparte. Quizás irían con La Bandida o a algún cabaret más picante, pero no él. Para él, Reyes era su reina.

Por la tarde, solo, salió a dar un paseo. Llegó por casualidad a la Dulcería de Celaya y sintió derretirse ante unas pequeñas frutas de mazapán de almendra. A Reyes le encantaba el queso de almendra preparado en su pueblo con yema de huevo. Compró un montón para llevarle. Y comer él en su habitación.

Cuando regresó al hotel se sentó a tomar un café en el restaurante. Sacó de su cajita los dulces para admirarlos y escoger cuáles no llegarían a Villa de Patos. Eran unas frutas hermosas en miniatura. Las naranjas tenían por tallo un clavo de olor. Había verduras también. Elotitos, apio, ajo y cebolla. Las fresas eran una belleza, Daría lástima comérselas. "Serría una lástima comérrselas", dijo una señora. Arrastrando las "r", con un acento extranjero y muy agradable voz. Oswaldo levantó la mirada. A su lado, en la mesa vecina, estaba Elena Lupescu. Fascinada con las frutitas de mazapán de almendra, como él. Oswaldo miró su cabello de fuego, miró su elegancia, miró su mirada y se puso en pie, tomando consigo la tapa de la caja de dulces, en cuyo interior había colocado sus favoritas. Se la ofreció sin palabras, con una tímida sonrisa.

Al poco tiempo platicaban como dos chiquillos, batallando con la diferencia de lenguajes, pero muy divertidos. Él solicitó permiso para acompañarla en su mesa y ella aceptó encantada. Estaba esperando a su marido, le dijo, quien andaba viendo cuestiones propias de su trabajo. Luego irían al cine. Pensaban ver *Ciudadano Kane*, dirigida y protagonizada por Orson Welles, una película que les llamaba la atención porque en su patria ellos —a don Oswaldo le pareció curioso que utilizara el "nosotros", pero lo atribuyó a diferencias idiomáticas— ejercían el control de los medios.

Oswaldo le platicó que él también iría al cine. Elena hizo un gesto de horror al escuchar el nombre de la película. Era animalista. Sus perros eran sus hijos. Perrhijos, gramatemáticamente. Oswaldo la convenció de que la mezcla del romance y la muerte era superior a las politiquerías de un periodista con su trineo —*¡spoiler, spoiler!*— y hasta la hizo un poco taurina cuando le recitó el *Romance del perito agrónomo* —con el que él se identificaba— del español Miguel Mihura.

¡Y un grito sonó en la plaza
tan rojo como un clavel!

Elena le aplaudió. Ni cuenta se dieron de que las sombras se alargaban y Carol no aparecía. Se retrasó.

Desde su llegada a México, ya en otro continente lejos de Hitler y de Antonescu, Carol comenzó a considerar que se había precipitado al salir de Rumania. Sentía que había sido ilegal obligarlo a firmar el decreto de abdicación. Planeaba cómo regresar. Comenzó a escribir a todos los reyes, presidentes, ministros, figuras de poder de todo el mundo. Hacerse presente. Se hizo amigo de embajadores, dignatarios en México. Quería ir a Estados Unidos. Escribió al presidente Truman. Hizo importantes donativos a la Iglesia ortodoxa de allá para que lo invitaran. Las autoridades le negaron la entrada y, en el más clásico estilo gringo, el gobierno le congeló alrededor de $15 millones de dólares que tenía en bancos de ese país, calificándolos como posibles recursos de procedencia ilegal. Aún peor, cuando a cambio de fuertes inyecciones de efectivo un periódico comenzó a defenderlo y promover su causa de liberación para Rumania, el gobierno norteamericano lo clausuró. Encarceló y multó a sus editores por "colaborar de manera ilegal con una potencia extranjera". No habían informado de sus publicaciones al Departamento de Estado. "So much for the 'free press' and *Citizen Kane*."

So much para *Sangre y arena*, pues don Oswaldo tampoco fue a su función. Se les pasó el tiempo como agua entre las manos.

Carol contrató a una agencia de publicidad para que manejara su imagen en Estados Unidos: Russwell & Birdwall, en Madison Ave. Fuera de cobrarle una millonada, no arreglaron mucho más que unas cuantas entrevistas de sociales para Elena. Organizaron una transmisión de radio mundial, a través de la BBC de Londres desde México.

Se desató un escándalo. ¿¡Cómo!? Si Carol era aliado de Hitler, si a pesar de que vivía en pecado con una mujer judía era antisemitista probado, si era un monarca corrupto y un peligro para la paz. El programa fue censurado "por razones que no estamos en libertad de discutir" desde el Departamento de Estado de Estados Unidos.

Oswaldo no conoció a Carol, quien regresó directo a su habitación, malhumorado, agotado y sin haber logrado mucho ese día. Fue Ernest Urdăreanu —sí, el fiel ministro siempre acompañó a la pareja, hasta la muerte y después— quien se acercó a saludar y conversar con Oswaldo. Al saber que Carol estaba de nuevo en el hotel, Elena de inmediato se despidió, no sin antes dejar a su nuevo amigo al cuidado de su querido Ernest.

¿Por qué "hasta la muerte y después?" Ernest fue el poder tras del trono tanto como Lupescu y entre ellos había una complicidad extrema de fidelidad hacia Carol. Nada llegaba a Carol si no era a través de ellos dos. Estando en México, Ernest se casó con una chiquilla de dieciocho años, Monique, a quien Elena acogió diciéndole: "Nunca tuve hijas, así es que tú lo serás desde ahora". Y le cumplió. En Brasil vivieron juntos y luego en Portugal fueron vecinos. A decir de Monique, se veían todos los días. Les contaré después el final de esta historia. Por ahora, regresemos al bar del Regis.

Oswaldo había cruzado ya mirada con Urdăreanu. Cuando quiso dejar su maleta en la bóveda del hotel, ahí estaba él. La curiosidad mutua los llevó a abrir conversación. Oswaldo siguió la corriente para no retirarse de manera abrupta tras la partida de Elena y dar posibilidad a un malentendido. Terminó hablándole de sus cepillos y su fibra. Si ya no le regaló un cepillito de los que siempre llevaba en el bolso de su traje, fue porque antes se lo había dado a Elena. Pensó Oswaldo que tal vez Rumania podría ser un buen mercado y se esmeró por hacer bien su misión comercial, tanto que soportó que Urdăreanu se comiera tres de sus frutitas de almendra antes de guardar la caja, lejos del alcance de su nuevo anfitrión. A Urdăreanu le cayó bien y adivinando entonces el contenido de su maleta, lo invitó la noche siguiente a un juego de póker en su suite. Tendría la tarde libre ya que Carol iría con Elena a una recepción con el embajador ruso, Constantin Oumansky. Oswaldo pensó que, aunque él no jugaba, el roce con la realeza extranjera seguro le caería bien al gobernador y a sus ministros. Aceptó. Urdăreanu también le lloró un poco. Le dijo que habían perdido gran parte de su equipaje en Barcelona, que los gastos... Sólo en el hotel Nacional de Cuba habían pagado ¡$450 dólares la noche! Y aquí no se quedaban muy atrás, tenían todo un piso, suites y aparte almacenaje extra. Pronto tendrían que vender algo. Arte, joyas... Ofreció mostrarle algunas. Bajaron un rato a la bóveda a curiosear.

En el juego de poder, Rusia se encontró del lado de Estados Unidos en el conflicto contra la Alemania de Hitler, pero no quería decir que fueran potencias amigas. Ya comenzaban a separarse los intereses capitalistas versus comunistas de la nueva nación europea. Entonces, al ver que Estados Unidos le rehuía a Carol, Rusia quiso explorar la posibilidad de tener un gobierno rumano apegado a ella, quizá restableciendo a Carol y a la monarquía. Durante el tiempo que pasaron Carol y Elena en México, aun ya cuando se habían mudado a Coyoacán, las relaciones diplomáticas más fuertes que tuvieron fueron orquestadas entre Oumansky y Urdăreanu.

En el desayuno, el gobernador se entusiasmó mucho con la idea del juego de póker. Invitó a los secretarios después de constatar con Urdăreanu si podía ser. ¡Encantado! Un gusto recibirlos. El gobierno de México les otorgó placas diplomáticas para sus automóviles y les extendía el más cordial de los tratos. Sería un honor. Y al gobernador de Cahuila. Nunca pudo pronunciarlo bien, Coahuila. Ni porque él también tenía un diptongo en su nombre, ea. Casi mudo, entiendo. Oumansky también, Ou. Oumansky era políglota. Siempre se creyó que era un espía, demasiado diplomático para México. Cierto, las relaciones bilaterales no eran las mejores luego del asesinato de León Trotsky el año anterior, y alguien de su talla podría ser fundamental para allanar de nuevo el camino. Había estado a cargo antes de la embajada de Rusia en Washington y su especialidad eran los idiomas. Cuando presentó sus cartas al presidente Ávila Camacho lo hizo en inglés y se disculpó. Prometió aprender español y lo hizo en tres meses. Luego lo quisieron reubicar, creo que a Costa Rica. El avión en que viajaría con su esposa, Raisa Umanskaya, se estrelló al despegar en la Ciudad de México. Nunca se supo por qué.

Muy mala suerte para Carol. Después del accidente los rusos ya no tomaban sus llamadas, no contestaban sus cartas.

Pensando en regresar a Europa para estar más a la mano por lo que pudiera pasar, salieron rumbo a Río de Janeiro. Estarían ahí unos días y luego irían a Portugal.

Más mala suerte. Escogieron un barco que haría parada en Nueva Orleans. Salió de Veracruz, pero no era el Ipiranga de don Porfirio. Éste era argentino y se llamaba Río Tunuyán. No les permitieron desembarcar mientras hacían escala y, enterados de sus planes, los gobiernos de Estados Unidos e Inglaterra se propusieron echárselos por tierra. No querían a Carol en Europa a esas alturas de la guerra.

El barco luego se hundió. Para fortuna de Carol y Elena, Ernest y Monique Urdăreanu, sucedió un año después de su viaje. Las dos parejas se hospedaron en el hotel Copacabana, el mejor de Río. Más gastos. Y no sería por unos días, pues ninguna línea se atrevería a contravenir las órdenes de Londres, Washington, Portugal. Nadie los transportaría. Lisboa, que les había concedido sus visas desde cuando estaban en México, las canceló.

Elena enfermó. Una de las razones para salir de México había sido su salud. La altura no le sentaba bien. Pensaron que mejoraría en Brasil. No fue así. Anemia perniciosa, les dijeron. No había cura.

Para la enfermedad tal vez, pero sí para el matrimonio. El 3 de julio de 1947, luego de un romance iniciado en 1925, Carol y Elena se casaron en una modesta ceremonia en la suite de su hotel. Fue un matrimonio *in extremis*, en el lecho de muerte.

Al otro día sucedió un milagro: Elena estaba como si nada, comiendo pastel. Quizá fue una trampa. No que Carol se negara a casarse. Tal vez Elena tuvo miedo del regreso a Rumania y la posibilidad del retorno de Elena, la otra Elena. Años más tarde, ya en su casa Mar y Sol en el Estoril, realizaron la correspondiente ceremonia religiosa en una boda cuádruple, junto a Ernest y Monique, sus vecinos.

Y vivieron felices para siempre: cuatro años. En 1953, Viernes Santo, 3 de abril, Carol sufrió un infarto masivo. Tenía cuatro años más que yo ahora. Zizi se le había adelantado unos días. Carol recibió un telegrama de su hijo Carol:

> Mamá falleció. No hay dinero para sepultarla.

No le respondió, ni se lo mostró a Elena. Elena Lupescu continuó su vida tranquila. Visitaba con frecuencia la iglesia donde estaba sepultado su marido y lloraba. Rezaba. Suspiraba. Perdió una gran parte de su alegría, su alma vivaracha. Vivió así hasta 1977 y, a su muerte, nombró heredera universal a Monique.

El gobierno de Rumania abrió una investigación contra Monique a través de un fiscal especial. Andaba en busca de cuarenta y dos pinturas catalogadas por Carol I en su testamento como propiedad de la Corona, que nunca aparecieron. Algunos testigos dijeron haber visto algunas colgadas en la casa de Carol y Lupescu en México, pero no se han encontrado.

El fiscal preguntó también, en su capacidad oficial, al gobierno de los Estados Unidos, acerca de las cuentas, inversiones, posesiones que pudieran tener Carol y/o Lupescu en Estados Unidos. Encontraron no más de $150 000 US.

40. *Verschränkung*

De cómo se hizo don Oswaldo de la joya.

¿Qué pasó aquella noche en el juego de póker?

Por lo que sabemos el póker se originó en China hacia el año 1 000. Lo cierto es que en tiempos de Drácula ya se jugaba muy en su presente forma en Turquía. De ahí parece que pasó a España con el nombre de *primero*, *poque* en Francia, y *poche* en Alemania. Se verbalizó con la terminación *-er* para determinar el acto de apostar. Esta versión que veremos fue desarrollada por Bennie Binion, un millonario y mafioso texano cuyo epitafio reza:

> El hombre malo más bueno o el hombre bueno más malo que haya existido jamás.

El gobernador vino a jugar y trajo a uno de sus secretarios. Había llegado en el tren de esa mañana un arrogante, pedante, altanero, pomposo, relamido, cursi y mamonsísimo secretario con documentos que pedía el presidente para el proyecto del ixtle. El tipo caminaba siempre erguido, derechito como impalado por un Drácula de chocolate. Bigotito recortado, ya saben. Zapatos bien boleados. Movía al unísono el cuerpo de la cintura hacia arriba sin torcer el cuello, que de suyo traía un poquito torcido ya hacia arriba. Una versión chiquitinesca del esplendor de Ernest Urdăreanu. Otro Ernesto, para acabar pronto. No miento, se llama Ernesto. ¡Vaya! Rumania tiene 238 000 kilómetros cuadrados, 90 000 más que Coahuila. Este tipo rebasaba por la derecha y daba tres vueltas alrededor de Urdăreanu, a quien el pequeño Miguel llamaba *murdarneau*, para que mejor me entiendan y no porque haya visto la pinta en el espejo de *El resplandor* de Kubrick (1980), sino por la palabra rumana *murda*, mierda. Su mamá Elena lo regañaba, pero sin ganas y con problemas para esconder la sonrisa.

Al juego vinieron los dos ministros del gabinete de Ávila Camacho, con quienes el gober andaba quedando bien para el proyecto de don Oswaldo, además de él y Urdăreanu. Armaron la mesa. Oswaldo no jugó. Ofreció hacerla de *barman* siempre y cuando le pidieran el *whiskey neat* y el tequila en bandera, lo único que sabía preparar. Cubas con el Club 45 de don Nazario, por supuesto. En ninguna reunión donde hubiera un coahuilense podían faltar: don Nazario Ortiz Garza fue gobernador de Coahuila y plantó en lo particular unos viñedos llamados El Álamo, donde producía ese brandy, que llegó a ser más famoso que el tequila.

Todos le ordenaban a Oswaldo apenas con una mirada que les reabasteciera, menos nuestro Ernesto. Él clamaba sus clamatos para que supieran que legislaba. Y no digo "nuestro" por presumirlo, sino como un pronombre posesivo fáctico, nomás.

Fue el que más gorro puso y el que se puso hasta el gorro. Hubiera perdido hasta la decencia de quedarle un poco.

El clímax de la noche se dio temprano para Oswaldo, cuando pasaron a despedirse Carol y Elena. Él con su impecable traje negro italiano; ella también de negro, hermosa con su hermosa gargantilla de diamantes sobre su cuello largo de cisne, diría que trompetero o silbador si no pareciera falta de respeto no a la dama, sino a la belleza de Lupescu.

No era demasiado bonita. Miraba a Oswaldo a los ojos y sonreía. Su pecho suave, el suave escote contrastaba con la dureza de los diamantes y ecualizaba en gallardía.

La mirada de don Oswaldo fue de ella a la gargantilla y luego a Urdăreanu. Era una de las joyas que le había ofrecido la noche anterior. Él minimizó con la cabeza y sus labios se movieron para decir una palabra que no se escuchara. *Fals*.

Saludaron. Brindaron con el grupo por el futuro de México, por la monarquía de Rumania. "Y por el ixtle", agregó ella con inigualable gracia.

Comenzó el juego. Caras de política. Maestros en el arte de fingir, dar atole con el dedo, quedarse con lo que es de todos, sonreír. Siempre sonreír. Como en el matrimonio, en las buenas y en las malas, la salud y la enfermedad, el cielo o el infierno que es para ellos quedar lejos del presupuesto o con una mala mano. El funcionario casado con su sonrisa.

Obvio, los tres tigres tristes sonrientes en escasas horas habían pelado a los dos que se creían como ellos, los Ernestos y su importancia. La bebida era abundante y fluía, pero el juego estaba llegando a su fin entrada ya la madrugada. Por la ventana del balcón abierto no se escuchaba bullicio de las calles vacías. Una lejana locomotora exhalaba vapor en la distancia y en la suite las fichas como en mi infancia, sin aroma de café esta vez.

Alguien reparó en que aún flotaba en el aire el aroma del perfume de Elena. En las solapas de los trajes sobre las que había posado su mano para saludar de beso a la europea, en ambos cachetes tres veces. Se comentó sobre la joya, admirados todos por ella, su finura y su elegancia. Y ahora sí lo dijo Urdăreanu: "Es falsa".

Las miradas de todos cayeron sobre la suya. Él las sostuvo. No mentía o mentía muy bien. Después de todo era una partida de póker. Urdăreanu las desvió todas hacia Oswaldo, quien falló como testigo porque no sabía. Sí, antes había visto la joya y ahora la veía en su lugar. Para él era la misma. La verdad ni la vio a detalle. ¡Tanto que ver! Urdăreanu comprendió. Con un resoplido de impaciencia se levantó y fue a su recámara, de donde regresó con una extraña bolsita de cuero negro. Exhibió una gargantilla igual a la de Elena sobre la mesa, encima de la polla. Todos la miraron boquiabiertos. Ernesto la tomó para examinarla.

—Deberías apostarla —retó a Urdăreanu, devolviéndola a su sitio.

—Tendrás mucho dinero —Rodríguez Triana barbulló entre dientes para que todos los escucharan.

Soltaron la carcajada, menos Ernesto. Él, se sonrojó. Oswaldo sabía cuánto tenía, porque él mismo le pagaba cada vez que necesitaba ver al gobernador. Tenía ojos y oídos… Y cartera. El gobernador sabía. Los secretarios, quienes antes de ser secretarios habían sido secretarios, sin discusión sabían. Todos habían sido Ernestos para llegar a ser lo que eran. Compartían ese secreto, las mismas cicatrices. Ésa es la importancia de llamarse Ernesto, míster Wilde.

Los Ernestos se miraron. Negarse a apostar la joya era para Urdăreanu admitir no tener el poder que decía tener, aunque tuviera la joya. Era otra vez sólo el jefe de cochera, como en sus inicios en palacio. Para Ernesto, un recordatorio de su achichinclez. Una bofetada del gobernador ante dos de los más importantes ministros, quienes estarían en los altos círculos del poder nacional y del partido muchos años más todavía. No podía rajarse. Llamó a don Oswaldo levantando la mano y agitando su índice. Cuando lo tuvo a su alcance le tomó de la muñeca.

—Yo no, gobernador. Pero tengo el respaldo de mi amigo Oswaldo. ¿Verdad? —y no lo soltaba como la mamá de Laura Elena cuando la conocí.

Oswaldo paseó la mirada por todas las de la mesa. El balón estaba en su cancha, por así decirlo. Ernesto remató su sentencia:

—Se juega el futuro del ixtle en el mundo, don Oswaldo. ¿Qué me dice?

Los secretarios sonrieron. Los tres. Los cuatro. El gobernador también. Era un *bluff*, lo sabían. La decisión no era de Ernesto, sino de ellos tres y ni siquiera, sino del presidente. Oswaldo reconoció la capacidad del mequetrefe para hacerle la vida y su proyecto de cuadritos: nombres incompletos en las formas, firmas en el lugar no indicado, documentos traspapelados, oficios extraviados. Mala leche. Insoportable. Él también sonrió.

—¡Sin condiciones, secretario! —se escuchó decir. Hasta entonces lo soltó Ernesto.

Comenzó de inmediato a barajear, se enderezó en su silla. Todos estaban tensos: nadie sonreía. Aquello era un poquito demasiado. No sólo en dinero, sino en valor simbólico. ¿Apostar una de las joyas de la corona rumana? ¿Qué diría el presidente? ¿Qué diría Elena? ¡Qué diría Carol, el verdadero dueño!

Oswaldo sabía. Ernesto le había ofrecido antes esa joya, por el doble de lo que había ahora en juego. Entonces sirvió otro tequila para Urdăreanu y se acercó a dejárselo.

—Voy a hacer algo mejor, si me lo permiten.

Con aplomo, tomó la gargantilla y la regresó a su bolsita. Tomó dos fichas negras, cuadradas, que no estaban en juego. Puso una en la polla.

—Señor ministro, esta ficha garantiza mi compromiso personal por cubrir el valor dado aquí a esta joya. —Entregó la otra a Ernesto—. Y aquí está mi aportación final al éxito de nuestra propuesta de exportación. ¿Cuento con su palabra, Ernesto?

Los tres tigres tristes sonrieron. ¡Pinche viejo astuto! Aprobara o no el presidente la propuesta, don Oswaldo llevaba un recuerdo para exhibir en público cuando lo deseara o necesitara los alcances de la corrupción y la estupidez del secretario particular del gobernador. Urdăreanu supo que, ganara o perdiera, debería reportar a sus jefes el valor completo de esa gargantilla.

Ernesto repartió las cartas. Dos a cada uno. Las restantes las abriría la mesa. Repartió cinco pares. Reyes para el gobernador. ¡Ases! Corazón y trébol para Urdăreanu. Sietes y cincos para los secretarios. Él mismo se quedó con un par de reinas. Tréboles y diamantes. Los secretarios se retiraron. Ninguna de las otras manos… Quizá las reinas eran para desecharse. Lo avanzado de la noche, la última partida. Todo o nada. Nah. Nunca había tenido suerte. Entregó sus reyes. El premio quedaría entre los Ernestos.

La casa mostró sus tres primeras cartas. Dos de diamantes. Tres de corazones. Rey de espadas. ¡Rey de espadas! El gobernador hubiera ganado. Bueno, aún no lo sabían…

Otra carta de la casa. Falta una más después de ésta. Tréboles. Cuatro. Ernesto juega con su ficha negra entre los dedos, pasándola de uno a otro por arriba y abajo. Su respiración es cortita, poco profunda, rápida. El latido de su corazón también. Se le cae la ficha negra a la mesa. Coloca su dedo índice en la yema del pulgar y ejerce presión. Suelta. De un garnucho, la ficha negra entra al juego. Urdăreanu lo mira. Sonríe. Piensa. Suda. Trata de no revelar su mano. Sus ases ganadores. Ases. No bajo la manga. Sobre la mesa. Un 80% de probabilidades de ganar, dicen las matemáticas. Claro, él no conocía la mano a la que se enfrentaba. El 1% decía que todo quedaría igual. El otro Ernesto llevaba el 19% restante. Pero eso sólo lo sabemos nosotros. Ernesto sabía que no podía salvar su orgullo. Seguro ganaría. Ases. Un par. ¿Qué podía ser mejor?

En esos momentos, una carta. Y quedaban dos de ellas en el mazo. De cincuenta y dos. El gober reconoció haber desechado reyes. Dos menos para detener a Ernesto. Él tenía dos ases que no le servirían a su tocayo. Cuatro. El botón había repartido dos a cada uno de ellos cinco. Catorce. Tenía cuatro abiertas sobre la mesa. Dieciocho. Antes de abrir las tres primeras descartó una. Luego otra al abrir la cuarta. Ésas estaban cerradas.

Es decir, para todo propósito práctico aún en juego, no las conocían. Eran como el gato de Shrödinger. *Verschränkung*, le llamó él. El gato vivo y muerto al mismo tiempo. Muerto e in-Muerto, como Drácula. No podemos saberlo hasta que se destape esa carta. Teoría cuántica. Einstein. 52-18=34. 34/2=17. Una en diecisiete cartas era la probabilidad de que la quinta carta pudiera ganarle. ¿De dónde saqué antes que era el 19%?

Shrödinger tenía cuatro nombres. Erwin, Rudolf, Josef, Alexander Shrödinger. Su mamá, tres. Georgina, Emilia, Brenda. Su abuelo materno, profesor de química en la Universidad de Viena.

¿Qué inspira a un niño con cuatro nombres a aprender física, teniendo un abuelo químico? El orden de las ciencias, quizá. Los números puros son matemáticas. Aplicados a las cosas se vuelven física. Cuando uno pone nombres a los objetos que circulan en el universo, bautiza a los elementos y la física se convierte en química. Luego se complica al considerar el carbono. Se vuelve orgánica y no tarda mucho en convertirse en biología. Y al estudiar el comportamiento de los seres producto de la biología, llegamos a la psicología. ¿Por qué estudió física y no química como su abuelo? Lo que importa es que no haya estudiado biología y por ende tampoco experimentado con gatos reales. Los hubiera matado... O no.

Erwin Etc. recibió el Premio Nobel de Física en 1933. Nació en Viena. Escribió un libro titulado *¿Qué es la vida?* Sus primeras líneas:

> El mundo que se extiende en el espacio y el tiempo es sólo nuestra representación...

Son palabras copiadas a Schopenhauer. Aplicables a los viajes de Drácula, de doña Evita en su Taunus. Tanto Watson como Francis Crick, descubridores de la molécula del ADN, confesaron haberse inspirado en el gato muerto e inMuerto de Shrödinger para estudiar los genes y encontrar su famosa hélice, de la que hablamos cuando Margery Haddon decía que el padre de su hijo era el príncipe heredero Alberto Víctor, fallecido el 14 de enero de 1892. Hijo de Eduardo VII, nieto de la reina Victoria. No cabe duda de que el mundo es redondo. La quinta carta, llamada *river* en el póker, fue una reina. De Tréboles.

Ernesto brincó de alegría. El otro nomás sonreía. Levantó las cejas un algo casi imperceptible. Ernesto se levantó, abrazó a Oswaldo y en un gesto de atípica magnanimidad, pero tomando en cuenta que lo veían dos ministros del gabinete, un extranjero y su gobernador, le regresó la ficha negra cuadrada. Oswaldo lo agradeció con una reverencia y luego, antes de retirarse todos a dormir, la entregó a Urdăreanu.

41. Heimlich

Donde sabremos un poco más de cómo terminaré mis días…

Un clavo saca a otro clavo. Martini para olvidar a Zizi, olvidada al fin por Elena, ahora en México y a su lado como pareja oficial. Una Elena saca a otra Elena.

No es cierto. Los clavos se sacan con un martillo de orejas. Mis orejas entumidas y empapadas bajo la bolsa de medias noches. Un clavo, sin embargo, sí podría ayudarme a perforar la bolsa de hot dogs que rápidamente me mataba reciclando mi respiración.

Las esmeraldas son símbolo de fertilidad y fidelidad, dice la leyenda. Inducen a decir siempre la verdad. En esos momentos me hubiera gustado tener una bajo la lengua para poder, como creían los antiguos, predecir el futuro. La busqué y ¡ahí estaba! Calaba, pero, yo no veía el futuro. ¿Se podría predecir o solamente prever? O, ¿no era una esmeralda?

Cuando el doctor Arredondo me hizo la endodoncia, me puso una muela de acrílico. Me advirtió que sería útil por una o dos semanas y me pidió ir con el doctor Sergio de la Garza, el mejor experto en reconstrucción de Saltillo, a hacerme una corona. La mía no sería de rubíes ni diamantes; no tendría zafiros ni esmeraldas como las de las reinas; sería de porcelana y no la llevaría en la cabeza. Bueno, sí, pero adentro y no encima. Me dijo que lo hiciera rápido y tuviera cuidado con el poste de la endodoncia, pues su asiento era muy débil en el hueso de mi mandíbula… Tardé demasiado en atenderme. Meses después, ahora, aún traía el acrílico. Ya se había despegado de su poste y sus extremos se volvieron filosísimos. Había aprendido a quitármelo y ponérmelo de nuevo, manipulándolo con la lengua. El hueso sobre el que lo fijó el doctor, me dijo, era ya de caballo viejo y cansado, digno de la sabana argentina. Tendría que tratarlo con delicadeza, cambiar mi dieta, evitar cosas duras, chiclosos. Los golpes del novio de Azucena terminaron por soltarlo. Ahora, había venido con todo y poste a refugiarse al lado del frenillo. Lo tomé, lo llevé hasta mis colmillos del lado izquierdo. Sosteniéndolo vertical entre sus puntas, mientras aspiraba con todas mis fuerzas para crear vacío y tensión en el plástico de la bolsa, lo hice girar con mi lengua de un lado a otro hasta que cortó un hoyo.

Recibí un chorro de aire fresco que entró con fuerza. Casi me hace tragarme la falsa muela salvadora. Hubiera sido irónico morir con una obstrucción en las vías respiratorias después de vencer a los asesinos. Así, amarrado a la silla, no podría hacerme a mí mismo la maniobra de Heimlich.

Otro alemán… Bueno, suena alemán, pero el doctor Henry Judah Heimlich era ciudadano americano, descendiente de judíos húngaros. Todo un personaje. Uno de sus hijos, Peter, ha pasado la vida investigando lo que él llama "la charlatanería de mi padre" y preguntándose cómo es que el carisma del doctor rebasó a la ciencia, promoviendo mundialmente su maniobra para tratar obstrucciones fatales a las vías respiratorias. ¿De qué otro modo podría haberme sacado la muela si se me atoraba? ¿Cuál es la alternativa? ¿Charlatán el padre o charlatán el hijo? Lo investigaré.

No lograron matarme. Los intentos de asesinatosos. De todos modos, el hoyo no era muy grande y respirar por ahí era un gran esfuerzo. Estaba agotado, mareado, con sueño. Aún me quedaba pensar en cómo liberarme de la silla, pero tenía que dormir un poco y quizá, quizá, soñar con Laura Elena.

Me fue imposible. No me fue posible. Lo que vi en mis delirios fue venir al vampiro empalagoso. Sus enormes fauces mirando a mi cuello. Vi venir al Vlad cruel y despiadado. Recordé cómo a un sirviente que robó un poco de grano del almacén de su patrón cada día durante muchos años, lo amarró a una silla como estaba yo, con el agravante de que lo puso sobre un enorme hormiguero, untándole el cuello con miel y dejándolo ahí hasta que quedó el esqueleto limpio y blanco. Lo que vi, vi venir a una súper hormiga, de esas que a veces aparecen por mi casa.

Anidan en el patio abajo del calentador de agua; ya las descubrí y usan las mangueras del cableado eléctrico como carreteras para moverse a todas las habitaciones, merodeando como bandidos. No en línea recta, pero venía acercándose a mí. Hasta me pareció que tarareaba a José Alfredo Jiménez…

Poco a poco me voy acercando a ti.
Poco a poco, la distancia se va haciendo menos…

Levanté mis pies descalzos para que no se me subiera. Si se ponía debajo de alguno de los dos, la pisaría. Son difíciles de matar. Es dura su cabeza como un grano de pimienta. Tendría que restregarla y al hacerlo se giraría y me picaría bajo el pie. Duele. Arde y dura una o dos semanas. Ácido fórmico es lo que inyectan. Aunque algunas tienen piperidina… piper, pepper, pimienta. ¿De ahí la dureza?

Es el compuesto básico del veneno con el que murió Sócrates, otro de los envenenados. "Yo sólo sé que no sé nada." Todavía quedaban las otras cuatro patas, las de la silla. Por un rato ya no la vi. ¿Se habría ido? ¿Podría convencerla de cortar mis amarras con sus poderosas mandíbulas? ¿Qué tal que esta hormiga, de nombre científico *Atta mexicana*, viene y me desatta? La sentí en mi espalda. Caminó dando la vuelta por el costado. Ahí estaba otra vez a la vista, mirándome como un indio desde la loma a un vaquero en el valle. Imaginé que tras de ese pliegue de mi camiseta en que estaba parada de pronto saldrían cientos más, como en las películas de John Wayne. Me quité de nuevo la muela de acrílico. La envolví en la lengua hecha taquito y la estiré lo que pude, apuntando abajo. Estaba muy cerca y debía considerar la distancia entre mis ojos y la boca.

La mira telescópica de un rifle está unos centímetros arriba del cañón, por lo que la bala irá al salir subiendo un poco hasta intersectar con la horizontal de la cruz de la lente. Si el blanco está a menos de la distancia a la que apuntaron el arma, el disparo pegará paradójicamente abajo. Luego la bala corre por encima de la retícula horizontal y pegará arriba del blanco, pero siempre atraída por la gravedad de la Tierra como el pato en el techo del coche de doña Evita. Más adelante en su recorrido, el proyectil volverá a cruzar la horizontal y al final, newtonianamente, llegará al suelo.

Soplé con todas mis fuerzas y el acrílico salió disparado como bala de cañón, aunque perdió mucha fuerza al atravesar el plástico de la bolsa —abriendo un hoyo más cómodo, más grande—. Ésta y la hormiga rodaron por el suelo. Creo que le fracturé el codo. Uno de los seis. Huyó hacia la cocina. Ya no volví a verla esa noche.

Viendo cojear a la hormiga me acordé. Estas sillas tienen un horrible color rosa. Las he querido despintar desde que las traje. Incluso comencé a desarmarlas. Hace algunos años iba a hacerlo. Les quité todos los tornillos laterales. Aventé mis brazos hacia los lados lo más fuerte y rápido que pude. La silla cedió los suyos.

Con mucho cuidado y por el agujerito por el que respiraba, fui metiendo los palillos de mi microempalamiento digital subqueratónico, para quitármelos apretándolos entre mis labios. ¡Qué puto dolor! Quizá polaridad inversa a cuando me los incrustaron, pero la misma intensidad. Del cuello al codo del codo a la muñeca de la muñeca al dedo. Un latigazo ardiente, agudo, seco. La sangre los había pegado en donde estaban. Era menester arrancarlos. Cuando acabé, con el meñique agrandé el hoyo, desgarré la bolsa. La arranqué de tajo y para siempre —¡qué importaba que los panes se hicieran duros en el fregadero!—, aspirando grandes bocanadas de aire no muy fresco… Llevaba ahí toda la noche y tenía sangre seca en la nariz y en la boca. La boca seca con sabor a Coca-Cola oxidada. Intenté levantarme. Mis piernas entumidas no respondieron. Caí de bruces sin poder meter las manos, justo sobre la muela de acrílico que estaba de cabeza. Me la clavé en el pómulo. Iba a ser difícil de explicar esa mordida.

Aquella vez en la moto me había hecho más daño en una caída, pero entonces fueron diez metros de (des)barranco y ahora únicamente mi propia altura.

Una vez desamarrado, llamé a la policía. Fue una experiencia muy dolorosa, porque en esos días los teléfonos eran de disco. Había que introducir la yema del dedo en un pequeño hoyo y hacer girar la rueda hasta su tope. Luego, con un resorte interno, regresaba sola. Cinco números entonces, o seis, que se aprendía uno de memoria, o llevaba anotados en una tarjetita, como la que los agentes del Taunus de doña Evita me habían dejado "por si cualquier cosa".

Cualquier cosa que oliera a whiskey o tequila, supuse. Les llevé una caja de Buchanan's, entonces. Llegaron pronto. Ahora sí les conté todo. Bueno, no hablé de las monarquías europeas ni de Vlad Tepes, pero sí de Rosa Oranday, doña Evita, Azucena y sus cómplices que buscaban la joya, y que probablemente eran asesinos, como sabrían si comparaban las balas de los soldados del Dodge Dart verde en la carretera con la que mató a Rosa Oranday, el Super Bee de la Federal de Caminos bajo una capa de polvo y desmantelado en el lote de don Honorio…

Cuidado con los dóberman que se pasaron por el hoyo de la barda hecho por el trío. Ellos no se brincaron como yo, pero de eso no hablé. Describí a los asesinos. Les dije que uno sufría de porfiria porque usó mi baño y pintó de morado el espejo del excusado —y no le jaló a la palanca—. Además, tomaba la Prednisona que me encontré en la casa de la tía Eliza. En fin, les resolví el caso y al final nada más una pregunta me hicieron: ¿dónde está la gargantilla?

Tampoco nunca les diría.

42. Asilo

Aquí veremos cómo termino mis días… ¿No dije eso ya antes?

Fui a ver en cuanto pude a la tía Eliza. Ella no leía muchos periódicos ni veía las noticias. Era poco lo que sabía. No le dije más. Le llevé una bolsa de medias noches y aquella cuenta abierta por el tío Andrés a mi nombre en el banco de McAllen. Era bursátil, acciones de Apple Co. —por eso siempre he tenido Macintosh—. Algo habrá crecido en estos años.

No era mía, pues conservé la moto toda mi vida. Cuando llegó a los 160 000 kilómetros la jubilé, por miedo a cumplir la profecía de mi papá y darme contra un mezquite. Corría perfecto. Ya grandes, hicimos muchas salidas en ella, con un grupo de amigos. Raúl nos hizo un logotipo —un alce con casco y gogles— y lo bordamos en chalecos y gorras. Debo tenerlos por ahí, no recuerdo dónde. La moto, la lavé de arriba a abajo y la puse dentro de mi estudio. Ahí está.

Cuando Marcos salió de la cárcel nos tomamos una foto atrás de ella. Yo había aclarado todo y gracias a mí estaba libre, le dijo el judicial gordo. Vino a darme un abrazo. Le conté todo lo que no les dije a los policías y le entregué la gargantilla de su mujer, de Rosa. No la quiso recibir. Ni el resto del anticipo que ya era poco.

Vine seguido algún tiempo a ver a doña Evita. Al final, me quedé a acompañarla. Ya se despidió. Nos dejó su sonrisa, sus ocurrencias. A veces las recuerdo y recuerdo dónde estoy, qué hice, para quién y por qué. A veces repito mi nombre, Rubén

Pablo. Me sorprende y me respondo: "Mucho gusto", como si fuera otro.

*

—Sí, dígame, Amelia. ¿Todo bien?

—Sí, sí señora. Está bien. Me dio un papelito con su número y me pidió que la llamara.

Una lágrima rodó a lo largo de la nariz de Roxana Alejandra. Se acordó. Su tercer abuelo se acordó de que hoy es su cumpleaños. ¿Cómo podía olvidárseme? Roxana Alejandra nació el 14 de enero de 1992.

—Se ha pasado el día llorando. ¿Enciendo la cámara?

Roxana Alejandra se levantó de inmediato, dejando el teléfono sobre el escritorio. Caminó hasta la vitrina y la abrió. Tomó la gargantilla exhibida en el busto de mármol, junto a un huevo de Fabergé. Se la puso mientras regresaba a su escritorio. Levantó el teléfono otra vez.

—Adelante.

Se encendió la pantalla y aparecí. Viejo y en silla de ruedas. Una manta de franela suave, verde con cuadros rojos oscuros, cubre mis piernas. No dije nada. Lloré en silencio. Sin gestos. Lágrimas que la enfermera me limpiaba con un pañuelo de vez en vez. Extendí la mano para tocar la tableta de Amelia. Roxana Alejandra también puso delicadamente los dedos de su mano sobre el borde de su pantalla, coincidiendo nuestras yemas. Nos miramos fijamente. Atrás de mí podían verse otros viejos sentados ante mesas, en sillones. Algunos con sueros colgando cerca, tanques de oxígeno. Traigo una sonda. Me fallan los riñones ya también. Todos miran una pantalla que reproduce algo en blanco y negro. Roxana Alejandra reconoció la gracia de Ana Pavlova y por supuesto la música que tantas veces escuchamos juntos: *La hija del faraón*.

—Amelia, eres un ángel —dijo Roxana Alejandra.

—No hago otra cosa que buscarle películas viejas, licenciada. Con eso está tranquilo, duerme bien y come todo lo que le sirvo.

—¿Ha dicho algo?

—Ayer se dirigió a todos durante la cena, con voz clara y tronante, brindando con su vaso de leche. Esta vez escribí su discurso…

> ¿Qué es mejor, el yugo del capital extranjero o la introducción del vodka, tal era el dilema al que nos enfrentábamos. Naturalmente, optamos por el vodka…
>
> Porque creíamos y continuamos en la creencia de que si tenemos que ensuciarnos un poco por la victoria del proletariado y de los campesinos… Tomaremos esta extrema medida por el interés de nuestra causa.

Roxana Alejandra rio de buena gana al escucharla. Luego dijo:

—Es Lenin. Está en esa parte otra vez. Amelia, ¿tienes vodka? Hazme un favor y sírvele un poco en su vaso.

Amelia dejó la tableta en mis manos. Mientras continuamos mirándonos, Roxana Alejandra escuchó la vitrina, la botella, el líquido. La enfermera regresó y puso un vaso en mi mano. Sin dejar de mirar la pantalla, Roxana Alejandra se levantó y fue hasta su propia vitrina, su botella, su vaso igual. Vasos pequeños de cristal de plomo con el escudo dorado de la casa de los Hohenzollern. Lo levantó y tocó con él la pantalla. Hice lo mismo. Luego bebimos. Yo seguía llorando, pero sonriendo como Tomasita. Regresé el vaso a Amelia. Toqué mi cuello apenas con las yemas de mis dedos. Mis uñas con una extraña raya blanca longitudinal al centro. Los besé y estiré la mano hacia la pantalla. Roxana Alejandra hizo lo mismo. Tras unos segundos, nos dijimos adiós vibrando los dedos.

—Dile que la semana que viene voy a verlo, Amelia. Escríbeselo porque ya no escucha.

—Claro, licenciada. Me dio gusto saludarla. La esperamos.

43. La otra

De cómo se produjo el más reciente miasma que entregó la joya a su legítima heredera.

Al presidente le encantó el proyecto del ixtle. Pidió conocer a don Oswaldo y mandó traer al gobernador de Coahuila. Con cierto nerviosismo, ambos secretarios se le acercaron en la antesala de la audiencia, para pedirle que por favor no mencionara la partida de póker. El pedantesco secretario del gobernador se les había adelantado durante el desayuno en el hotel, más en tono de amenaza que suplicante.

Casi a la hora citada les hicieron pasar. Caminaron mucho por los pasillos del Palacio Nacional hasta llegar al despacho del presidente. Los acomodaron en una sala con sillones de cuero y asientos muy incómodos, probablemente con la finalidad de que las visitas no se extendieran más de lo estrictamente necesario. Media hora después llegó Ávila Camacho. Todos se pusieron de pie. El presidente avanzó con grandes zancadas directamente hasta don Oswaldo y estrechándole la mano pidió:

—Cuénteme, cuénteme y déjeme ver la joya que le ganó al ministro Urdăreanu. ¿Si la trae con usted, verdad?

Ni loco la hubiera dejado don Oswaldo en su habitación. La llevaba en el bolsillo de su traje, dentro de la bolsita de cuero negro en que se la habían entregado.

Don Oswaldo no tuvo más remedio que contarlo todo a detalle. Para colmo, el presidente había llamado a su despacho además a los titulares de Defensa y Relaciones, previendo que el incidente pudiera tener consecuencias diplomáticas. Por ello es que pude encontrar la narración completa. Aparece en el libro *Al filo de la silla*, de quien fuera secretario de la Defensa en tiempos del general Manuel Ávila Camacho, el coahuilense Francisco L. Urquizo. Vaya, del ixtle casi ni hablaron. Ahí mismo el presidente giró instrucciones a sus secretarios y al particular para que involucrara a cualquier otro necesario y correr los trámites.

Al día siguiente y muy contento, don Oswaldo fue, con su maleta ya casi vacía, a resurtirse de mazapanes de almendra en la Dulcería Celaya. Casi se los había acabado él solo ya. Ahí se topó con Elena, quien también había ido por más de ellos. Lo saludó con gran agradecimiento en su mirada. Le dijo estar al tanto de lo ocurrido. Cuando se despedían, ella puso en sus manos una bolsita de terciopelo blanco con la otra gargantilla dentro.

—Cuídemelas mucho, Oswaldo. Ésta es la verdadera. Y mándeme fotos de su princesa cuando la luzca.

Traigo dándome vueltas en la cabeza una inconsistencia en mi tarea. Doña Evita llama "Miguelito" a don Oswaldo y asumí que era su abuelo. Pero Evita tenía cuando la conocí, ochenta años, quita o pon. Eso colocaría su nacimiento más o menos en 1920, el año en que asesinaron a Venustiano Carranza, quien iba de la Ciudad de México rumbo a Veracruz. Oswaldo, si tenía como dicen los documentos diez años a la muerte de Carranza, nació en 1910, 1911. Entonces ellos dos eran contemporáneos. El mote con que lo llamaba Evita quizás era una broma entre ellos, un nombre romántico, de cariño por la diferencia de edades. Pero don Oswaldo estaba casado con Reyes desde 1930. Evita entonces era su ¿novia? ¿La embarazó?

Si Evita tuvo a su hija, digamos, en 1940, Rosa tuvo tiempo para haber nacido en 1961 como decía su licencia, con una mamá de veintiuno. Oswaldo tenía veintinueve cuando nació su hija, cincuenta cuando fue abuelo, al nacimiento de Azucena y Rosa. Y la gargantilla se la llevó Oswaldo no a Reyes, su esposa, sino a Evita, su novia. Más o menos como regalo por el parto. Morganático. ¡Cabrón! Igualito que el zar Nicolás con Matilde. No olvidaba a una, pero pensaba en la otra. A Reyes le trajo las frutitas de almendra.

Un día vino a verme Marcos con su nieta, Roxana Alejandra. Es fotógrafa. Tiene la mirada de Laura Elena. Le dije que se quedara con mi estudio, aunque ahora parece que ya nadie usa un cuarto oscuro. Sólo los vampiros para dormir. Antes de que se fuera le pedí un favor muy especial… Sácale el diablo al tanque de la moto.

¿A qué vino Marcos con su nieta? A verme a mí. Yo soy su abuelo Rubén Pablo. Su tercer abuelo, me dice. Ya no está Evita. Nadie se come los polvorones verdes del *coffee break* a la merienda. Siempre me los ganaba y yo la dejaba. Ahora se quedan muchos. ¿Traen más o ya no está Evita? La nieta de Marcos vestía de negro. Teseo cambió sus velas. Regresa con vida entonces. Evita se fue, vestida de blanco. En un barco pequeñito de maderas nuevas. Está enterrada allá a la orilla del lago, a la sombra de un sauce llorón. De muchos sauces que le lloran. Al lado de Rosa, mi clienta.

Me llevaron en el Taunus. Comenzaba a hacer frío y no me bajé. Vi a lo lejos a mi nieta, Roxana Alejandra, conmigo del brazo y dos perritos con una correa. Shih tzu.

Cuando se perfora un tanque de gasolina y hay que soldarlo, algunos maistros novatos cometen el error de vaciarlo, lavarlo con agua y luego meterle el soplete. Les explota. Los vapores de la gasolina se cuelgan del metal adentro y es difícil sacarlos. Lo que debe hacer uno es calentar el tanque abrasándolo o dejándolo un rato al sol. Luego se le acerca una llama por la boca. Sale de él un torbellino de color verde, como aquel de Ruxandra en el bosque de Snagov. Hay que hacerlo dos o tres veces antes de meterle el soplete al metal.

Roxana Alejandra dejó a su papá en casa de la abuela. La de la alberca. A mí me llevó a donde Evita, al asilo. Es mi casa ahora. Le recordé cuando me besaba de despedida, a mi nieta, nieta de Marcos, de los dos candelabros en mi estudio. Eran de la casa de la tía Eliza. Prometió ir por ellos. En el llavero del Taunus estaba la llave. Abrió.

No había luz. En la entrada, junto al teléfono de disco que ya era viejo cuando yo lo usaba, una lámpara Coleman roja de gasolina y una cajita de cerillos clásicos, con la Venus de Milo y al frente el ferrocarril que la atropelló, cortándole los brazos. Con uno de ellos la encendió.

Como regresar al pasado. Una vieja consola tocadiscos. Cuarto oscuro. Impresora con los filtros integrados, muy moderna para su tiempo. Cyan, magenta, amarillo y negro. ¿Cuáles siete colores? Cuatro bastan.

Tomó una charola amarilla, la puso bajo el grifo para dar agua a sus perritos. No había agua. Les puso de su botella.

Vaya lugar. Una vieja cámara Kodak Reflex IV con telefoto de 200 mm. Aún funciona, un poco duro el embobinado. Sobre la consola, el tanque de gasolina de una motocicleta. Honda. Verde oscuro. ¿Qué le había dicho? "Sácale el demonio." ¿A qué me refería? Se acercó. Dejó su luz sobre la repisa de la chimenea. Con una mano detuvo el tanque y con la otra oprimió el botón para abrir la tapa, supuso. Efectivamente brincó con una exhalación. Vapores. ¡La llama! Aquello prendió. Un remolino verde de fuego se elevó hasta el techo, giró sobre el tirol aplanándose y aullando. Los perritos acudieron al llamado. Roxana Alejandra se asustó, por supuesto. El tanque muy en la orilla de la consola, mal apoyado, cayó al suelo y al rodar, en su interior dejó ver algo. Roxana Alejandra se acercó una vez que el remolino verde se fue. Palpó el tanque, lo puso de cabeza. Sacó la bolsa de cuero negro con la gargantilla de doña Evita.

*

Una vez me vendieron un tratamiento que prometía hacerme crecer el cabello de nueva cuenta. Tendría que aplicarme en la cabeza una crema cada día por dos semanas, en las cuales no podría bañarme.

"Puedo con eso", pensé. Al fin no tenía novia ni esperanzas ya de toparme con Laura Elena. Al tercer día comencé a ver una sombra negra muy leve sobre mi calva y me emocioné. Más y más al verla oscurecer y extenderse. Era el verano y comencé a salir al jardín como hacía todas las tardes, ahora sin mi sombrero. Unos días más y comencé a ver que la masa adoptaba un comportamiento un poco extraño. Fluctuaba de un lado a otro de mi cabeza.

Ya hacia el fin del proceso, con una lupa descubrí que la crema traía recortes diminutos de cabello, como los que restan cuando limpia uno una rasuradora eléctrica, y que lo que veía como cabello naciente eran los que se iban acumulando después de cada aplicación. Corrí hasta la regadera y mi calva volvió a relucir como antes, evaporándose la ilusión.

Así me alimentan aquí de recuerdos. Como una crema con recortes de otras memorias que pasan en la tele y por un breve instante parecen míos. Yo soy el protagonista. Van Helsing, Espartaco, el último Samurái, Edward Robinson, aquel viejo actor rumano, esperando sus galletitas verdes, convirtiéndose en galletitas verdes. Yo soy ése. Yo Soy lent green.

Ya casi no hablo. Paso mis días viendo las películas que me trae Amelia. Mi cerebro no guarda secretos, ni recuerdos ya. Es una cárcel con techo de paja en la que los recuerdos reposan la parranda y después se van. Como en Abasolo, de cuando en cuando vuelven a caer aquí. Lo que sé, todo lo que supe, lo llevo en el corazón. Si no me lo parten con una alcayata de plata cuando muera, quedará aquí para siempre.

Mi nombre es Rubén Pablo Alcocer. Pude haber sido filósofo…

FIN

Joyas de la familia de Sergio E. Avilés
se terminó de imprimir en el mes de noviembre de 2022
en los talleres de Diversidad Gráfica S.A. de C.V.
Privada de Av. 11 #1 Col. El Vergel, Iztapalapa,
C.P. 09880, Ciudad de México.